Real Fantasy

„Wo die Leidenschaft entfacht wird, blüht auch die Liebe."

ZUM AUTOR
Mati Retorik ist in Wien geboren, wo er auch mit seiner Familie lebt. Neben seiner Liebe zu seiner Frau, liebt er sein Leben lang schon das Schreiben. Mit diesem Roman hat er nun zwei seiner Vorlieben, die Erotik und das Schreiben, verbunden und seinen Traum verwirklicht – seine erste Veröffentlichung.

Er freut sich über jedes Feedback unter der E-Mail-Adresse: mati.retorik@gmail.com.

Real Fantasy

Wenn die Fantasie zur Realität wird

Mati Roterik

1. Auflage, 2024

Verlag: BoD · Books on Demand GmbH,

In de Tarpen 42, 22848 Norderstedt, bod@bod.de

Druck: Libri Plureos GmbH, Friedensallee 273,

22763 Hamburg

ISBN: 978-3-7693-1544-8

Ein Sommerspritzer

Sex, einfach nur Sex. Ohne Vorspielchen, Herumgeschmuse und Bussi, Bussi. Mehr wollte er ja gar nicht. Jetzt lag er im Bett, allein, nur er und das Buch.

Er blätterte auf die nächste Seite. Endlich kam wieder eine dieser prickelnden Stellen. Lange Zeit war der Roman in den Charts unter den Bestsellern zu finden gewesen. Wenn man den Umfragen Glauben schenken durfte, sprach er vor allem die Zielgruppe Frauen an. Ursprünglich hatte Paul das Buch für seine Frau gekauft.

„Shades of Grey" – die Geschichte, der unschuldigen, jungen Frau und dem vor Erfolg strotzenden, gutaussehenden Mann. Die Ambitionen der Hauptfiguren zu Sadomasochismus sollen so mancher Hausfrau zu feuchten und erotischen Träumen verholfen haben. Das hatte er sich auch bei Vivian erhofft. Nach achtzehn Jahren Ehe täte frischer Wind wieder gut. Zwei Wochen war das erotische Meisterwerk auf ihrem Nachttisch gelegen.

Und? Was war geschehen? Nichts. Nicht einmal reingeblättert hatte sie.

Damit das Geld nicht umsonst ausgegeben war, hatte er beschlossen, es selbst zu lesen. Mittlerweile fand er Gefallen daran. Die Hörigkeit der jungen Frau, im Kontrast zu ihrer Widerspenstigkeit törnten ihn an. So würde er sich öfter mal Vivian wünschen.

In dem Kapitel wurde es wieder spannend. Spannung bedeutete für ihn in diesem Fall knisternde Erotik. Es lief ihm fast die Gänsehaut über den Rücken und nicht nur das, auch sein Schwanz regte sich bei dem Gedanken, was Christian mit Anastasia anstellen wird. Pauls rechte Hand war unter die Bettdecke und in seine Pyjamahose gewandert. Kurz musste er umblättern, bevor er sich wieder mit rubbelnden Bewegungen an sich zu schaffen machte.

„Sie schlüpfte aus ihrem Höschen und stand nackt vor ihm", las er halblaut, sich selbst vor. Er konnte nicht erwarten, was der Dom diesmal von ihr verlangte. Die Bettdecke bewegte sich im Rhythmus auf und ab, während er dem Höhepunkt von Anastasia und seinem eigenen Orgasmus entgegenfieberte. Er spürte den ersten Wolllusttropfen auf seiner Schwanzspitze.

Plötzlich erschrak Paul. Ein Schatten war von der Schlafzimmertüre an ihm vorbeigehuscht. Vor Schreck fiel ihm das Buch fast aus der Hand. So früh hatte er seine Frau nicht im Bett erwartet.

Für gewöhnlich lag sie eine gefühlte Ewigkeit in der Badewanne. Mit Musik über Spotify, einem Glas Rotwein und einem Buch konnte sie dort so richtig gut entspannen. Jetzt erst war ihm aufgefallen, dass er schon lange kein Rauschen gehört hatte, wenn sie sich wieder heißes Wasser in die Wanne laufen ließ.

Möglichst unauffällig und langsam zog er den Arm unter der Decke hervor. Er griff mit beiden Händen nach dem Buch und streckte die Arme von sich. Damit wollte er seine Erektion so gut wie möglich verstecken. Wenn er auch einen Erotikroman las, musste er ihr nicht unbedingt zeigen, wie es ihn aufgeilte.

Paul tat so, als ob er Vivian nicht gesehen hätte. Sein Blick war starr auf die Zeilen gerichtet, auch wenn er nicht wirklich las. Sicher hatte sie sein erschrockenes Zusammenzucken gar nicht bemerkt. Das hoffte er zumindest. Vorsichtig blickte er kurz über den Rand des Buches. Er wollte nicht fragen, wieso sie jetzt schon ins Bett kam, es war doch erst halb zwölf? Das war nicht ihre Zeit schlafen zu gehen. Diese Woche hatte sie Spätdienst. Das bedeutete Dienst bis zweiundzwanzig Uhr, dafür aber in der Früh lange ausschlafen.

Schneller als ihr Schatten war sie ins Schlafzimmer gehuscht und hinter der offenstehenden Schranktür verschwunden. Über den Spiegel ihres Schminktischchen sah er ihre Beine. Diese steckten nicht, wie üblich, in einer ihrer Pyjamahosen. Vivian trug eine schwarze Strumpfhose oder Ähnliches.

Wollte sie jetzt noch fortgehen? Gesagt hatte sie ihm nichts. Es würde ihn stark wundern. Wie oft hatte er gedrängt, dass sie wieder einmal gemeinsam ausgehen. Doch entweder war sie zu müde, sie hatte keine Zeit, keine Lust oder sonst irgendeine Ausrede. Vielleicht wollte sie ihn auch nur provozieren, wenn sie jetzt noch alleine ausging. Paul würde sie auf keinen Fall darauf ansprechen. Er war stinksauer auf sie.

Vor vier Tagen erst hatten sie wieder eine Auseinandersetzung gehabt. Paul war Freitag Abend von einer Dienstreise nach Hause gekommen. Drei Tage hatte er auf einer IT-Messe in Düsseldorf zugebracht. Eigentlich hätte er damals hundemüde ins Bett fallen müssen. Zwölf Stunden täglich auf den Beinen und ständig parat, um keinen wichtigen Geschäftspartner zu verpassen. Doch zu seiner Müdigkeit war auch die Geilheit gekommen. Kaum eine Frau unter vierzig trug dort einen Rock, welcher über die Knie reichte. Im Gegenteil, manchmal hatte er den Eindruck, er konnte das Höschen blitzen sehen. Vielleicht waren sie sogar ohne Schlüpfer unterwegs, wer weiß. Die Blusen waren gerade mal so weit geschlossen, dass keines der Dinger heraus hüpfte.

Als er heimgekommen war, lag seine Frau auf der Couch. Sie musste vor kurzem vom Dienst gekommen sein, denn sie trug einen schwarzen, engen Rock und eine weiße Bluse. Die Stöckelschuhe hatte sie unter den Couchtisch geschleudert. Die Beine lagen ausgestreckt auf der Armlehne. Paul hatte nur mehr eines im Kopf gehabt, als er sie so sah. Er wollte sie ficken.

„Hallo mein Schatz.", hatte er sie begrüßt und ihr einen Kuss auf die Stirn gegeben. Nachdem er sich zu ihr gesetzt hatte, begann er ihre Füße zu massieren und zu streicheln.

„Wie war es?", fragte sie, während sie sich streckte. Sie genoss anscheinend die kleine Massage.

„Es hat sich ausgezahlt, dass wir den Messestand gemietet hatten.", erzählte er. Seine Gedanken waren aber ganz woanders.

Er fuhr mit der Hand nach vor, strich über ihre Unterschenkel und weiter, über die Innenseite ihrer Oberschenkel. Sie ahnte, was er vorhatte.

„Nicht jetzt.", sagte sie und zog die Beine ein.

„Komm, wir haben uns eine Woche nicht gesehen", begann er zu betteln. Er hasste es, wenn er das tun musste.

„Hast du nichts anderes im Kopf?" Er fasste ihre Frage als Scherz auf.

„Nein nur dich.", versuchte er es mit einem Kompliment.

Doch es wurde nur einer dieser endlosen Vorträge, über die Hausarbeit, die sie sich besser einteilen müssen, die Sachen, die er immer in der Wohnung herumliegen lässt und blablabla. Sein Hirn hatte schon auf Durchfluss geschaltet, wie sie ihm noch vorwarf, dass es Wichtigeres gab als Sex.

Es reichte ihm, er machte eine Kehrtwendung in das Vorzimmer und marschierte schnurstracks zu Adriano. Jetzt brauchte er mal ein Bier zum Runterspülen. Es hätte ihn gewundert, wenn Karl nicht da gewesen wäre. Ihre Stammpizzeria war ja nur eine Gasse weiter. Karl war manchmal ein anstrengender Nachbar. An diesem Tag war er ein gern gesehener Zuhörer und Saufkumpane. Seit diesem Abend hatten Vivian und Paul nicht mehr viel miteinander gesprochen. Am Wochenende hatte sie Dienst gehabt. In der Früh hatten sie gerade mal die notwendigsten Worte gewechselt, bevor jeder dann sein Ding machte.

Jetzt wollte sie sich anscheinend revanchieren und ihm zeigen, dass auch sie einfach, ohne ein Wort, verschwinden konnte. Für sie galt es genauso, dass sie nicht fragen musste, wenn sie fortgehen und einen draufmachen wollte. Doch vorerst musste das Buch als Vorwand herhalten, bis er wusste, was sie wirklich vorhatte. Er tat so, als würde er interessiert lesen und sie gar nicht bemerken. Seine Gedanken waren aber nicht mehr bei der Geschichte. So viele Fragen gingen ihm durch den Kopf. Wird sie diesmal klein beigeben und ihn um Entschuldigung bitten? Wie lange hielt er es durch, wenn sie auf stur schaltete? Doch die Antworten sollte er gleich bekommen.

So schnell wie sie von der Türe verschwunden war, stand sie auch schon vor ihm, am Fußende des ehelichen Doppelbettes. Sie hatte keine Strumpfhose an, wie er zuerst vermutet hatte. Nein, sie trug ein schwarzes Korsett mit Strumpfhaltern und Strümpfen. Das konnte er jetzt erkennen, auch ohne, dass er sein Buch auf die Seite legen musste. Mit offenem Mund und sprachlos sah er sie an. Sie würdigte ihm aber keines Blickes, sondern zog die Bettdecke bei seinen Beinen in die Höhe und verschwand, mit dem Kopf voran, darunter. Noch immer ganz perplex hielt er das Buch in der Hand und wusste nicht, was diese Aktion zu bedeuten hatte.

Paul spürte ihre Hände an seiner Pyjamahose und wie sie ihm runtergezogen wurde. Mittlerweile war es seinem besten Stück auch nicht unbemerkt geblieben und regte sich wieder in die Höhe. Ihre Knie berührten die Innenseite seiner Schenkel. Ohne ein Wort stülpte sie ihre Lippen über seinen Schwanz. In gleichmäßigen, aber nicht zögerlichen Bewegungen hob und senkte sich ihr Kopf unter der Decke. Das Buch war auf seinen Oberkörper gerutscht. Er überlegte kurz, ob er die Decke zurückschlagen sollte, nicht das ihm seine Frau noch darunter erstickte, während sie ihm einen blies. Doch er hatte Angst, damit die geile Situation zu ruinieren oder gar abzubrechen. Bis jetzt hatte er sich einigermaßen unter Kontrolle, doch bald war es mit seiner Zurückhaltung vorbei. Paul wusste nicht, ob es der Blowjob war, der ihn so heiß machte oder überhaupt diese überraschende Aktion von Vivian. Sie wurde mit den Bewegungen nicht schneller und nicht langsamer. Im gleichbleibenden Tempo glitt sein Schwanz in ihrem Mund rein und raus. Es war ein Wahnsinn. Lange hielt er es nicht mehr aus. Vivian hatte ihn schon einige Male oral verwöhnt, auch wenn es nicht ihre Lieblingsbeschäftigung war, wie sie es einmal so schön ausgedrückt hatte. Doch in den Mund spritzen durfte er ihr nur ein einziges Mal und da war sie, ehe noch der ganze Saft heraus war, schon aufgesprungen und hustend und würgend ins Badezimmer gerannt.

Sie musste sich ja vorstellen können, dass er das nicht lange aushalten würde. Also sie vorwarnen, bevor er spritzte oder das Risiko eingehen, dass sie wieder angewidert und verärgert aus dem Zimmer stürmte?

Was soll's, das war es ihm wert.

Paul verdrängte seine Gedanken und konzentrierte sich voll auf den Rhythmus, in dem sich die Bettdecke über ihn rauf und runter bewegte. Sein Penis begann zu zucken. Sie konnte zum Glück sein unbewusstes, aber verschmitztes Lächeln im Gesicht nicht sehen, als er leise aufstöhnte. Da spritze er ab, den ersten Strahl und den zweiten und den dritten ... So heftig hatte er in seinem Leben noch nie abgespritzt. Und was tat sie? Ihre Bewegungen blieben im Beat und fast fordernd saugte sie das Sperma aus ihm heraus. Leise hörte er nur die schmatzenden Schluckbewegungen und ein leichtes Keuchen. War es vielleicht sogar ein Stöhnen von seiner Frau? Ohne ihn sonst zu berühren, nur mit ihren Lippen liebkoste sie ihn. In der Zwischenzeit war der letzte Tropfen versiegt. Ihr Mund löste sich und er spürte ihre Zunge über den Schaft schlecken. Als wolle sie, dass nichts verloren ging, machte sie ihn sauber. Es war ein Wahnsinn.

Kaum damit fertig, kroch sie unter der Decke hervor. Mit dem Rücken zu Paul, richtete sie sich das verrutschte Korsett und verschwand, ohne ein Wort, aus dem Zimmer.

Verdattert saß er, mittlerweile aufrecht im Bett und wusste nicht, wie ihm geschehen war. Was sollte er jetzt tun? Weiterlesen hatte keinen Sinn mehr. Keine noch so erotische Stelle in dem Roman könnte diese Blasaktion übertrumpfen. Er legte das Buch auf den Nachttisch und genoss die Stille und vor allem die eben erlebte Entspannung. Nur das Surren der elektrischen Zahnbürste war aus dem Badezimmer zu hören. Bevor Vivian ins Bett kam, war er eingeschlafen.

*****

Verdattert saß ich zuhause, in meinem Arbeitszimmer, vor meinem Notebook. Den Tag hatte ich im Büro mehr schlecht als recht hinter mich gebracht. Um fünf war ich dann abgehauen und nach Hause gefahren. Am Display war das Worddokument mystory.docx geöffnet. Vor ein paar Tagen war mir kein besserer Name für diese Datei eingefallen.

„... die schmatzenden Schluckbewegungen ... ". Nochmals las ich die letzten Zeilen.

Sonntag hatte ich mich spätnachts auf die Couch gesetzt und diese Blowjob Story geschrieben. Vivian und ich hatten ja Zoff wegen der Geschichte, als ich von der Messe nach Hause gekommen war und mit ihr schlafen wollte. Somit hatte sich auch am ganzen Wochenende nichts zwischen uns abgespielt.

Der Monitor schaltete die Helligkeit auf Energiesparmodus. Schnell, bevor das Display komplett finster war, griff ich zur Computermaus und wischte damit über den Schreibtisch. Voller Lichtmodus war wieder angesagt.

„… Ein Wahnsinn! …", las ich weiter. Richtig es war ein Wahnsinn, unvorstellbar, unglaublich. Die Geschichte war meinem Kopf entsprungen. Ich wollte damals meinen Frust niederschreiben. Und die aufgestaute Geilheit in mir hatte wohl überhandgenommen. So waren die Zeilen entstanden.

Scheiß Sex. Immer das Gleiche.

Vivian und ich verstanden uns so gut. Wenn sie nur halb so oft Lust hätte, wie ich, wäre ich schon froh. Aber immer wieder ist irgendetwas, was nicht passt. Ich hatte mal in einer Statistik gelesen - die häufigsten Konfliktpunkte in einer Partnerschaft sind die Kinder, Eltern, Finanzen oder eben Sex.

Problem Kinder war bei uns kein Thema mehr. Die schwierige Phase mit Leon war vorüber. Mittlerweile ging er seinen eigenen Weg. Zurzeit war er mit seinen Schulfreunden auf Matura-Reise in Kroatien. Hin und wieder schickte er uns über Whatsapp Bilder von seinem Segeltörn. Demnach ging es im gut und er genoss es.

Meine Eltern waren schon vor Jahren gestorben. Vivians Eltern' sehen wir selten. Die meiste Zeit sind sie unterwegs. Diesen Sommer treffen sie sich mit Leon nach seiner Tour mit seinen Schulfreunden und nehmen ihn auf eine größere Kreuzfahrt mit.

Die Punkte Kinder und Eltern fielen mal bei uns als Beziehungskiller aus der Statistik raus. Wegen des Geldes konnten wir uns auch nicht beklagen. Meine IT-Firma stand mittlerweile auf guten Beinen. Die Zeiten, in denen ich oft Nächte durcharbeiten musste, um einen Auftrag zu erledigen, waren auch vorbei. Obwohl es finanziell nicht notwendig wäre, arbeitete Vivian noch immer als Rezeptionistin. Sie liebt ihren Job und das Angebot von der Hofburg Residence konnte sie damals einfach nicht ablehnen.

Ich kann mich noch gut erinnern, als ich sie vor neunzehn Jahren kennengelernt hatte. Es war ein kleines Hotel im dritten Bezirk.

Wieder einmal war ich damals mit ein paar deutschen Kunden in der Stadt unterwegs gewesen. Oft nutzen die ansonsten braven Ehemänner und Familienväter gerne eine Dienstreise, um mal wieder etwas über die Stränge zu schlagen. Unsere schöne Stadt Wien hat da ja einiges zu bieten. Uns hatte es nach dem Heurigenbesuch in Grinzing ins Bermuda-Dreieck in der Innenstadt verschlagen.

Es dämmerte schon, als wir in den frühen Morgenstunden zum Hotel gekommen waren. Es hatte einige Zeit gedauert, bis mir endlich einer von ihnen verraten konnte, in welcher Unterkunft sie eingecheckt hatten. Man lernt eben nie aus. Seitdem frage ich, solange sie noch nüchtern sind, wie die Adresse lautet, wo ich sie abliefern soll. Diese Mitarbeiter waren ihrem Unternehmen anscheinend nicht so viel wert gewesen. Von außen wirkte das Hotel heruntergekommen. Die Fassade des Altbaus aus der Nachkriegszeit hatte schon bessere Zeiten gesehen. Bei der Empfangshalle konnte man diskutieren, ob die Einrichtung antik oder veraltet war. Die abgetretenen Stellen am roten Teppich wiesen uns den Weg zur Rezeption. Doch nicht alles in diesem Raum war verstaubt. Mein Blick fiel auf ein Paar Beine, welche auf dem Tresen lagen, in schwarzer Hose, ohne Schuhe an den Füßen. Was sich hinter den langen Beinen versteckte, konnte ich nicht gleich erkennen. Ich näherte mich langsam. Ein Wall von rotbraunem, schulterlangem Haar war über den, nach vorne geneigten, Kopf gefallen. Die junge Dame war voll eingenickt und hatte uns nicht kommen gehört.

Mit dem Zeigefinger tippte ich auf meine Lippen. Die deutschen Brüder sollten leise sein. Ich wollte ihren Schlaf nicht zu abrupt stören. Ihr Anblick war auch zu süß und den wollte ich insgeheim noch kurz genießen. Kichernd und prustend versuchten sie zwar meiner Anweisung Folge zu leisten, doch mit diesem Alkoholpegel war es selbst den sonst so disziplinierten Deutschen nicht möglich. Sicher hatte die junge Lady zu so früher Morgenstunde nicht gerechnet, dass Gäste einchecken, denn ihr Schlaf war tief und fest.

Wenn ich mit vielem gerechnet hätte, aber nicht, dass ein besonders witziger Kollege plötzlich die strumpfbenetzten Fußsohlen kitzelte. So fest sie auch geschlafen hatte, mit einem Quietscher verschwanden die Beine vom Tresen und schon stand sie aufrecht vor uns. Verdattert fuhr sie sich durch ihr zerzaustes Haar, zupfte sich die weiße Bluse zurecht, blickte mich mit ihren großen, dunklen Augen an und stotterte irgendetwas, was niemand verstand. In das laute Prusten und Lachen meiner Begleiter hinein, entschuldigte ich mich sofort und erklärte ihr, dass die Herren gerne ihre Zimmerschlüssel möchten. Nachdem sie den ersten Schreck verdaut hatte, checkte sie die Zimmernummern im Computer. Sie drehte sich um, um die Schlüssel am Holzboard rauszusuchen. Ihr knackiges Hinterteil war nicht nur mir aufgefallen. Schon hörte ich anerkennende Pfiffe.

Das war echt peinlich.

Sie aber drehte sich keck um, blinzelte zu uns rüber und streckte ihren Oberkörper durch. Jetzt kamen ihre Brüste auch zur Geltung, worauf sie sich für weitere Pfiffe bedankte. Ich zuckte nur entschuldigend mit den Schultern. Sie verteilte die Zimmerschlüssel und erklärte routinemäßig die wichtigsten Hausordnungspunkte und Frühstückszeiten. Nachdem ich meine Gäste verabschiedet hatte und sie sich auf den Weg in die Zimmer machten, bat ich nochmals für das unmanierliche Benehmen um Verzeihung. Sie entschuldigte sich ebenfalls bei mir. Es war ihr sichtlich unangenehm gewesen, dass wir sie in ihrem Dienst schlafend erwischt hatten. Sie schwafelte etwas von Studium und Prüfungen, doch ich hörte nur den Klang ihrer Stimme und sah in ihr hübsches Gesicht. Anscheinend hatte ich aber auch noch genug Alkohol im Blut. Ohne Umschweife fragte ich sie, ob sie mit mir auf einen Kaffee gehen würde. Auf die gleiche, direkte Art antwortete sie mir. Ihr Dienst sei um neun Uhr zu Ende und sie wolle sowieso danach frühstücken.

Mir blieb also genug Zeit, mich ein paar Stunden aufs Ohr zu hauen, bevor ich mich nach einer kalten Dusche auf den Weg machte.

Treffpunkt war das Café Häferl, gleich in der Nähe vom Hotel. Ein gemütliches Kaffeehaus, besonders beliebt bei Studenten, aber auch mit dem nötigen Wiener Charme. Ich hatte einen Tisch draußen gewählt, die Sonne lachte bereits vom Himmel, als ich sie kommen sah. Auch sie hatte sich umgezogen. Strahlend und lachend, wie die Sonne kam sie die Straße runter, in einem gelb geblümten, kurzen Frühlingskleid. Ich wusste noch nicht einmal, wie ihr Name war, aber ich wusste, sie wird die Frau in meinem Leben.

Vivian liebt heute noch ihre Arbeit im Hotelgewerbe, aber mittlerweile hatte ich das Gefühl, dass die Liebe zu mir lange nicht mehr so groß war, wie zu ihrem Job. Inzwischen war sie stellvertretende Rezeptionsleiterin. Die Nachtdienste blieben ihr trotz ihrer Position nicht erspart. Ich muss zugeben, früher war es von Vorteil. So manche Nachtschicht hatte ich auch einlegen müssen, um mit der Arbeit fertig zu werden, als Tom und ich unsere Firma gründeten. Die Treffen mit meinen Jungs machte ich natürlich auch, wenn Vivi Nachtdienst hatte. Doch wenn es darum ging, etwas zu zweit zu unternehmen, war es dadurch nicht einfacher. Gemeinsam Freunde treffen, Karten für ein Konzert oder auch das Liebesleben mussten wir darauf abstimmen.

Heute störte es mich nicht, dass sie noch im Hotel war.

Ich wusste gar nicht, wie ich mit meinen Gedanken so weit abschweifen konnte. Ach ja, Beziehung, Konflikte, Sex. Unser Haupttreibungspunkt war eben zurzeit das Thema Nummer eins, nämlich Sex.

Es war nicht immer so. Sicherlich mit den Jahren zieht der Alltag in jeder Beziehung ein. Zu Anfang waren die Leidenschaft und die Lust auf den Partner groß. Das Experimentieren, die jugendliche Unbeschwertheit, einfach drauf los, ohne großartig nachzudenken. Was war davon noch übrig? In letzter Zeit meinte Vivian, ich schenke dem Ganzen viel zu viel Beachtung. Es gibt wichtigere Dinge im Leben.

Doch was sollte ich mich jetzt beschweren wollen. Vor nicht mal vierundzwanzig Stunden hatte ich ein Erlebnis gehabt, dass ich mir in den kühnsten Träumen nicht vorstellen hätte können.

Was rede ich da?

Ich hatte es mir vorgestellt ... in meinem Kopf. Und es wurde Wirklichkeit ... mit Vivian.

Noch konnte ich es nicht fassen.

Fast identisch, wie ich es in meiner niedergeschriebenen Story geschrieben hatte, hatte es sich ereignet. Was heißt hier Story? Ich hatte mich über Vivian geärgert und vor lauter Frust und auch Lust mir etwas zusammengereimt und niedergeschrieben. Und genauso wurde es gestern Wirklichkeit.

Ich lag im Bett und hatte wirklich begonnen das Buch zu lesen. Auch wenn viel Liebesschmalz dabei war, ich fand es spannend. Bis dann Vivian plötzlich ins Zimmer kam und unter meine Bettdecke schlüpfte. Vielleicht etwas schneller und unsicherer als in meiner Fantasie. Sie hatte schwarze Strümpfe angezogen, wie ich auf den ersten Blick erkennen konnte. Statt des Korsetts, sie besitzt keines, eigentlich schade, trug sie einen BH. Bevor ich irgendwie reagieren konnte, hatte sie meine Pyjamahose runtergezogen und ihre Finger bearbeiteten meinen Lümmel. Nur ihre Füße lugten hervor und schon hatte sie meinen Ständer zwischen ihren Lippen. Dieser wartete nicht auf einen Befehl vom Großhirn. Instinktiv richtete er sich auf. Zuerst langsam, dann immer schneller wurden ihre Bewegungen unter der Decke. Perplex streckte ich alle viere oder besser gesagt alle fünfe, wenn man meinen Schwanz dazu zählt, von mir und genoss das Unerwartete. Es dauerte nicht lange, bis ich knapp vor dem Explodieren war. Wie ich es gewohnt war, wenn sie mir mal einen blies, warnte ich sie vor, bevor ich zu kommen drohte.

„Achtung", sagte ich.

Keine Reaktion von Vivian, dass sie deshalb aufhören würde.

„Achtung ... du ...", wollte ich sie nochmals vorwarnen. Hatte sie mich unter der Decke nicht gehört? Sie hasste es, wenn sie meinen Samen in den Mund bekam. Das war mir erst einmal passiert und damals war sie spuckend aufs Klo gerannt. Aber das hatte ich ja auch in meiner Geschichte so beschrieben.

„… du … ich komme … gleich."

Sie hatte mich gehört, denn plötzlich steigerte sie nochmals das Tempo. Ich hatte schon fast Angst, dass sie da unten vor Luftmangel erstickte. Nur ihr Schmatzen war zu hören, während sie jetzt auch noch begann, mit einer Hand meine Eier zu kraulen. Ich konnte an nichts anderes mehr denken. Ich lag nur mehr hier und genoss, was mit mir passierte.

Jetzt aber … jetzt kam ich, der erste Strahl Sperma spritzte aus mir raus. Sie schluckte und machte weiter. Es war so geil und ich ergoss meine ganze Ladung in ihr, während sie bis zum Schluss weiter saugte und alles in ihrem Mund aufnahm und schluckte. Als sie mich leer gesaugt hatte, zogen sich ihre Lippen zurück. Aber sie hörte nicht auf, nein, sie leckte, wie ich geschrieben hatte, den Rest über meinen, langsam erschlaffenden Schwanz ab, als wäre es die Sahne von der Torte. Ich schloss die Augen und seufzte befriedigt auf. Vivian bewegte sich unter der Decke hervor. Mit einem Blinzeln sah ich kurz hin, doch ohne mich zu beachten, verschwand sie wieder, wie sie gekommen war. Ich hörte nur mehr, wie sie sich frisches Wasser in die Wanne einließ, bevor ich einschlief.

Sie musste meine Geschichte heimlich gelesen haben? Anders konnte ich es mir nicht vorstellen. Hatte ich den Laptop laufen lassen? Und dann auch noch den Text am Bildschirm sichtbar gelassen? Ich war mir nicht mehr sicher. Ich konnte keinen klaren Gedanken fassen. Mein ganzes Blut war wohl noch immer nicht in den Kopf zurückgeflossen. War das wirklich geschehen? Achtzehn Jahre waren wir verheiratet, aber das hätte ich ihr nicht zugetraut.

Vivian ist sicher kein Mauerblümchen. Wie wir uns kennengelernt hatten, war sie eine junge, selbstbewusste Studentin. Zu Beginn unserer Beziehung hatten wir die Schmetterlinge im Bauch. Da reichte ein einsamer Strand, um sich zu lieben. Wie damals, in unserem ersten Urlaub. Mein Geschäftspartner Tom und ich hatten viel Zeit in unserer Computerwerkstatt verbracht. Vivian hatte uns mit Sonderschichten und Überstunden finanziell über Wasser gehalten. Als wir dann unseren ersten größeren Auftrag erhielten, beschlossen Vivian und ich einen Teil des Geldes für einen Trip nach Griechenland zu verwenden. Die erste Nacht verbrachten wir unter dem Sternenhimmel am Strand. Wir liebten uns, wann und wo es ging. Und es hatte Folgen. Vivian wurde schwanger. Zuerst brach eine Welt für sie zusammen. Doch ich wusste, dass ich sie liebte, auch wenn die nächste Zeit dadurch nicht einfacher für uns werden würde. Für mich war es keine Frage, dass ich sie heiraten wollte. Das Computerzimmer wurde zum Kinderzimmer, bevor Leon auf die Welt kam.

Ich fragte mich, wo die Jahre geblieben waren. Mit den elterlichen Pflichten und der Arbeit hatte uns der Alltag nicht nur eingeholt sondern überholt. Sicher war es eine schöne Zeit, wenn ich darüber nachdachte. Unsere Beziehung war aber über die Zeit eingeschlafen.

Bis gestern.

Nun saß ich hier und überlegte, wie ich mit der Situation umgehen sollte. Soll ich Vivian ansprechen, wenn sie nach Hause kommt? Soll ich es als selbstverständlich annehmen und nichts sagen? Vielleicht gefallen Vivian solche Spielchen, sonst hätte sie ja nicht mitgemacht.

Bitte sehr, kann sie gerne haben. Es soll mein Nachteil nicht sein. Wenn sie dachte, meine Fantasie wäre damit ausgeschöpft, hatte sich mein lieber Schatz geirrt. Es gibt noch so einiges, was in meinem Kopf herumschwirrt. Dann schreibe ich eben ein zweites Kapitel und wir werden mal sehen, was sie dazu sagt. Mit der Maus führte ich den Cursor ans Dateiende und begann zu tippen.

Eingelocht

Wieder einmal lag Paul alleine im Bett.

Seine Frau war noch nicht daheim. Es war ein Treffen mit ihren Freundinnen angesagt. Aus Erfahrung wusste er, dass es zumeist nicht allzu zu spät wurde.

So richtig konnte er das nicht verstehen. Frauen können stundenlang über wirklich alles reden. Aber eine Nacht so richtig durchzuzechen, waren sie nicht in der Lage. Das war bei ihm und seinen Freunden anders. Bei den Männern wurde nicht alles ins kleinste Detail zerredet. Die Geschwindigkeit der neuen Prozessoren, das unnötige Foul und die Fehlentscheidung des Schiedsrichters beim Fußball oder die riesigen Möpse der Neuen in der Buchhaltung, das waren Themen für sie. Und getrunken, es wurde viel mehr getrunken, bis früh in den Morgen.

Als Vivi zu Anfangszeiten von ihrem Mädlabend so früh nach Hause gekommen war, hatte er erschrocken gefragt, was passiert ist, weil sie schon wieder da war? Mittlerweile wusste er, dass dieser Freundinnentratsch nie länger als bis zehn oder elf dauerte.

Bevor Paul jetzt nach Hause gekommen war, hatten er und Tom sich noch ein großes Bier und ein kleines Gulasch „Im Eck" genehmigt. So wie das Lokal hieß, so war es auch. An der Straßenecke, gleich neben dem Büro war es quasi ihre Bürokantine. Sie quatschten über das nächste Treffen mit Gruber. Sein Unternehmen konnte ihnen die nötige Hardware liefern, doch sie waren sich noch nicht einig. Josef Gruber wollte eine Fusion ihrer Firmen, damit sie ins Geschäft kamen. Doch hierbei waren sie sich nicht sicher, ob das der richtige Weg für die Zukunft war.

Insgeheim hatte Paul keinen Kopf gehabt, um über diese Dinge nachzudenken. Immer wieder schweifte er mit seinen

Gedanken ab. Liebend gerne hätte er seinem besten Freund von der unerwarteten Sex-Session erzählt. Doch seiner Frau war es sicher nicht recht. Darum behielt er es lieber für sich. Zum Glück hatte Tom noch etwas vor und sie brachen bald auf.

Nun lag Paul alleine im ehelichen Bett und wartete auf Vivian. Zu Lesen freute ihn nicht. Es war zwischenzeitlich schon nach halb Elf. Anscheinend hatten die Damen doch mehr zu bequatschen. Die Augenlider wurden schwer und Paul drohte einzuschlafen, obwohl er sich fest vorgenommen hatte, zu warten, bis Vivi heimkam.

Da hörte er den Schlüssel im Schloss und wie die Eingangstür wieder leise zugedrückt wurde. Mit den Jahren waren gewisse Geräusche in der gewohnten Umgebung bekannt. Die Stöckelschuhe plumpsten auf den Boden. Sie war wohl froh, sie ausziehen zu können. Das Wasser rauschte in der Küche. Sie hatte Durst. Anscheinend waren sie beim Italiener. Nach einer würzigen Pizza war auch bei ihm der Durst besonders groß. Aber Vivi hatte zu dieser späten Stunde sicher einen Salat gegessen. Bei wem hatte sie dann ein Stück Pizza mitgenascht, wenn er nicht mit dabei war? Er konnte es einfach nicht lassen, alles in Einzelteile zu zerlegen und zu analysieren.

Er hörte sie ins Bad gehen. Das Rascheln der Jeans, als sie sie runter streifte, erahnte er mehr, bevor der Wasserstrahl aus dem Duschkopf rauschte. In seinem Kopfkino sah er, wie sie sich den Slip und BH auszog, um sich unter der Dusche den Staub von der Straße zu waschen. Ihre Hände, voll mit ihrem gut nach Mango riechenden Duschgel, rieben ihre Schenkel ein, bevor sie zu den Zehen runter wanderten. Als Nächstes kam der Bauch dran, nach hinten zum Rücken und den Po hinunter. Nun lagen ihre Finger zwischen ihren Beinen. Sie griff nochmal zum Gel und nahm sich eine frische Ladung, um ihre Muschi einzureiben. Die zurechtgestutzten Schamhaare wurden extra intensiv eingeseift. Immer tiefer glitten die Finger hinunter, zu ihrer Spalte. Langsam kreisten sie und schoben sich immer ein Stück weiter hinein, zwischen die Schamlippen.

Leise konnte er ihr Stöhnen hören. Sie hatte Angst, ihr Partner könnte es mitbekommen, wie schlimm sie gerade unter der Dusche war. Paul erwachte aus seinen Gedanken, als er das Surren der elektrischen Zahnbürste hörte.

Das Licht im Schlafzimmer hatte er längst ausgemacht. Paul drehte sich auf die Seite und blickte zur Türe. Im Vorraum wurde es hell und er konnte den Schatten seiner Frau erkennen. Vivi trat ins Zimmer, nackt wie Gott sie erschaffen hatte. Mit langsamen Schritten kam sie zum Bett. Sie ging aber nicht gleich auf ihre Bettseite, sondern blieb vor Pauls Kopf stehen. Er sah ihre Beine und durch den Lichtstrahl aus dem Vorraum leuchteten die Konturen ihrer Möse. Unter der Dusche musste sie ihre Schamhaare nachrasiert haben. Ein kleines Dreieck ragte über ihrer Vulva. Jetzt erst sah er das Fläschchen in ihrer Hand. Sie stellte es auf seinen Nachttisch, drehte sich um, blieb aber noch kurz stehen. So hatte er ihr Hinterteil im Blickwinkel, bevor sie sich auf den Weg zu ihrer Betthälfte machte.

Durex PLAY stand in großen Buchstaben am Etikett des Fläschchens. In kleinerer Schrift konnte er gerade noch lesen: „Gleitgel für gefühlsechtes Empfinden" Sie hatten zwar nicht übermäßig oft Sex, aber so schlecht war es nun auch wieder nicht, dass sie dazu ein Gleitmittel brauchten. Nach einem guten Vorspiel war seine Frau immer ausreichend feucht, damit er in sie eindringen konnte.

Da fiel es ihm wie Schuppen von den Augen. Wann benötigt man sonst Gleitgel? Vivi hatte es nie gewollt. Einmal, vor langer Zeit, hatten sie es getrieben. Sie waren schon verschwitzt, er oben, sie unten, dann von hinten... und beim wilden Raus und Rein rutschte er ab und stieß ihr in den After anstatt in ihre Pussy. Mit weit aufgerissenen Augen schrie sie quietschend auf und rannte schimpfend ins Badezimmer. Er hatte es wirklich nicht gewollt, es war einfach passiert. Analsex war nie ein Thema bei ihnen gewesen. Ab diesem Tag war es ein absolutes Tabu. Paul wusste nicht, ob es ihn gerade deshalb besonders reizte. Wenn er sich einen Porno ansehen würde, wäre es sicher ein Filmchen mit Po-Sex. Manchmal hatte er probiert, die Ritze ihres Hintern mit seinen Fingern zu stimulieren. Bei einer Massage zum Beispiel, wenn er sie eingeölt hatte, beschäftigte er sich gerne mit ihrem Arsch. Langsam drückte er die glitschige Fingerkuppe an die kleine

Öffnung. Doch, wie ein Drache die hübsche Prinzessin, bewachte sie ihren Po mit aller Gewalt. Und so war ihm sein erster aktiver Analverkehr bisher verwehrt geblieben.

Paul drehte sich auf die andere Seite. Vivi hatte sich mittlerweile ins Bett gelegt. Sie lag aber nicht, sondern kniete vornübergebeugt vor ihm und streckte Paul den nackten Hintern entgegen. Mehr als ihren Arsch und ihre rasierte Fotze konnte er nicht sehen. Das genügte ihm. Im Gegensatz zum letzten Abenteuer musste er die Initiative übernehmen. Was ihm so lange verwehrt war, sollte jetzt geschehen.

Paul drehte sich auf die andere Seite, nahm das Fläschchen vom Nachtkästchen und leerte sich einiges Gel in seine rechte Hand. Er kniete sich hinter Vivi. Seine linke Hand streichelte zärtlich über ihre Pobacke. Ohne eine Regung zu zeigen, verharrte sie in der Stellung. Gut geölt wanderten seine Finger zu ihrer Arschritze. Er fuhr die Furche entlang, bis er an dem kleinen Loch gelandet war. Er verteilte das Gel und zaghaft drückte er die Fingerspitze dagegen. Sie zuckte kurz. Er spürte den Widerstand. Beim zweiten Versuch entspannte sie sich und der Finger glitt Stück für Stück weiter hinein. Noch immer zeigte sie sonst keine Reaktion und ließ es geschehen. Sie kniete weiterhin in der gleichen Haltung vor ihm. Paul griff nochmals nach dem Fläschchen und tropfte direkt auf Ritze und Rosette. Seinen Finger konnte er nun mühelos rein- und rausflutschen lassen. Jedes Mal, wenn er ihn rauszog, hörte er einen leisen Pieps aus ihrem Mund. Sein Schwanz war zwischenzeitlich zu enormer Größe angewachsen. Er beugte seinen Kopf zu ihrem Ohr und flüsterte ihr zu:

„Soll ich dich in den Arsch ficken?" Vivi reagierte nicht. Paul gab ihr einen Schlag auf ihren Hintern. Darauf hin konnte sie sich entscheiden.

„Ja bitte, ficke mich in den Arsch."

Kurz ließ er von ihr ab, nahm die Durexflasche und strich sich Gel über seinen harten Ständer. Paul kniete sich hinter seine Frau und umfasste ihre Hüfte. Er drückte ihre Knie auseinander, sodass er genug Platz dazwischen hatte. Seine hochrote Eichel hatte die Startlinie bereits erreicht. Sachte presste er dagegen und gleichzeitig hielten seine Hände ihren

Körper fest. Vorsichtig drang er mit seinem Schwanz in ihr Hintertürchen Zentimeter für Zentimeter ein. Vivi bewegte sich dabei nicht, sondern ließ es geschehen. Langsam steckte er ihn tiefer hinein. Obwohl er ihr Gesicht nicht sah, konnte er am leisen Gestöhne erkennen, dass auch sie ihren Gefallen daran fand. Mit der rechten Hand griff er um ihr Bein herum und begann ihre Klitoris mit den Fingern zu stimulieren. Zaghaft bewegte er sich hin und her. Die Entjungferung ihres Arsches war für ihn etwas Besonderes. Es war eng und nass genug. Ohne schneller zu werden, wie sonst beim Sex, merkte er, dass er bald kommen wird. Schade, gerne hätte er es länger ausgehalten. Er spritzte einmal, zweimal, dreimal und bei jedem Mal, stöhnte sie auf, als ob jeder Strahl sie zum Orgasmus brachte. Sie blieben eine Weile in der Stellung, bis er langsam seinen erschlafften Schwanz herauszog und sich auf seine Betthälfte fallen ließ. Vivi machte es sich auch bequemer, legte sich hin und zog sich die Bettdecke über ihren nackten Körper. Nach kurzer Zeit griff er hinüber und streichelte ihre Hüften, ihren Po, bis zum Loch. Da spürte er sein Sperma, welches heraus rann. So blieb er liegen und sie schliefen beide ein.

*****

Ich wusste, dass Vivian diesen Freitag Tagdienst hatte und sie sich wieder mit ihren Freundinnen treffen wollte. Genau auf diesen Tag hin, hatte ich das zweite Kapitel meiner Geschichte ausgerichtet. Zeitgerecht schaute ich, dass ich von der Arbeit nach Hause kam und es mir im Bett gemütlich machte. Natürlich war ich wirklich vorher mit Tom beim Wirten, da wir einige Dinge zu besprechen hatten. Dass ich ihm die Geschichte vom Blowjob nicht erzählt hatte, stimmte aber nicht ganz. Nicht nur Frauen können sich über ihr Liebesleben untereinander unterhalten. Warum sollte ich dann meinem besten Freund nicht so eine tolle Story erzählen dürfen. Das durfte aber Vivian nicht wissen. Sie kannte Tom auch persönlich sehr gut. Oft genug sind wir schon bei uns auf der Terrasse gesessen, um Entscheidungen bei beruflichen Schritten zu treffen. Zumeist begannen wir bei einem gemütlichen Bier und es endete dann zu dritt, mit Vivian am Tisch, bei der einen oder anderen guten Flasche Wein.

Außerdem war Tom der Taufpate von Leon. Doch alles hatte ich aber nicht ausgeplaudert. Dass die Idee des Blowjobs von meiner Geschichte herrührte, brauchte er nicht zu wissen. Wer weiß, ob es vielleicht doch nur ein Zufall war?

Zuhause angelangt duschte ich zunächst einmal. Ich durfte aber natürlich nicht vergessen, gewisse Utensilien bereitzulegen. So stellte ich das von mir besorgte Gleitgel im Badezimmer, neben das Waschbecken. Dort konnte sie es nicht übersehen. Die Fortsetzung meines Buches hatte ich vor zwei Tagen geschrieben und das Notebook ohne Passwortschutz und mit offener Worddatei auf dem Schreibtisch stehen gelassen. Vivian hatte genug Zeit, um sich in das Drehbuch einzulesen. Doch war sie wirklich bereit, bei unserem kleinen Spielchen weiterzumachen oder war es nur eine einmalige Aktion gewesen? Das wollte ich rausfinden. Mittlerweile war es 21 Uhr. Nachdem ich mir ein Glas Weißwein genehmigt hatte, ging ich zu Bett. Ich wollte auf keinen Fall noch auf den Beinen sein, wenn sie nach Hause kam. Die Musik aus dem Radiowecker stellte ich leise genug, damit ich hörte, wenn die Eingangstüre aufging.

Es wurde zweiundzwanzig Uhr. Noch immer war nichts zu hören. In meinen Zeilen hatte ich natürlich einen Hinweis gegeben, zu welcher Zeit die Geschichte spielen sollte. Ich verstand, dass es nicht auf die Minute genau ablaufen konnte. Sie konnte ja schwer zu ihren Freundinnen sagen, ich muss jetzt gehen, denn mein Mann will mich heute in den Arsch ficken. Und zu früh wollte sie sicher auch nicht zuhause erscheinen, damit sie mich dann außerhalb des Bettes überraschte. Es war eigenartig. Irgendwie ging ich schon fix davon aus, dass es so passieren würde, wie es sich in meinen Gedanken abgespielt hatte? Vielleicht hatte sie gar nicht weitergelesen. Am Notebook hatte ich keine Anzeichen erkannt, dass sie sich daran zu schaffen gemacht hätte. Es stand noch genauso, wie ich es verlassen hatte auf seinem Platz. Oder war ihr das zweite Kapitel zu heftig und ich verlangte schier unmögliches von ihr?

Es wurde halb Elf. Ich begann die Sekunden zu zählen, bis wieder eine Minute verstrich. Das Radio schaltete ich nochmals ein. Die Sleepfunktion hatte ihn inzwischen abgeschaltet.

Gespannt lauschte ich auf jedes Geräusch. Doch nichts war zu hören.

„Es ist dreiundzwanzig Uhr und dreißig Minuten. Die Kurznachrichten.", konnte ich von der Radiomoderatorin vernehmen. Die Augen wurden immer schwerer. In Gedanken hatte ich schon alles zigmal durchgespielt. Es war wie eine Kneippkur mit kalt und warm für meinen besten Freund, ein ewiges Auf und Ab. Mittlerweile hatte er sich schlafen gelegt und harrte der Dinge, so wie ich. So lange blieb sie sonst auch nicht aus, jetzt müsste sie doch jeden Augenblick nach Hause kommen?

Wie von der Tarantel gestochen, riss ich meine Augen auf. Mein erster Blick fiel auf die roten Ziffern des Weckers im stockfinsteren Zimmer.

Ein Uhr zwanzig.

Ich drehte mich auf die andere Bettseite und sah Vivian schlafend in ihre Bettdecke gehüllt, neben mir liegen. Ihr Atem ging ruhig und gleichmäßig. Sie schlief tief und fest. Wann war sie gekommen? War sie enttäuscht, weil ich eingeschlafen war, bevor sie heimkam? Hätte sie bei Kapitel zwei sowieso nicht mitgespielt? Hatte sie mein literarisches Werk gar nicht gelesen?

Ich legte mich wieder auf meinem Kopfpolster, bedacht möglichst leise zu sein, um sie nicht zu wecken. Mein Versuch, nochmals einzuschlafen, scheiterte jämmerlich. Zu viele Gedanken gingen mir durch den Kopf und kreisten um meine Fantasie, die ich gerne erlebt hätte. Vielleicht war sie aber auch total enttäuscht von mir. Nun hatte sie mich vor drei Tagen so toll überrascht und ich konnte nicht genug bekommen. Am liebsten hätte ich mich jetzt zu ihr rüber gedreht, mich an sie gekuschelt, meinen Arm um sie gelegt und sie um Verzeihung gebeten. Natürlich war es mir nicht so wichtig, dass ich sie griechisch liebte und ich deshalb unsere Beziehung aufs Spiel setzen würde. Es war vielleicht momentan mehr der Reiz an dieser Geschichte gewesen. Die Rolle, die sie beim ersten Mal gespielt hatte. Ich wusste nicht, ob ich es in den nächsten Tagen einmal zur Sprache bringen sollte. Klüger war es vielleicht das Dokument zu löschen und wie von der Festplatte auch aus meinem Gedächtnis. Schön langsam fiel die

Anspannung in mir ab und die Müdigkeit kehrte ein, bis ich endlich einschlief.

Ich fühlte mich wie gerädert, als ich am Morgen aufwachte. Es war neun Uhr. Die linke Betthälfte war leer. Vivian hatte bereits um sechs Uhr mit ihrem Dienst begonnen. Diese Zeit des Arbeitsbeginns wollte sie am wenigsten. Obwohl sie als stellvertretende Rezeptionsleiterin für die Erstellung der Dienstpläne zuständig war, musste sie sich auch hin und wieder zu dieser ungeliebten Schicht einteilen.

Der erste Weg des Tages führte mich in die Küche, um einen Kaffee zu machen. Meine Gedanken wanderten sofort wieder zu dem anders geplanten Abend. Vor dem Frühstück wollte ich mal duschen, um richtig munter zu werden. Viel konnte ich in der letzten Nacht nicht geschlafen haben, auch wenn ich schon so früh ins Bett gegangen war. Mein Durex-Fläschchen stand noch immer am Waschbeckenrand, wie ich es am Vorabend hingestellt hatte. Nur lag jetzt daneben eine bunte Schachtel. Ein Teil der Verpackung war mit transparenter Folie ausgelegt. Den Inhalt konnte man dadurch sehen. Ich brauchte nicht mal die Beschreibung des Produkts zu lesen, um zu wissen, was darin war. Trotzdem las ich es mir selbst laut vor, um es auch wirklich zu realisieren: „Magic Flesh Pussy & Ass". Ich träumte nicht.

Vivian hatte mir eine Gummimuschi bereitgelegt. Der Teil aus Plastik oder Silikon zeigte die Form eines weiblichen Hinterteils, mit einem Loch unten, um die Möse zu ficken und einem kleineren Loch, welches den Arsch darstellte. Daneben lag ein Zettel mit Vivians Handschrift:

*„Viel Spaß. Und wehe, du erzählst Tom etwas.
P.S.: Ich habe keine Fotze."*

Der i-Punkt bei Viel Spaß war als rotes Herzchen gezeichnet.

Das war also ihre Antwort auf meine Fantasy-Geschichte. Gestern Nacht wollte ich die Sache schon vergessen. Fast hätte ich mich dafür entschuldigt, allein dafür, dass ich meine Gedanken niedergeschrieben hatte. Doch nun provozierte sie mich mit dieser Art von Antwort. Woher hatte sie überhaupt in der kurzen Zeit das Stück bekommen? Bisher hatte sie sich, bis auf einmal, geweigert, mit mir einen Sexshop zu besuchen. Und dieser eine Besuch war nicht gerade berauschend. Entsetzt hatte sie die größten Dildos betrachtet. Wie kann sich eine Frau für so etwas begeistern? Die Bilder auf den DVD's fand sie ebenso eher abstoßend, als erregend. Bei den Gummipuppen, meinte sie, ich könne mir ja eine solche mit ins Bett nehmen, wenn diese besser wäre, und wollte schon gehen. Nur im hintersten Regal hatte sie die Artikel ohne ein Wort bestaunt. Es waren Masken, Peitschen, Seile und Knebel. Wir waren in der SM-Ecke gelandet. Da hatte es ihr wohl endgültig die Sprache verschlagen. Trotzdem hatten wir uns entschlossen, zumindest ein Massageöl zu kaufen, damit wir nicht mit leeren Händen nach Hause gingen.

Und nun war sie alleine in einen Shop marschiert und hatte eine „Pussy & Ass" gekauft, für mich.

Ich stellte mir es bildlich vor, wie sie bei der Kasse stand, der Verkäufer grinste und sich dabei dachte, der arme Narr muss seinen Schwanz in den Gummiteil stecken, anstatt diese hübsche Lady zu vögeln. Meine Morgenlatte war zwischenzeitlich zu einem Dauerständer angewachsen. Der Gedanke, Vivian im Erotikshop, geilte mich mehr auf, als dass ich über den gestrigen Abend enttäuscht wäre. Ich wollte schon die Verpackung aufreißen und mich daran bedienen.

Doch nein, so leicht wollte ich es ihr nicht machen. Mein Kapitel hatte sie genau gelesen. Sonst hätte sie sich nicht über meine Wortwahl mit Fotze beschwert. Ich schnappte das Gummiding. Es landete ungebraucht in der untersten Schreibtischschublade. Irgendwann werden wir darauf zurückkommen. Ich klappte mein Notebook auf, öffnete meine Word-Datei und begann die Geschichte neu zu schreiben.

Selfmadewoman

Möglichst leise steckte er den Hausschlüssel ins Schloss und sperrte sachte die Türe auf. Eigentlich wollte er an diesem Montag gar nicht so spät nach Hause kommen. Diese Woche hatte Vivi wieder Tagdienst. Es würde ihn freuen, wenn sie wieder einmal etwas gemeinsam machen würden. Das schöne Frühlingswetter lud direkt zu einem Bummel durch die Innenstadt ein. Am Wochenende hatten sie auch nicht viel unternommen. Viel zu bequem waren sie beide geworden. Keiner von ihnen hatte die Initiative ergriffen, um sich ein Wochenendprogramm zu überlegen.

Ursprünglich wollte er nach dem Meeting in Salzburg am frühen Nachmittag wieder zurückfahren. Die geplante Partnerschaft mit einer Servicefirma für Hardware war mittlerweile so gut wie fix. Es gab nur noch ein paar Formalitäten abzuklären. Der Geschäftsführer Herr Gruber hatte es sich aber nicht nehmen lassen, vorab den baldigen Abschluss gebührend zu feiern. Nachdem sie mit einem Glas Sekt angestoßen hatten, hatte er einen Tisch im Cuisino reserviert und alle zum Essen eingeladen. Paul hatte alle möglichen Vorwände gesucht, um endlich die Heimreise antreten zu können. Als sie sich dann nach dem Restaurantbesuch, auf den Weg ins Casino machten, verabschiedete sich Paul von der Gesellschaft.

Mittlerweile war es fast Mitternacht, als er zuhause ankam. Noch unter die Dusche und ab ins Bett. Heute wurde es eben nichts mehr mit einem gemütlichen Abend zu zweit. Paul wusste gar nicht mehr, wann er zuletzt mit Vivi Zärtlichkeiten ausgetauscht hatte. Momentan hatte er das Gefühl sich mehr mit sich selbst beschäftigen zu müssen. Er schlüpfte in ein frisches Shirt und Short und unter die Bettdecke. Vivi schlief anscheinend tief und fest.

Leise legte er sich neben sie. So manche Gedanken gingen ihm durch den Kopf, was er am nächsten Tag alles erledigen musste.

In der Stille hörte er ein Geräusch. Zuerst dachte er, es wäre der Ventilator im Bad, aber es klang eher wie ein Surren. Es wurde leiser und dann wieder lauter, doch es hörte nie ganz auf. Er hob kurz den Kopf, um zu horchen, woher das Brummen kam. Von draußen kam es nicht, die Fenster waren verschlossen. Es musste in der Nähe sein. Jetzt vernahm er auch noch ein anderes Geräusch, ein leises Stöhnen. Es kam von Vivi. Ihm fiel auf, dass sie nicht, wie gewohnt auf die Seite gedreht war. Sie lag auf dem Rücken, zugedeckt, ihre Beine waren aufgestellt und die Hände unter der Decke. Ihr Mund war leicht geöffnet. Sie versuchte wohl, ein Stöhnen zu unterdrücken, doch es gelang ihr nicht. Es kam ihm vor, als wenn Vivi ihre elektrische Zahnbürste unter der Decke laufen ließ. Das war es aber nicht. Da war er sich sicher.

Vivi lag im Bett und befriedigte sich selbst, mit einem Vibrator. Paul wusste nicht, ob sie ihn überhaupt bemerkt hatte. Er legte seinen Kopf wieder auf seinem Polster, blickte aber zu ihr rüber. Am liebsten wäre er zu ihr gerutscht und hätte gerne ausgeholfen. Er wollte sie aber nicht stören und genoss diese Situation. Sie hatte die Beine noch weiter gegrätscht. Ihre Knie standen mittlerweile unter der Bettdecke hervor. Die Hände bewegten sich darunter hin und her. Dann verharrten sie wieder, wenn sie anscheinend einen angenehmen Punkt erreicht hatten. Vivis Atem wurde wieder ruhiger. Hatte sie schon ihren Höhepunkt gehabt?

Es dürfte ihr heiß geworden sein, denn sie zog die Bettdecke komplett von ihrem Körper und schupste sie neben das Bett. Halbnackt, nur mit dem Pyjamaleibchen bekleidet, lag sie mit gespreizten Beinen vor ihm. Die linke Hand streichelte über ihre kurzen Schamhaare, die Rechte bewegte einen rosafarbenen Dildo in ihrer Muschi raus und rein. Wenn sie ihn auf ihren Kitzler legte, hörte man das Surren stärker. Das dürfte ihr besonders gut gefallen. Ihr Atem ging heftiger. Manchmal entgleiste ihr ein lauteres Stöhnen. Dann setzte sie wieder kurz aus, um durchzuatmen. Zuerst hielt Paul die Augen geschlossen, wenn er glaubte, dass sie hersehen könnte. Nun beobachtete er sie ungeniert. Sie konnte ja nicht wirklich denken, dass ihm das nicht auffallen würde. Die Bewegungen wurden wieder heftiger. Sie führte die Hand zu ihrem Gesicht und fuhr sich über die Lippen, bevor sie sich die Finger in den Mund steckte. Die angefeuchteten Finger wanderten unter ihr Leibchen und zwirbelten ihre Brustwarze. Den Vibrator steckte sie sich tief in sich hinein und verharrte so. Als würde sie sich selbst hart ficken wollen, rutschte sie mit ihrem Po hin und her. Das Stöhnen wurde lauter. Sie machte keine Anstalten mehr, zu versuchen, leise zu sein.

Plötzlich drehte sie den Kopf zu Paul, ohne aufzuhören, sich zu befriedigen. Ihre Blicke trafen sich und sie sahen sich tief in die Augen.

In diesem Moment kam von ihr ein „Aahh, Aahhh, Aaaaaaaaahhhhhh". Die Bewegungen hielten inne und Vivi versuchte, ihren heftigen Atem auszugleichen, indem sie durch den Mund aus- und einatmete. Sie war gekommen.

Ohne ein Wort zu sagen, nahm sie ein Taschentuch von ihrem Nachtkästchen, wischte den Dildo ab und legte ihn in die Lade. Sie fischte nach der Decke am Boden, drehte sich auf die Seite und schlief zufrieden ein.

Es war wunderbar zuzusehen und auf diese Art mitzuerleben, wie seine Frau einen Höhepunkt bekam. Nach all den Jahren war es das erste Mal, dass er ihr zusah, wie sie sich selbst befriedigte. Sein Puls musste auf hundert sein. Langsam floss das Blut aus seiner Latte in andere Bahnen. Mit dem schönen Bild vor Augen war er auch bald im Träumeland.

*****

Für das dritte Kapitel hatte ich das Wochenende Zeit gehabt, um es zu schreiben. Vivian hatte mich gefragt, ob ich schon wieder arbeiten müsse. Stellte sie sich so naiv? Sie glaubte doch nicht, dass ich die Schmach mit dem Gummiarsch auf mir sitzen ließ. Es war ja klar, dass es eine Fortsetzung geben musste. Ich bestätigte aber ihren Verdacht und erzählte ihr von unserem Deal mit Gruber und dass ich dafür einiges vorbereiten musste. So du mir, so ich dir, dachte ich mir. Dann soll sie sich eben auch selbst befriedigen, wenn sie mich schon mit diesem Gummiteil quasi dazu aufforderte. Ich hatte in der Zwischenzeit überlegt, es auszupacken und auszuprobieren. Dazu war mein männlicher Stolz zu groß und es lag weiterhin in meiner Schreibtischlade.

Wahrheitsgetreu hatte ich von meiner geplanten Fahrt nach Salzburg geschrieben. So gut kannte ich den Gruber mittlerweile. Mir war klar, dass ich nicht bald wegkommen würde. Er war Mitte Fünfzig und nach seinen Erzählungen schon ewig verheiratet. An seinen Humor musste man sich gewöhnen. Er wusste zu allem etwas zu erzählen. Keine Ahnung, ob alles wahr war, aber er war eben, wie es so schön heißt, ein alter G'schichtldrucker.

Bevor ich mich auf den Weg nach Salzburg gemacht hatte, fuhr ich in ein nahegelegenes Einkaufszentrum. Ich gönnte mir in einem Café ein gutes Frühstück und wartete, bis die anderen Geschäfte aufsperrten. Punkt neun Uhr trat ich als erster Kunde in den Sexshop ein. Ich brauchte nicht lange, dachte ich zumindest. Ich wusste ja genau, was ich wollte. Einen Vibrator, nicht zu groß und in Rosa. Die Vielfalt des Sortiments überraschte mich aber. Es gab Vibratoren und Dildos in allen Größen, Längen und Farben. Und auch in den verschiedensten Formen wurden sie angeboten, gerippt, gerillt, mit Kitzlerstimulation oder Kugeln gefüllt, mit Fernbedienung, wasserdicht für die Badewanne und was weiß ich noch alles. Ich entschied mich dann für ein klassisches Model aus weichem Material, zuckerlrosa und stufenlos regulierbar.

Vor meiner Dienstreise fuhr ich nochmals kurz nach Hause. Meine Requisite musste ja passend platziert werden. Ich stellte ihn auf den gleichen Platz im Badezimmer, wo sie mir meine Überraschung hinterlassen hatte. Sicherheitshalber kontrollierte ich noch, dass mein Worddokument auf dem Laptop gut leserlich am Display geöffnet war. Drittes Kapitel war bereit …

„Was möchte man in einem Swingerclub nie sagen müssen?"

Alle schauten und warteten auf die Pointe.

„MUTTI !?!"

Herr Gruber klopfte sich vor Lachen auf die Schenkel. Außer mir waren noch zwei Mitarbeiter und Brigitte, seine Bürokraft zum Essen mitgekommen. Es war zu fortgeschrittener Stunde und dementsprechend tief waren seine Witze.

Da ich mit dem Auto unterwegs war und nichts trinken durfte, hatte ich anscheinend zu wenig Alkohol im Blut, um den Witz gleich zu verstehen. Doch für mich war es ein Stichwort aufzubrechen.

„Bevor meine Mutti zuhause schimpft oder alleine in einen Club gehen muss, werde ich jetzt wohl lieber aufbrechen.“

So witzig hatte ich es nicht gefunden, aber Brigitte krümmte sich vor Lachen, dass ihre übergroßen Brüste nur so wippten.

Endlich auf dem Weg, überlegte ich, ob Vivian mein drittes Kapitel auch so lustig finden wird?

Ich war sogar um eine halbe Stunde früher angekommen, als geplant. Nicht ganz so leise, wie beschrieben, öffnete ich die Haustür. Vivian sollte mitbekommen, dass ich da war. Doch bevor ich mich unter die Dusche stellte, schlich ich ins Arbeitszimmer. Es war ein langer Tag und ich war gespannt, wie er enden würde. Das Notebook war jetzt zugeklappt und daneben lag die Schachtel mit dem Vibrator. Leer. Es war schon mal ein gutes Zeichen. Schnell zog ich mich aus, duschte und schlich ins Schlafzimmer. Das Licht im Vorraum ließ ich lieber an. Wenn es etwas zu sehen gab, wollte ich ja nichts verpassen. Meine Short hatte ich aus Einsparungsgründen weggelassen. Man weiß ja nie, was sich noch ergeben könnte.

Im Dämmerlicht sah ich Vivi mit ihren schulterlangen, rotbraunen Haaren im Bett liegen. Doch nicht wie erwartet am Rücken und sich selbstbefriedigend, sondern in ihrer Lieblingsschlafstellung mit dem Blick zur Wand. Ich legte mich neben sie, verschränkte die Arme hinter dem Kopf und starrte mit offenen Augen an die Decke. War das das Ende meiner Fantasiegeschichte? Oder doch nicht?

Ich hörte neben mir ein Rumoren. Vivian hatte sich auf den Rücken gedreht und hantierte unter der Bettdecke herum. Sie zog sich die Pyjamahose aus und legte sie rüber auf meine Seite. Sie griff in ihre Lade, schnappte sich den Vibrator und schaltete ihn ein. Zu dem Licht im Vorraum strahlte es plötzlich, als wenn ein UFO aus dem unbekannten Universum aufgetaucht wäre. Fast hätte ich losgelacht. Vielleicht steht UFO auch für Unbekanntes Fick Objekt. Ich hatte einen Vibrator mit LED-Beleuchtung gekauft. Vivi ließ sich davon nicht beirren. Sie begann zuerst, wie ich geschrieben hatte, unter der Decke sich selbst zu bedienen. Mehrmals wanderte ihre Hand zum Mund und sie feuchtete sich ihre Finger an. Sie gab ihr Bestes, um die Fantasie in meinem Kopf in Realität umzusetzen. Doch dürfte ihr an nötiger Feuchte in ihrer Muschi gefehlt haben, um sich mit dem Vibrator zu verwöhnen. Nun schien es ihr zu gefallen. Langsam bewegte sie das Sextoy unter der Decke hin und her. Sie nahm sich Zeit, um in Stimmung zu kommen. Mir reichte es schon, ich war in Stimmung.

Als ob sie die Geschichte auswendig gelernt hätte, zog sie ihre Bettdecke auf den Boden und öffneten ihre Beine noch weiter. Ich war froh, dass ich das Licht im Vorraum nicht abgedreht hatte. So sah ich doch mehr als ihre Konturen. Vivian hatte eine Hand auf ihrem Bauch liegen und mit der anderen Hand bediente sie den Vibrator. Sie war beim Sex nie die Laute, eher der ruhige Typ. Jetzt wurde aber ihr Atem heftiger. Für mich gab es kein Halten mehr. Ich zog mir die Decke vom Körper und rutschte zu ihr rüber. Mein Ständer war bereit. Sie hatte nicht nur sich, sondern auch mich aufgegeilt. Meine Hand wanderte auf ihren Busen.

Da sah sie mich plötzlich an und schubste sie weg.

„Das steht nirgends geschrieben.", sagte sie mir in leisen bestimmenden Ton, immer noch schwerer atmend. Sofort zog ich mich auf meine Hälfte zurück und legte mich artig auf meinen Kopfpolster. Sie wandte ihren Blick nicht von mir ab und sah mir tief in die Augen. Ihre Hände nahmen wieder ihre bisherige Aufgabe auf. Nicht in wilden, heftigen Bewegungen, sondern ruhig und langsam kam ihr Orgasmus, immer noch den Blick zu mir gerichtet.

Ohne irgendeine Reaktion mir gegenüber, drehte sie sich auf die Seite, verräumte das neue Spielzeug, schnappte sich ihre Decke und schlief ein.

Kommando „Klaps"

„Ich liebe dich heiß und innig."

„Dann beweise es mir. Solange du dich nicht für mich entscheidest…"

„Was muss ich denn noch tun, um dir meine Liebe zu beweisen?"

--

„Wieso bekommst du immer die tollen Frauen?" „Weil ich ein Haus in Palm Beach habe und nicht so ein Weichei bin, wie du es bist."

--

„Knall ihn ab, den Hurensohn"

--

199 Programme im Fernsehen und nur Wiederholungen, Serien und Werbung. Anscheinend rechneten die TV-Sender nicht, dass an einem Donnerstag Abend jemand zuhause war und fernsah, denn heute lief wieder nichts. Vivi hatte sich zwischenzeitlich ein Buch geschnappt und es sich gegen Blickrichtung zur Flimmerkiste auf der Couch gemütlich gemacht. Sie streckte ihrem Mann auffordernd die nackten Füße entgegen. Paul durfte ihre Zehen massieren, während er über das Fernsehprogramm schimpfte. Doch er hatte sowieso nicht vor, sich damit herumzuärgern. Schon längst hatte er seinen Entschluss für diesen Abend gefasst.

„Willst du auch noch ein einen kleinen Schluck Wein?"

„Nein danke", kam die Antwort, ohne dass sie zu lesen aufhörte. Paul legte ihre Beine auf die Seite und streichelte ihr über die Oberschenkel, die von der Jeans umhüllt waren. Dann klopfte er ihr dreimal auf die Pobacke, bevor er aufstand und sich sein leeres Weinglas vom Couchtisch schnappte. Vivi blickte über den Buchrand und sah ihm in die Augen. Sie verstand, dass es das Zeichen war. Es war so weit.

Bevor er mit dem gefüllten Glas aus der Küche zurückkam, war seine Liebste von der Couch verschwunden. Genüsslich roch er an dem Traminer und gönnte sich das erste Schlückchen. Jetzt, nachdem er wusste, was der Abend bringen wird, war das Fernsehprogramm für die nächsten fünfzehn Minuten auch noch zu ertragen. Er entschied sich bei der Millionenshow mitzuraten.

Vivi hatte den Hinweis verstanden, dass es Zeit war, sich um das Abendprogramm zu kümmern. Nach dem kleinen Popoklopfer machte sie sich brav auf den Weg ins Badezimmer. Bevor sie aus ihrer Jeans und dem T-Shirt schlüpfte, drehte sie den Wasserhahn auf, damit das Wasser die richtige Temperatur hatte, wenn sie nackt unter die Dusche stieg. Frisch geduscht und auch die Schamhaare diesmal zu einem schönen Streifen nachrasiert, sah sie die Kleidung, die ihr für den Abend zurechtgelegt worden war. Kleidung war zu viel gesagt, zu dem bisschen Netz. Sie nahm es in die Hand und wusste zuerst nicht, wie was wohin gehörte. Sie begutachtete sich, nachdem sie es geschafft hatte, im Spiegel. Bis auf ihre Arme, Schultern und Schambereich war sie komplett bekleidet, zwar nur aus einem Netz von nichts, aber doch. Um den Hals trug sie überkreuzt zwei Träger, damit es nicht rutschen konnte. Es war ein eigenes Gefühl, nicht nackt zu sein und doch alles zu sehen.

Wohl wissend hatte sich Paul vorher frisch gemacht. Er schaltete auf einen Sportkanal um und sah sich die Zusammenfassung der deutschen Bundesliga an. Nicht dass es ihn interessierte, aber schöne Tore in mehrfacher Wiederholung sah er immer wieder gern.

Die feuchten Haare von Vivi waren noch hochgesteckt, als sie wieder ins Wohnzimmer kam. Langsamen Schrittes, fast schwebend marschierte sie auf ihn zu und stellte sich neben ihn. Sie strich mit ihren Fingern über seinen Hinterkopf und durch sein Haar. Paul legte seinen Arm um ihre Oberschenkel und mit der zweiten Hand kraulte er sie auch, aber an ihrem kurz geschnittenen Schamhaar. Sie waren noch feucht von der Dusche. Seine Finger wanderten ein Stück runter, nicht allzu weit. Der Mittelfinger fuhr über die Furche ihrer äußeren Schamlippen und streichelten sie sanft. Brav blieb sie so stehen, als ob es die normalste Sache der Welt wäre, dass sie hier, in Dessous bekleidet, untenrum nackt, neben ihm stand und ihr die Muschi gestreichelt wurde. Es fühlte sich eigenartig an. Obwohl sie sich schon lange kannten, hatte sie sich noch nie so zur Schau gestellt. Doch dieses bisher unbekannte Präsentieren gefiel auch Vivi. Sie spürte, dass sie feucht wurde und sein Finger ohne viel Zutun in sie hineinglitt. Er machte es langsam. Nebenbei lief noch immer die Sportshow, und der Moderator schrie sich die Seele aus dem Leib, als ein Treffer erzielt wurde.

Paul genoss es, sie einfach so zu berühren. Seine linke Hand wanderte über ihren Körper, soweit sie reichen konnte. Er spürte den feinen Stoff des Netzgitters, aber darunter auch ihre nackte Haut. Ihre Schenkel waren glatt. Er musste dabei an eine Werbung denken. Einer Frau rutschte das Kleid über den Körper, weil ihre Beine so gut rasiert waren. Zum Glück war das Dessous mit einem Träger um den Hals befestigt. Er wusste nicht, wie lange sie so verharrten. Zwei seiner Finger waren mittlerweile in ihr drin.

Er zog sie raus und klopfte ihr wieder sachte aber doch bestimmend auf den Po. Seine Partnerin wusste, was zu tun war. Sie beugte sich zu ihm runter und öffnete ihm seinen Morgenmantel. Sein gutes Stück nutzte den Platz und schnellte sogleich hervor. Paul rutschte mit seinem Gesäß auf der Bank ein Stück vor und lehnte sich gemütlich zurück. In dieser fast liegenden Stellung stieg Vivi über ihn drüber und stand so im Grätschschritt über seinen Beinen und blickte auf die Sportsendung. Paul strich sanft über ihre Schenkel. Regungslos blieb Vivi in dieser Haltung stehen. Seine Finger wanderten über die Innenseite hinauf, bis sie die Schamlippen berührten, und begannen daran zu reiben. Schon spürte er, wie sie immer feuchter wurde. Vivi bekam den dritten Klaps auf ihren Hintern. Da griff sie nach hinten, umfasste seinen Schwanz mit ihrer Hand und während sie sich senkte, führte sie ihn in sich ein.

Rhythmisch, wie bei einer ihrer gewohnten Fitnessübungen machte Vivi leichte Kniebeugen, nur dass ein Schwanz in ihr steckte. Sie genoss es, das Tempo bestimmen zu dürfen. Pauls Hände verharrten auf ihrem Becken, ohne sie in ihrem Tun zu beeinflussen. Es war angenehm, noch besser, als zuletzt mit dem Vibrator, mit dem sie sich befriedigt hatte. Sie hatte ihren Punkt gefunden, wo es am besten war. Bald war sie so weit. Mit so wenig Aufwand wäre sie früher nie so schnell gekommen.

Da packte Paul sie fester an und gab ihr dazu noch einen Schlag auf den Hintern, den er vor dem Gesicht hatte. Diesmal hatte er fester zugeschlagen. Sie spürte ein Ziehen auf der Pobacke. Soviel Freiheit hatte sie nicht, dass sie kommen durfte, wann sie wollte. Das Sagen hatte immer noch er. Vivi verringerte wieder das Tempo. Es war fast eine Qual, doch eine Reizvolle. Paul zögerte es ein paar Minuten raus. Lange würde es bei ihm aber auch nicht dauern, bis er abspritzte.

Ein Klaps, wie bei einem Reitpferd, wenn man es zum Galopp antreibt, brachte Vivi wieder schneller in die Gänge. Lange hätte sie nicht mehr warten können, dann hätte sie losgelegt oder einen super Orgasmus verpasst. Sie bewegte sich intensiver, aber nicht zu wild. Denn sie war die Reiterin, die nicht von ihrem Pferd fallen wollte.

Dann war es so weit. Paul spürte den Saft wie aus einer Quelle, die unter Druck stand. Gleich spritzte er alles in sie hinein. In dem Moment lehnte er sich weiter zurück und drückte sein Becken durch.

„Ja, ich komme jetzt!!!"

Als, wenn es das Tüpfelchen auf dem i gewesen wäre, stöhnte auch Vivi auf. Es war ein schriller, spitzer Ton, der ihr entrang und sie gleichzeitig mit ihm kam. Vivi hörte nicht auf, sondern machte langsam noch ein paar Mal ihre rhythmischen Bewegungen über Paul. Beim Sport muss man ja auch nach dem Sprint gemächlich auslaufen. Sie verharrte dann in dieser Position.

Paul wollte nun wieder seine Sportsendung weitersehen. Also eine Andeutung auf ihrem Po und Vivi stieg ab. Sie kniete sich vor ihm hin und brav leckte sie den Saft, der in der Zwischenzeit aus ihr geronnen war, von seinem Schaft ab, bevor sie sich ins Bad begab.

Paul schaute noch kurz fern. Er ärgerte sich aber nicht mehr, dass nichts Vernünftiges in der Glotze lief, bevor auch er schlafen ging.

*****

Demonstrativ hatte ich das vierte Kapital provokant verfasst.

„Wo steht das geschrieben?", war das Einzige, was sie zu mir gesagt hatte, als ich mich ihr nähern wollte.

Gut, wenn sie unbedingt wollte, dass alles im Detail beschrieben steht, dann soll sie es so haben. Wir werden sehen, ob sie jedes Wort in die Tat umsetzt.

Am Morgen danach war ich früh aus dem Bett. Es juckte mich in den Fingern. Zuallererst hätte ich ihr am liebsten den Po versohlt. Sie hatte sich mit dem Vibrator ins Bett gelegt und selbst befriedigt, geiler, als ich es mir vorgestellt hatte. Sicher, die Idee dazu und auch das Toy hatte sie von mir. Doch anstatt mich mitspielen zu lassen, klopfte sie mir auf die Finger und sagte: „Wo steht das geschrieben?!?"

Ein neues Kapitel war fällig. Ich war gerne früher im Büro, aber dass ich der Erste war, kam selten vor. So konnte ich mich ungestört an meinen Schreibtisch setzen. Die vierte Geschichte musste verfasst werden. Leider wurde ich nicht fertig, bevor ich mit der richtigen Arbeit beginnen musste. Doch nach zwei Tagen blickte ich stolz auf mein Werk.

Die letzten Tage waren wie immer abgelaufen. Vivi erzählte mir am Abend ihre neuesten Erlebnisse aus dem Hotel. Es waren oft die abenteuerlichsten Geschichten und es war immer wieder eine Freude, dabei zuzuhören. Sie steigerte sich so sehr rein, dass sie dann mit hochrotem Kopf zum Schluss kam. Ich liebe es, sie dabei zu beobachten. Aus meinem Berufsleben gab es nicht viel zu erzählen. Zumeist Besprechungen oder technische Probleme. So hörte ich ihr lieber zu und sah dabei, wie ihr Herz heftig pochte, während sie voller Emotionen aus sich heraus quirlte.

Sie fragte mich sogar, ob wir am Wochenende wieder mal etwas unternehmen wollen? Den Vorschlag konnte ich gar nicht zuordnen. Schon lange war es her, dass sie den Wunsch hatte und auch aussprach. War ihr wirklich danach? Wollte sie mir damit etwas sagen? Oder wollte sie die Gelegenheit zur Aussprache nutzen? Die Geschichte mit den geschriebenen Kapiteln brachte sie bisher nicht zur Sprache und ich auch nicht. Wie ein Schleier lag das Erlebte zwischen uns, den sich keiner von uns zu öffnen wagte. Und sie wusste nicht, dass ich das vierte Kapitel bereits geschrieben hatte und nicht bis zum Wochenende damit warten wollte.

Mittwoch Abend marschierte ich schnurstracks ins Badezimmer. Vivian war bereits zu Bett gegangen. Ich legte das sexy Dessous auf den schon gewohnten Platz neben dem Waschbecken bereit. Die Verkäuferin im Sexshop hatte mich sogar gefragt, ob ich nicht eine Stammkundenkarte eröffnen möchte. In meinem Arbeitszimmer klappte ich mein Notebook auf und öffnete mystory.docx. Noch immer hatten die Zeilen keinen besseren Dateinamen bekommen.

Am nächsten Morgen war ich viel früher als Vivian munter. Ich wollte sie gar nicht antreffen, darum schlich ich ohne einen Kaffee außer Haus. Die Spannung auf den kommenden Abend war auch so groß, dass ich gar nicht länger schlafen hätte können.

Endlich Feierabend. Es war ein langer Arbeitstag gewesen. Vivian hatte zum Abendessen etwas vom Chinesen mitgebracht. Bevor wir aßen, ging ich noch unter die Dusche. Sofort fiel mir auf, dass die bereitgelegte sexy Wäsche verschwunden war. Ob sie die Geschichte weitergelesen hatte, konnte ich nur vermuten.

Nachdem wir unser asiatisches Fastfood verputzt hatten, machte ich es mir auf der Couch gemütlich und schaltete wahllos durch die Programme. Vivi holte ihr Maniküre-Set aus dem Bad und machte ihre Fingernägel. Die Stimme des Kommentators erzählte belangloses Zeug über das Leben in der Wüste. Vivi schaute eine Weile zu, bis ich wieder auf einen Krimi umschaltete. Doch hier lief zur Zeit Werbung. Sie stand auf. Mein Herz pochte. Wo wollte sie hin? Sie kam mit einem Buch in der Hand zurück. Ohne ein Wort zu sagen, legte sie sich auf die Bank und streckte mir die Füße entgegen, wie ich es beschrieben hatte. Wie selbstverständlich begann ich sie zu massieren. Die nächsten Minuten waren eine Qual. Und doch waren sie für mich so was von geil. Sicher, das erste Kapitel, mit dem Blowjob war auch nicht zu verachten. Doch das war damals so überraschend gekommen, wie Weihnachten ohne Adventszeit. Und diese fehlende Vorfreude hatte ich jetzt. Ich zappte nochmals die Programme durch. Den Ton hatte ich runtergedreht. Als ich bei Kanal 69 angelangt war, sah ich es als Zeichen. Ich legte Vivians Füße zur Seite, stand auf und fragte, ob sie auch ein Glas Wein wolle. Brav verneinte sie und beim Vorbeigehen bekam sie einen Klaps auf den Po. Als ich aus der Küche zurückkam, war sie verschwunden. Ich hörte das Rauschen der Dusche und dann längere Zeit nichts. Vor Aufregung trank ich das ganze Glas Wein in einem Zug aus. Dabei fielen mir gleich weitere Szenen ein, die ich in das Kapitel hätte einpacken können. Sie könnte ja ihre Finger in das Weinglas stecken und ihre Nippel damit einreiben. Doch zum Glück stand es nirgends geschrieben, denn jetzt war ja mein Glas leer.

Als Vivi um die Ecke kam, blieb mir die Luft weg. Sie wirkte so sexy in dem Bodystocking. Es waren eigentlich wie Netzstrümpfe über den ganzen Körper. Nur der Streifen ihre Schamhaare schimmerte aus dem „Ouvert" Teil hervor. So stellte sie sich neben mich und kraulte mir den Nacken…

Als ob ich es schon einmal erlebt hätte, passierte es nun real. Meine Finger wanderten zu ihrer Muschi. Mit dem nächsten Klaps auf den Po begann sie mich zu besteigen und führte meinen Schwanz in ihre Liebesgrotte ein. Vivi wusste genau, was passieren wird und doch wartete sie brav auf meine Zeichen, bis sie die nächste Aktion setzte. Nur zum Schluss, nachdem sie von mir runtergestiegen war, zögerte sie kurz. Sie blickte auf meinen Schwanz und das Sperma, welches wieder aus ihr geronnen war. Vielleicht war es zuerst eine Überwindung für sie, doch dann leckte sie alles brav sauber. Als sie auch diesen Teil absolvierte, hatte ich das Gefühl, dass sie es nicht nur für mich tat. Sie war auch stolz auf sich selbst, alles so artig befolgt zu haben.

Vivian duschte nochmals. Bevor sie ins Bett ging, schaute sie nochmals im Wohnzimmer rein und wünschte mir eine gute Nacht. Ich war mir nicht sicher, aber ich glaubte, ein Lächeln auf ihren Lippen gesehen zu haben. So blieb ich noch auf der Couch sitzen. Schlafen hätte ich noch nicht können.

Nie hätte ich beim Schreiben gedacht, dass die Realität so geil werden konnte, wie ich es in meiner Fantasie gedacht hatte. Es war die Spannung beim Schreiben, mit der Hoffnung oder vielleicht auch schon Wissen, dass es wahr werden wird. Dieses Kribbeln, dann zu wissen, was jetzt gleich kommen würde, war unbeschreiblich. Und meine Frau, die ich in den Jahren noch anders erlebt hatte, machte brav mit. Sie wusste genau, was auf sie zukommen wird, und trotzdem spielte sie mit, bei Dingen, die wir vor ein paar Wochen niemals gemacht hätten.

Wenn ich jetzt zu ihr ins Bett kam, liegen wir wieder, wie das lang verheiratete Ehepaar, jeder brav auf seiner Seite, als ob nichts geschehen war. Dieses Bett war in den Jahren ein wahrer Liebeskiller geworden. Doch damit sollte jetzt Schluss sein. Das nächste Kapitel sollte sich nicht darin und auch nicht in diesen gewohnten Räumen abspielen. Ich hatte schon im Kopf, was ich schreiben wollte.

Und wenn ich sie dabei auch zappeln lassen wollte, so sollte sie auch ihren Spaß dabei haben...

Kugeln ins Glück

Die Vögel zwitscherten an dem schönen Julitag vor dem Fenster. Gemütlich saßen die beiden beim Frühstück. Es war Samstag und schon fast Mittag. Der Kaffeeduft zog sich durch die Räume. Mit einem Dong hüpfte das knusprig gebräunte Weißbrot aus dem Toaster und wartete, verspeist zu werden. In aller Ruhe genossen sie ein weiches Ei dazu. Paul hatte sich Speck in der Pfanne knusprig gebraten. Die Tageszeitung war wie üblich aufgeteilt, Sport für den Herrn, Chronik für die Dame.

Sie hatten keine Eile. Paul hatte für den Abend einen Tisch in einem Restaurant in der Innenstadt reserviert. Wenn es sie danach freute, würden sie anschließend in den Volksgarten tanzen gehen. So hatte er es zunächst mal vorgeschlagen. Vivi liebte das Tanzlokal. Früher waren sie öfter dort. Bei schönem Wetter konnte man im Freien sitzen. Die Lämpchen mit den roten Schirmen schafften eine romantische Stimmung an den Tischen, die im ganzen Gastgarten zwischen Sträuchern verteilt waren.

Außer einem guten Morgen und möchtest du noch Kaffee hatten die beiden nicht viel gesprochen. Es war aber eine angenehme Stille.

„Es ist heute schön warm draußen", sagte Paul hinter seiner Zeitung hervor.

„Mmmmhhh, ja stimmt."

„Freust du dich auf heute?"

„Mmmmhh, ja sicher."

„Ich möchte, dass du heute einen Rock anziehst."

Zumeist lief Vivi in ihrer Freizeit in Hosen herum. An der Rezeption trug sie sowieso meistens einen knielangen Rock und eine weiße Bluse.

„Mmmmmhhh, ja, wenn du willst", stimmte sie trotzdem zu, „… welchen?"

„Den Kurzen, roten?!", antwortete Paul, mehr bestimmend, als fragend, und setzte dann gleich hinzu: „Ich habe ihn dir rausgelegt."

„Danke."

Paul gefiel es, wenn seine Wünsche und Forderungen ohne Widerspruch ausgeführt wurden. In seinem Unternehmen war er es gewohnt. Auch wenn es in ihrer Beziehung nicht so war, genoss er es jetzt, dass seine Frau ohne unnötige Diskussion seine Wünsche nicht hinterfragte und einfach zustimmte.

Sie faulenzten den restlichen Tag. Das Mittagessen wurde gestrichen, damit sie genug Appetit für das Dinner hatten.

Am späten Nachmittag begann sich Vivi fertig zu machen. Nochmals genehmigte sie sich eine Dusche, machte sich die Haare zurecht und auch für die Maniküre und Pediküre hatte sie genug Zeit. Als es dann zum Anziehen ging, sah sie, dass Paul nicht nur den Rock zurechtgelegt hatte.

Auf ihrem Bett lag auch eine weiße Bluse, ein roter BH und Höschen in gleicher Farbe. Die Strümpfe mussten neu sein. In diesem hellrosa hatte Vivi bisher noch keine Halterlosen besessen. Dieses Kleidungsstück gehörte nicht gerade zu Vivis Lieblingswäsche. Über die Jahre war sie lieber zu Strumpfhosen übergegangen. Diese waren bequemer zu tragen. Doch wenn ihr Mann heute unbedingt wollte, dann wird sie eben Strapse tragen. Fertig angezogen kam Vivi aus dem Schlafzimmer. Paul wartete bereits mit ihrer Jacke in der Hand, um ihr, wie ein Gentleman, rein zu helfen. Sie sah umwerfend aus. Er ließ sich aber nicht anmerken, wie aufregend er sie fand. Beim Auto angelangt, öffnete er auch hier die Wagentür, wie es sich gehörte. Beim Reinsetzen musste sie den kurzen Rock leicht nach oben ziehen, damit sie bequem einsteigen konnte. Wie lange hatte sie schon nicht diesen sexy Rock getragen. Auch die hochhackigen Schuhe in Schwarz passten zu ihrem Outfit.

Die Fahrt in den ersten Bezirk war nicht sonderlich lang. Als sie am Ring angelangt waren, begann der Verkehr zu stocken.

Paul legte seine Hand wie beiläufig auf ihren Oberschenkel. Der Stoff des Rockes und die Seide der Strümpfe fühlten sich toll an. Er liebte auch Vivis Duft, den sie vor vielen Jahren ausgewählt hatte.

Langsam zogen seine Finger den Rock ein Stück weiter hinauf. Die Spitzen der halterlosen Strümpfe kamen zum Vorschein. Nackte Haut ihres Beins schimmerte hervor. Vivis Kopf lehnte auf der Kopfstütze und mit geschlossenen Augen war sie in ihrer eigenen Welt. Sie merkte nicht, als sie bei einer roten Kreuzung anhielten. Der Fahrer nebenan bekam Stielaugen, als er Pauls Hand auf ihren halbnackten Schenkel sah. Ein Sonnenstrahl brachte Vivi zum Blinzeln. Sie blickte kurz auf und sah dabei in Richtung ihres Nachbarfahrzeugs. Ihre Augen trafen auf die des Autofahrers. Nervös und ertappt wandte der kahlköpfige Mann den Blick nach vor und war froh, als die Ampel auf Grün schaltete. Heute hatte er auf jeden Fall ein schönes Bild vor Augen, wenn er alleine in seinem Bett lag. Paul musste insgeheim grinsen. Er fuhr ebenfalls an, bevor sein Hintermann hupte. Und das Spielchen ging weiter.

„Ich habe ein kleines Geschenk für dich.", sagte er.

„Danke."

„Es liegt im Handschuhfach."

„Soll ich es jetzt rausnehmen?"

„Wenn du möchtest…"

Vivi beugte sich nach vor. Der Sicherheitsgurt schnürte sie zwischen den Brüsten ein. Mit einem raschen Seitenblick erhaschte er ihren roten BH. Auch wenn es derzeit ein Trend war, sich jeden kleinen Mangel operieren zu lassen, Vivi hatte es nicht notwendig. Sie war seine Traumfrau und konnte locker mit jüngeren Frauen mithalten. Sie hatte einen schönen Busen, groß genug, einen BH auszufüllen. Paul gefielen auch die kleinen zarten Nippel, die sie hatte.

Im Handschuhfach war neben dem üblichen Zeug, welches in jedes Auto gehörte, ein kleines Päckchen. Es war nicht besonders eingepackt, sondern einfach eine weiße Schachtel. Vivi nahm sie raus. Ohne es gleich auszupacken, blieben ihre Hände damit auf ihren Schenkel liegen. Paul hatte, aus

Gründen der Verkehrssicherheit, wieder beide Hände am Lenkrad. Sie wartete.

„Du darfst es öffnen." Sie befolgte wirklich alles brav. Sie hatte ja auch nur gefragt, ob sie es rausnehmen durfte. Von Öffnen war ja noch keine Rede.

„Danke."

Langsam, schon fast bedächtig öffnete sie die Verpackung. Es war ein schönes Kistchen aus Holz darin. Sie brauchte etwas, bis sie die Technik des Verschlusses durchschaut hatte. Sie klappte den Deckel auf. Darin lagen zwei Kugeln, an einer Schnur miteinander verbunden. Auch wenn Vivi nie Derartiges in der Hand hatte, wusste sie sofort, was es war.

„Du warst vorgestern nett zu mir. Dafür möchte ich dir dieses kleine Geschenk machen", erklärte Paul.

Noch immer hielt sie es in ihren Händen.

„Ich möchte, dass du sie trägst …. jetzt …"

„Wenn du es möchtest."

Ein kurzes Nicken von Paul genügte. Sie stellte die Box in die Mittelkonsole. Paul musste sich zusammenreißen, dass er sich vor allem auf die Straße konzentrierte. Vivi hob ihren Popo leicht in die Höhe und schob ihren Rock bis zur Hüfte. Die Oberschenkel lagen frei. Sie griff in die Schachtel und nahm die Liebeskugeln heraus. Bevor sie weitermachte, spielte sie damit und ließ sie hin- und hergleiten.

Mit einer Hand schob sie ihren Slip zur Seite. Zuerst legte sie ihre Finger an die Schamlippen. Sie spielte an sich herum, bevor sie begann langsam die beiden Kugeln sich einzuführen. Geschafft, das Höschen wurde zurechtgerückt und auch der Rock wieder runtergezogen. Wohlweislich so weit, wie es Paul zuvor zugelassen hatte.

Schweigend fuhren sie weiter.

„Sind wir bald da?", fragte sie nach einer Weile. Anscheinend konnte sie nicht mehr ruhig sitzen.

„Ja, mein Schatz, ich suche schon einen Parkplatz."

Spiralenförmig umkreiste Paul das Lokal, bis er eine Lücke gefunden hatte, die groß genug war, einzuparken. Mittlerweile mussten sie einige Gassen weit gehen, bis sie im Ratskeller angelangt waren. Zum Glück war es ein lauwarmer, sternenklarer Sommerabend. Vivi konnte mit ihrem High Heels nicht so schnell über das Kopfsteinpflaster der Altstadt laufen. Sie wusste auch nicht so recht, auf was sie sich mehr konzentrieren sollte. Kein Stolpern mit den Schuhen oder auf das Schlagen der Kugeln gegen ihre Scheidewand. Mit der Zeit genoss sie jedoch jeden Schritt, den sie setzte.

Endlich waren sie am Ziel angelangt. Der Kellner führte sie zu ihrem reservierten Tisch. Vivi war froh sitzen zu können. Das Kribbeln in ihrem Inneren war schon nicht mehr auszuhalten. Wenn sie jetzt ruhig verharrte, legte sich die Erregung wieder.

Das Essen war hervorragend. Sie genossen es. Vivian erzählte wieder Anekdoten vom Hotel. Paul plauderte von seinem neuen Geschäftspartner, Hrn. Gruber. Obwohl dieser glücklich verheiratet war, wie er sagte, umgab er sich im Büro zumeist mit Damen seines Geschmacks. Ob er ein Verhältnis mit der großbusigen Fr. Müller oder der gertenschlanken Fr. Schmied hatte, wusste Paul nicht wirklich.

Es war reiner Smalltalk, was die beiden führten. Keine Probleme wurden angesprochen, keine Beschwerden geäußert und nicht gejammert, was nicht passen würde. Wie zwei Turteltauben beim ersten Date saßen sie hier. Nur das die Dame ein paar Liebeskugeln in ihrer Muschi hatte.

„Es ist angenehm warm draußen. Willst du tanzen gehen?"

Vivi bekam große Augen.

„Aber nicht so?", fragte sie erstaunt.

„Wieso nicht so?". Sie hatte anscheinend wieder vergessen, dass ein Ja oder ein „Danke" gereicht hätte.

„Darf ich vorher kurz auf die Toilette gehen?"

„Natürlich, mein Schatz, warum solltest du nicht dürfen?"

Der Kellner war gerade an ihren Tisch getreten und wollte nachfragen, ob sie noch einen Wunsch offen hätten. Wie es sich gehörte, unterbrach er sie nicht im Gespräch, sondern wartete, bis ihm Beachtung geschenkt wurde. Vivi blickte sofort zu ihm hin, mit einem leichten Lächeln. Paul ließ sich aber nicht beirren.

„Willst du noch etwas bestellen, bevor du auf die Toilette gehst?"

Vivi wollte schon Nein, danke sagen, als Paul weitersprach:

„Aber die Kugeln gibst du wieder hinein."

Vivi bekam einen hochroten Kopf. Kurz blickte sie nochmals zum Kellner, um zu sehen, ob er diese Andeutung verstanden hatte. Ohne irgendeine Regung zu zeigen, wartete er auf weitere Order. Vivi stellte sich schon vor, welch ein Gelächter es in der Küche geben wird, wenn er die Geschichte allen erzählt.

„Nein danke, wir haben heute noch etwas anderes vor.", machte Paul wieder eine zweideutige Anmerkung und entließ damit den Kellner.

Vivian war nicht mehr danach, das Örtchen aufzusuchen. Warum hatte sie auch nachgefragt. Das hatte sie davon. Anscheinend musste sie lernen, nur mehr zu sprechen, wenn sie gefragt wurde, zumindest in gewissen Situationen.

Das Tanzlokal war zu Fuß schneller zu erreichen, als der Weg zum Auto. So spazierten sie in vorgerückter Stunde durch den Park. Es war eine laue Sommernacht. Nur der leichte Wind machte die Jacke notwendig. Vivi hatte sich bei Pauls Arm eingehängt. Sie war froh, dass sie schweigend dahin gingen. Auf ein Gespräch hätte sie sich nicht konzentrieren können. In der Stille hatte sie das Gefühl, dass man meterweit das Klacken der Kugeln, die sie in sich trug, hören konnte. Jeder Schritt ging ihr durch Mark und Bein. Sie stand dadurch permanent unter Strom. Es war erregend, aber die endgültige Entspannung konnte sie so nicht bekommen. Am liebsten hätte sie ihre Finger in ihr Höschen gesteckt und an ihrer Klitt rumgespielt, um endlich den erlösenden Orgasmus zu kriegen. Doch das wagte sie nicht. Es waren auch noch andere

Menschen im Park unterwegs und es gehörte sich nicht, mitten in einer städtischen Parkanlage. Nie hätte sie gedacht, dass ihr jemals solche Gedanken durch den Kopf gehen würden. Endlich hatten sie den Eingang zum Tanzlokal erreicht und sie konnte am Tisch Platz nehmen und zur Ruhe kommen.

Kaum waren die lustvoll quälenden Gefühle abgeebbt, als Paul sie zum Tanz aufforderte. Zuerst begannen sie mit einem gemütlichen Foxtrott. Wie lange waren sie nicht tanzen gewesen? Am Ende des Liedes wollte Vivi sich wieder zum Tisch begeben, als das nächste Lied erklang.

„Ist das nicht eine Samba?", fragte sie Paul.

„Du wolltest den Tanz früher doch nie? Das war für dich immer nur ein Herumgehopse?", hinterfragte Vivi seinen Wunsch.

„Aber jetzt möchte ich ihn tanzen."

Vivi entging nicht das Grinsen in seinem Gesicht. Mit dem Geschenk, das sie in sich trug, sollte sie eine Samba tanzen? Aber wenn er es unbedingt wollte.

Vivi hatte das Gefühl, das die Band immer schneller spielte. Jeder Grundschritt löste die ärgsten Gefühle in ihr aus. Sie glaubte, schon Schweißperlen auf ihrer Stirn zu spüren. In korrekter Tanzhaltung, wie es bei diesem südamerikanischen Tanz üblich ist – auf weiter Distanz zum Partner – stand sie knapp vor einem Höhepunkt. Sie brauchte noch drei, vier Takte in diesem Rhythmus. Als Paul wieder einen Figurenwechsel machte und die Kugeln in eine andere Position rollten. Und dann wieder die Grundschritte mit dem einfachen Hüpfen von einem Bein auf das andere – und eins und zwei und eins und zwei. Vivi sah Paul in die Augen – und nochmals eins und zwei und eins und zwei. Ihre Blicke verloren sich nicht – und nochmals. Vivi hatte Angst, dass die Musikband zu spielen aufhörte und sie plötzlich stehen bleiben müsste. Vivi öffnete leicht den Mund und eins und zwei. Ihr Atem ging immer schneller. Pauls Hand hatte die korrekte Position verlassen und war von der Schulter auf ihre Hüfte gewandert – und eins und zwei. Die Welt drehte sich um die beiden und schien gleich ganz zu verschwimmen – und eins und zwei – Vivi entkam ein leises Stöhnen und sie spürte eine kleine Welle von Orgasmen.

Sie glaubte schon, so feucht zu sein, dass es aus dem Höschen über die Oberschenkel rann. Und sie kam, sie kam, wie sie noch nie gekommen war. So weit von ihrem Partner entfernt und doch so nah. Obwohl das Lied nicht ganz zu Ende war, legte sie sich in seine Arme und schmiegte sich an ihn.

Sie dankte ihm auf diese Weise für das tolle Geschenk.

*****

Endlich Wochenende.

Ich bin zwar kein Prophet, aber das Wetter hatte ich richtig vorausgesehen. Gerade hatte ich es mir nochmals auf der Couch gemütlich gemacht und wartete, dass Vivi sich im Schlafzimmer fertig machte. Der Tagesablauf war nicht ganz so abgelaufen, wie ich es im fünften Kapitel beschrieben hatte. Vivi wollte unbedingt ihren freien Tag nutzen, um noch einige Einkäufe zu erledigen. So hatte ich Zeit gehabt, in ihrer Garderobe zu stöbern. Ihren roten Rock hatte ich bald gefunden. Weiße Blusen hatte sie zu Genüge. Ich wählte eine aus, die transparent genug war. Als ich aber über die rote Unterwäsche geschrieben hatte, hatte ich vergessen, nachzusehen, ob sie was Passendes hat. So musste eben jetzt ein schwarzer Büstenhalter und passender Slip herhalten.

In meinen Gedanken ging ich das Kapitel nochmals im Kopf durch. Hatte ich es zu herrisch geschrieben? In meiner Fantasie war es einfach, meiner Protagonistin einen Orgasmus auf den Leib zu schreiben. Doch in der Realität konnte ich nicht bestimmen, wann Vivian ihren Höhepunkt haben wird. Vielleicht war das Tragen von diesen Liebeskugeln eher unangenehm für eine Frau? Sicher, mich hatte es beim Schreiben scharf gemacht, über Vivian zu bestimmen. Ich bin sicher nicht der Machotyp. Doch manchmal muss jemand Entscheidungen treffen. Bei meinen Mitarbeitern liegt der Part eindeutig bei mir. Auch wenn wir vieles diskutieren, einer muss dann entscheiden. Tom hätte als mein Partner die gleichen Rechte. Er ist aber eher der kreative Teil und ist froh, wenn ich klar sage, wie es weitergeht und somit die Verantwortung übernehme.

Zuhause ist die Rollenverteilung nicht so klar. Vivian war immer darauf bedacht, dass wir ebenbürtige Partner sind. Und dafür bin ich auch voll eingetreten. Doch manches wäre einfacher gewesen, wenn einer von uns beiden klar entschieden hätte. Vieles wäre nicht in endlosen Diskussionen zerpflückt worden.

Wie gerne hätte ich öfters einen Urlaub zu zweit gemacht. Leon wäre bei den Großeltern gut aufgehoben gewesen. Doch Vivian entwickelte sich immer mehr zur Glucke. Bald hatte ich es aufgegeben, sie überreden zu wollen, mal wieder etwas zu zweit zu unternehmen. So hatte sich immer mehr der Alltag in unserem Leben breitgemacht. Neben unserem Sohn, dem an nichts mangelte, wurde Job und Firma immer wichtiger. Auch unser Liebesleben war schon mehr Pflicht als Freude. Umso mehr ich Vivian drängte, umso mehr sträubte sie sich, hatte ich den Eindruck. Schon bald war es der klassische Samstagabend Sex im ehelichen Schlafzimmer. Wenn sie am Wochenende Spätdienst hatte oder ich beruflich unterwegs war, wurde die Woche ausgelassen und so kam es bald zum zwei bis dreiwöchigen Rhythmus. Der Sex war nicht schlecht. Wir hatten, denke ich zumindest, beide Spaß daran. Doch es fehlte das Kribbeln, das Neue, das Experimentieren.

So war ich wohl indirekt auf die Idee gekommen, über meine sexuellen Fantasien zu schreiben. Es war eher, den Frust von der Seele zu schreiben. Sicher hätte ich Vivi betrügen können. Gelegenheiten hätte ich bei den vielen Dienstreisen genug gehabt. Doch das kam für mich nicht in Frage.

Die Schlafzimmertüre öffnete sich. Ich machte mich sofort auf den Weg in den Vorraum, um Vivi mit ihrer Jacke zu empfangen.

Mir blieb die Luft weg. Vivi sah umwerfend aus. Den Rock hatte sie lange nicht getragen. Er stand ihr hervorragend. Und unter der Bluse schimmerte ein roter BH hervor. Sie hatte brav meine Geschichte gelesen und war deshalb einkaufen gewesen. Insgeheim dankte ich ihr dafür. An ihren Beinen trug sie schwarze Strümpfe. Darauf hatte ich vergessen, welche bereit zu legen. Am Abend konnte es sicher kühler werden und nur mit nackten Beinen, wollte sie auch nicht frieren. Sie sah so was von sexy aus.

Im Auto saßen wir stumm nebeneinander. Die Stille war eher beklemmend, als erotisch. Nachdem wir die Reichsbrücke erreicht hatten und uns der Innenstadt näherten, sagte ich zu ihr: „Ich habe ein Geschenk, du darfst es dir jetzt nehmen."

Vivi griff sofort zum Handschuhfach. Bevor sie es öffnete, sahen wir uns an und mussten beide lachen.

„Woher wusstest du, wo dein Geschenk ist?", fragte ich sie, indem ich mich ein bisschen auf blöd stellte.

„Na, wo soll schon ein Geschenk versteckt sein, in einem Auto?", konterte sie schlagfertig.

„Bevor du das Päckchen rausnimmst, will ich mit dir reden."

„Sonst bin ich immer diejenige, die oft die Probleme mehr herbeiredet, als wirklich da sind. Warum willst du plötzlich reden? Gefällt dir etwas nicht?"

Wie konnte sie daran zweifeln, dass mir etwas nicht gefiel. Ich war es ja, der seine Ideen, seine Wünsche niederschrieb und sie es ausführte. War es nicht Zustimmung genug, dass sie machte, was ich wollte?

„Dumme Frage", ich nahm meine Hand vom Schaltknüppel und legte sie auf die ihre, „natürlich gefällt es mir, aber ist es dir …"

Vivi drückte leicht meine Finger zusammen. Ich blickte sie an und mit dem Zeigefinger auf ihren Lippen sagte sie mir: „Pssst". Als Zeichen der Zustimmung führte sie meine Hand unter ihren Rock. Ich spürte den Stoff ihrer Strümpfe, fuhr über den Saum, bis zur blanken Haut. Ihre Hand führte mich weiter, bis hin zu ihrem Schamhügel. Sie trug kein Höschen!

„Darf ich jetzt mein Geschenk nehmen?", fragte sie mich in einem unschuldig demütigen Ton. Obwohl ich mich wieder mehr auf den Straßenverkehr, konzentrieren musste, spielte auch ich meine Rolle weiter.

„Ja, du darfst."

Vivi öffnete die Schachtel und nahm die Liebeskugeln heraus und spielte damit herum. Sie spürte das Innenleben. Der Schwerpunkt wurde durch die inneren Kugeln immer wieder verlagert. Vivi schaute sich die Dinger fasziniert an. Es war wirklich das erste Mal, so etwas in Händen zu halten, und bald waren sie woanders.

Sie steckte sich zwei Finger in den Mund, um sie anzufeuchten. Dabei sah sie wie ein unschuldiges Mädchen zu mir und zuckte mit den Schultern, als ob sie sagen wollte: „Tschuldigung, muss sein. Ich bin nicht feucht genug." Nachdem die Finger die äußeren Lippen angefeuchtet hatten, steckte sie sich die erste Kugel in ihre Muschi. Die Zweite flutschte direkt hinein und Vivi ein Stöhnen aus dem Mund. Ruhig saßen wir die restliche Strecke im Auto, bis wir einen passenden Parkplatz gefunden hatten. Der Weg zum Restaurant war nicht weit und auch nicht strapaziös. Doch eine gewisse Unruhe spürte ich an ihr. Beim Eintritt ins Lokal wurden wir sogleich freundlich empfangen und zu unserem reservierten Tisch geführt. Als Aperitif bestellte ich zwei Campari Orange für uns. Wir prosteten uns zu, als ob wir damit unsere weiteren Spielchen besiegelten, die ich in nächster Zeit zu Papier bringen werde. Vivi bestellte sich ein Steinpilzravioli und ich genehmigte mir zur Feier des Tages ein Rumpsteak. Wir plauderten entspannt über alles Mögliche. Das Thema meiner Fantasien sprachen wir nicht an.

Der Absatz mit dem Kellner blieb Vivi erspart. Ich dachte mir schon, sie würde lieber in das nicht getragene Höschen pinkeln, als zu fragen, ob sie die Kugeln auf der Toilette rausnehmen dürfe.

So machten wir uns, nachdem ich bezahlt hatte, auf den Weg zum Tanzlokal. Ich hatte bei diesem Kapitel schon genau recherchiert. Ich musste das passende Lokal finden und über Googlemap hatte ich die Entfernungen berechnet. Gemütlich schlenderten wir durch die Altwiener Gassen, bis wir den Eingang zum Volksgarten erreicht hatten, der uns ins Tanzlokal führen sollte. Vivi hatte sich bei mir eingehängt. Wie ich vermutet hatte, waren die Kugeln und die Stöckelschuhe eine Herausforderung. Wir wählten nicht den Hauptweg durch die Grünanlagen. Vivi wollte die frische Frühlingsluft genießen und noch ein wenig durch den Park schlendern. Ihr Gang wurde etwas langsamer und dann wieder eine Spur schneller. Anscheinend versuchte sie, den richtigen Rhythmus zu finden. Aber ich konnte nicht sagen, ob sie dadurch die Liebeskugeln heftiger spürte oder nicht.

Es waren weit weniger Menschen unterwegs, als ich vermutet hätte. Ein Stück zuvor hatten wir zwei Obdachlose auf Gartenbänken liegen gesehen. Ein Problem, mit dem die Stadt schon lange zu kämpfen hatte. Aber sicher war es ein noch größeres Problem für diese Leute, die kein Heim hatten.

Vivian blieb plötzlich stehen.

„Ich halte es nicht mehr aus…"

„Es ist nicht mehr weit."

„Nein … nein es geht nicht mehr."

Sie machte ein paar Schritte weiter und drehte auf einmal mit mir um und wir gingen wieder ein Stück zurück.

„Willst du dich kurz hinsetzen?"

„Nein … Jaa … Nein, nein", stammelte sie.

Momentan war ich perplex. So kannte ich sie nicht. Wieder machten wir einen Bogen, in Richtung unseres Ziels, um sogleich wieder umzudrehen.

„Sind es die Schuhe oder …"

Sie machte wieder Halt. Eine Hecke verdeckte die Sicht zum Hauptweg.

„Bitte mach es."

„Was soll ich machen?"

„Bitte", winselte sie.

„Bitte, was?"

Sie sah mich mit flehenden Augen an.

„Was? Willst du die Kugeln rausgeben? Sind sie unangenehm?"

„Nein. Ja doch. Nimm sie raus und bitte mach es".

Es waren nicht die Schuhe, das wusste ich jetzt. Die Liebeskugeln hatten ihre Wirkung gezeigt. Doch ich hätte nicht gedacht, in dieser Schnelligkeit und Intensität.

„Was?", stellte ich mich aber dumm. Wir wollten uns ja an meine Vorgaben halten und doch war es geil, sie so außer sich zu erleben.

„Bitte mach es mit mir!"

„Was soll ich machen?"

„Du sollst es tun ... bitte ... bittebittebitte". Wie ein junger Hund, der um sein Leckerli bettelte, winselte sie vor mir und stieg von einem Bein auf das andere.

„Was, bitte?" Mittlerweile wusste ich, was sie wollte. Sie sollte es aber sagen. Ich wollte es aus ihrem Mund hören.

„Bitte, liebe mich."

Sie hatte mich verstanden, trotzdem kam das Wort nicht über ihre Lippen.

„Ich liebe dich ja auch."

„Nein, du sollst es jetzt tun."

„Sag mir, was ich tun soll?"

„Bitte ... BITTE ... du weißt schon."

Ich zuckte nur mit den Schultern und sah sie mit großen Augen an.

„Du ... DU sollst mich ficken. BITTE, FICK MICH! Bitte ... jetzt gleich."

Noch nie hatte sie es gesagt. Immer war die Rede von lieben, schlafen, miteinander machen. Sie wollte, dass ich sie ficke. Dann soll sie es auch bekommen. Ich machte mit ihr zwei Schritte zur nächsten Parkbank und stellte ein Bein von Vivi darauf. Meine Finger fuhren unter ihren Rock, bis sie das Bändchen der Liebeskugeln erreicht hatten. Mit Schwung zog ich sie heraus. Vivi quietschte kurz auf. Die Kugeln hatten ihren Zweck erfüllt. Schnell verschwanden sie in meiner Sakkotasche. Ich zog ihr den Rock in die Höhe. Mit triefend nasser Fotze stand sie vor mir. So schnell hatte ich noch nie meinen Schwanz aus der Hose geholt. Ohne Vorspiel, wenn man von dem Spaziergang absieht, stieß ich in sie hinein. Ich fickte sie mitten im Volksgarten. Vivi war leicht vornübergebeugt.

Über sie hinweg sah ich im Lichtkegel der nächsten Laterne zwei Gestalten. Die Obdachlosen hatten bemerkt, dass sie heute auch ohne Kabelanschluss ein Programm geboten bekamen. Kurz hielt ich inne. Jetzt hatte auch Vivi mitbekommen, dass wir zwei Zuseher hatten. Doch, anstatt wie erwartet, mich wegzudrängen, bewegte sie mit stoßenden Bewegungen ihren Arsch weiter. Die beiden kamen nicht näher, sondern sahen aus Distanz zu. So machte ich auch weiter und fand wieder in unseren gemeinsamen Rhythmus. Ich fickte sie von hinten. Ich stieß zu, immer fester, Vivi stöhnte. Eine Hand von mir griff um sie herum und begann an ihrem Kitzler zu reiben. Lange hielt ich es nicht mehr aus. Und auch Vivi dürfte es so gehen. Ihr Atem ging heftiger. Mir war es jetzt auch egal. Ein paar feste Stöße noch, dann spritzte ich meinen Saft in sie rein, ob sie kam oder nicht. In dem Moment stöhnte Vivi laut auf und wir kamen gleichzeitig.

Das Adrenalin in uns sank rasch ab. Und die Angst, weitere Zuseher angelockt zu haben, stieg. Vivi streifte ihren Rock runter. Sie zog ihre Schuhe aus, nahm mich bei der Hand und wir liefen zum Ausgang, lachend und winkend an den beiden vorbei.

Das Tanzlokal sah uns nicht mehr.

Es war ein toller Abend. Vivian hatte sich aber nicht an mein Buch gehalten. Sie wird sich wohl in Zukunft entscheiden müssen …

Qual oder Wahl

Endlich hatte Vivian Feierabend und trat durch die Drehtür ins Freie. Es war eine anstrengende Woche, fünf Tage Dienst von zwei Uhr bis in die Nacht und heute am Freitag noch den Frühdienst seit sechs Uhr. Paul war die Woche wieder beruflich unterwegs gewesen. Für den endgültigen Vertrag mit seiner neuen Partnerfirma in Salzburg waren noch einige Punkte abzuklären.

„Wenn Sie schon mal im Ländle sind, dann hauen wir auch auf den Putz", hatte Herr Gruber gemeint. Somit blieb Paul nichts anderes übrig, als sich die Stadt von seinem zukünftigen Geschäftspartner zeigen zu lassen. Der Höhepunkt war der Besuch im Barockschloss Klessheim. Nach einem fürstlichen Dinner war Paul diesmal beim anschließenden Casino-Besuch mit dabei. Es hatte einen festlicheren Rahmen, als das Casino Baden bei Wien. Paul hatte aber kein Glück beim Spiel. Bald waren seine Jetons beim Black Jack verspielt. Den letzten Chip setzte er beim Roulette auf die Zahl 6 – und es kam 7. Pech im Spiel, Glück in der Liebe, dachte er sich und setzte sich an die Bar. Lange blieb er dort nicht allein. Eine Rothaarige im schwarzen, langen Abendkleid gesellte sich zu ihm und wartete darauf, auf einen Drink eingeladen zu werden. Vielleicht war bei ihr auch mehr möglich. Als sie die Beine übereinanderschlug, sah Paul, dass sie Strümpfe mit Strapsen darunter trug. Er hatte seine Frau die letzten Tage nicht gesehen, geschweige denn mit ihr Sex gehabt. Trotzdem war ihm klar, seine sexuellen Erlebnisse wollte er mit Vivi machen.

Nun war er wieder zuhause, in Wien. Er stand mit seinem Wagen vor dem Hotel und wartete auf seinen Schatz. Da sah er sie mit wehendem Haar durch die Glasscheibe der Drehtür kommen. Sie verabschiedete sich beim Portier vor dem Eingang mit einem Kuss auf die Wange. Leo und sie waren schon seit ewigen Zeiten Freunde. Der Zweimeter-Typ hatte es nicht leicht gehabt, aufgrund seiner Hautfarbe eine Arbeit zu finden. Doch Vivi hatte sich stark gemacht, dass der Kenianer einen Job im Hotel bekam. Er hätte eher in eine Wrestler-Arena gepasst. Zuerst hatte er im Keller in der hausinternen Wäscherei begonnen. Er freute sich wie ein kleines Kind, wenn Vivi aus der Rezeption ihn besuchen kam. Als eines Tages alle Aufzüge streikten, sprang er ein, um das Gepäck über die Treppe in die Zimmer zu bringen. Seitdem war er hier beim Eingang bestens untergebracht. Kein anderer schaffte es vier Koffer gleichzeitig, mit einem Lächeln im Gesicht, zu schleppen. Als Leo jetzt Vivian um die Taille fasste und sie bis zur Straße begleitete, kam sie Paul in ihrer blauen engen Jeans und Shirt, wie ein kleines Mädchen vor.

Vivi entdeckte ihren Mann im Auto auf der anderen Straßenseite und kam ihm winkend entgegengelaufen. Sie begrüßten sich mit einem innigen Kuss.

„Wohin geht es?", fragte sie gleich nach, nachdem sie eingestiegen war.

Paul hatte ihr gesagt, dass er sie abholen wird und mit ihr etwas unternehmen möchte. Und er müsste mit ihr auch eine Sache abklären. Mehr hatte er nicht verraten.

„Sei nicht so neugierig.", sagte er, startete den Wagen und machte sich auf den unbekannten Weg.

Die Fahrt führte sie von der Innenstadt nach Brigittenau. Dieser Bezirk war nicht gerade ein Nobelviertel. Sie fanden durch die Kurzparkzone rasch einen Parkplatz. Vivi blickte sich um. Altbauten aus der Nachkriegszeit zierten diese Gegend. An der einen Straßenecke war ein Café, daneben ein Drogeriemarkt und ein Frisiersalon. Die Kunden darin waren vor allem Männer türkischer Herkunft. Vivi konnte nicht erkennen, wohin ihr Mann mit ihr gehen wollte. Er nahm sie an der Hand und führte sie über die Straße zu einem Hauseingang. Das schwarze Tor passte so gar nicht in dieses triste Straßenbild. Paul klingelte an der goldenen Glocke der Gegensprechanlage. Vivi konnte lesen, dass SCM-Apartments auf dem Schild stand, was immer das bedeutete. Das Surren zum Öffnen des Tors erklang sofort. Die beiden traten ein und sie fanden dahinter einen kleinen Empfang. Vivi erinnerte es an die Rezeption des Hotels, in welchem sie in jungen Jahren gearbeitet hatte. Sie spürte ein Kribbeln im Bauch. Besucht sie jetzt mit ihrem Mann, nach 18 Jahren Ehe ein sündiges Stundenhotel? Auch wenn sie ein Paar waren, hatte so ein Besuch doch etwas Verruchtes an sich. Doch war das alles? Was würde er dann noch vorbereitet haben?

„Wir haben reserviert, unter Fantasie.", sagte Paul nach einem kurzen Hallo.

Der Rezeptionist griff zum Bord hinter sich und reichte ihm zwei Schlüssel.

Der Vollmond leuchtete vom Sternenhimmel. Sie betraten wieder die Straße. Es war eine milde Nacht. So vermissten sie die Jacken nicht, die sie zuvor im Auto gelassen hatten. Vivi hakte sich bei ihrem Mann ein. Ihre Augen wirkten müde und doch glücklich. Ein Lächeln huschte über ihre Lippen. Ihr taten alle Glieder weh. Es war doch ein langer und anstrengender Tag, aber auch voll Spannung.

Paul öffnete die Wagentür zum Einsteigen und sie machten sich auf den Heimweg.

Er hatte ihr die Wahl überlassen. Und sie hatte sich entschieden. Hatte er es so erwartet? Vivi war gespannt, wie sich ihre Entscheidung in der Zukunft auswirken wird.

Entspannt lehnte sie den Kopf zurück, während er sie heimkutschierte.

*****

Zwei Schlüssel, einer in jeder Hand. Vivian stand mir gegenüber und blickte einmal rechts und einmal links. Dann wieder in mein Gesicht. Sie versuchte, in meinen Augen zu lesen, was sie erwarten wird. Warum ich wohl zwei Zimmer gebucht hatte?

Nachdem ich sie vom Hotel abgeholt hatte, war Vivi total beschwingt zu mir ins Auto gestiegen. Wie ein Prophet hatte ich vorausgesehen, dass Leo sich von ihr verabschiedete. Sicher war das nicht schwierig zu erraten, wenn Leo Dienst hatte. Dass es aber so innig ausfallen würde, war in meinem Kapitel nicht beschrieben. Ich hatte sie nie so genau beobachtet. Ehrlich gesagt, hatte ich Vivi eine Ewigkeit nicht mehr nach der Arbeit abgeholt. Vielleicht versuchte sie auch, meine Geschichte noch mehr auszuschmücken. Sie war bei Leo stehen geblieben und sie plauderten miteinander. Leider bekam ich nicht mit, um was es ging. Als sie dann ihren Arm auf seinen muskulösen Oberarm legte und sich auf Zehenspitzen stellte, um ihn einen Kuss auf die Wange zu geben, umarmte er sie um die Taille. Seine Hand lag für meine Verhältnisse mehr auf ihren Hintern, als ihrem Rücken. Vielleicht wirkte es nur so. Mit solchen Pranken kann man ja fast den halben Körper abdecken. Er drückte dabei Vivi zu sich. Sie verharrte in der Stellung und zeigte kein Zeichen von Unbehagen, dass sie ihm so nahe war. In mir regte sich eine Spannung. Es war ein kleines Gefühl von Eifersucht, sicher auch von Neid, nicht so muskulös und stark zu sein. Es machte mich aber auch geil, meine Frau in den Armen ihres schwarzen Freundes zu sehen. Vermutlich war es auch die Aufregung auf den heutigen Abend.

In meinem Buch hatte ich in diesem Kapitel den Mittelteil ausgelassen. Nur der Anfang und das Ende waren zu lesen und auch die Schlussfolgerung daraus hatte ich offengelassen. Unabhängig von Vivis Entscheidung wird die Geschichte weitergehen. Zwischenzeitlich hatte ich mir Bücher besorgt, wie man einen guten Roman schreibt. „Plot kontra Realität" hatte ich gelesen. Wieso kontra hatte ich mir gedacht. Der Handlungsablauf ist in meinem Fall die Wirklichkeit. Nur in diesem Teil „Qual der Wahl" wollte ich Vivi überlassen, welchen Weg die Geschichte in Zukunft nimmt.

Jetzt standen wir hier, mit zwei Schlüsseln.

„Das letzte Wochenende war einzigartig, wie auch die vergangenen Wochen. Ich möchte nicht viele Worte darüber verlieren. Nur hattest du dich im Stadtpark nicht daran gehalten …", sagte ich zu ihr.

Näher wollte ich nicht darauf eingehen. Sie wusste schon Bescheid. Das Kapitel war nicht so passiert, wie ich es zu Papier gebracht hatte. Es war sicherlich nicht mein Nachteil gewesen. Doch wenn sie bestimmen möchte, was passieren soll, kann sie es gerne machen.

„An dir liegt jetzt die Entscheidung, wie die Geschichte weitergehen soll. Wie du auch wählst, ich liebe dich." Ich hielt ihr die beiden Anhänger hin.

„Ich habe zwei Schlüssel.", sagte ich nochmals und sperrte das Apartment mit der Nummer 1 auf. Ich führte Vivi hinein.

„Es ist die Cinderella-Suite."

Der Raum war in Weiß und Altrosa gehalten. Hier fühlte sich eine Prinzessin wohl. An den Fenstern stand ein riesengroßes Doppelbett. Vom Spiegel an der Wand konnte man direkt erwarten, dass jemand fragt: „Wer ist die Schönste im ganzen Land?" Der Traum des Apartments war jedoch Cinderellas Stöckelschuh – eine riesige Badewanne. Die Wanne in Form eines Schuhs stand auf einem Podest und war in Silber gehalten.

„Wenn du dich für Cinderella entscheidest, wirst du zeitlebens meine Prinzessin sein. Ich werde versuchen, dir deine Wünsche von den Augen ablesen. Du sagst, was du möchtest und soweit es in meiner Möglichkeit ist, werde ich sie erfüllen. Ich denke, dass ich dies zu Beginn unserer Beziehung getan habe, aber wir mit der Zeit in den Dornröschenschlaf gefallen sind. Wir werden uns lieben, wie wir es in den Jahren bisher getan hatten. Und bis ans Ende unserer Tage möchte ich dich lieben und achten und auf Händen tragen."

Vivi stand mir gegenüber. Ich hatte meinen Monolog gut einstudiert. Sie hielt sich an der goldenen Türklinke fest. Tränen standen ihr in den Augen und fast konnte man erwarten, dass sie sagte: „Ja ich will, ich will deine Prinzessin sein und du bist mein Prinz." Bevor es so weit kam, nahm ich sie an der Hand und führte sie wieder ins Stiegenhaus und sprach weiter:

„Oder du entscheidest dich für die Holz- und Eisen Suite." Ich sperrte mit dem zweiten Schlüssel die nebenanliegende Türe auf und führte sie hinein. Es war mit Holzmöbeln eingerichtet und wirkte deutlich düsterer und nicht so hell, wie in der Cinderella Suite. Vivi verstand, warum es nach Holz benannt war. Die beiden Stühle waren extravagant, wie der Thron eines Königs und einer seiner Gemahlin gemacht. Für das Bett waren auch eine Menge Bäume gefällt worden. Auch wenn Vivi sich gerne mit dem Naturstoff einrichtete, für ihr Schlafzimmer würde sie es nicht auswählen. Es hatte etwas Bedrohliches und Beherrschendes an sich. Das Fußende hatte nicht nur das Aussehen, sondern auch die Funktion eines Prangers. In der Mitte war ein Loch für den Kopf, rechts und links kleinere Löcher für die Hände oder die Beine gedacht. Die Wände wurden durch die Beleuchtung in Dunkelrot gehalten. Vivi schritt in das Zimmer und begutachtete alles, als wenn sie in einer anderen Welt wäre. Der Nebenraum war kleiner und der Grund, warum es auch Eisen Suite hieß. Mitten im Raum stand eine lederüberzogene Bank, mit einem Rad am unteren Teil, um es als Streckbank zu nutzen. Daneben fand man einen Eisenkäfig, groß genug, um eine Person aufzunehmen. Der achtlämprige, wuchtige Holzluster warf gespenstische Schatten der Einrichtung durch sein schwaches Licht. An der Wand war ein Rad mit Griffen. Es waren viele Ketten zu sehen. An einigen davon hing eine Art Hängematte aus Latex oder Leder. Hier wurde sicher nicht entspannt. Ich hatte es mir auf dem Thron gemütlich gemacht und wartete, bis Vivian zurückkam.

Vivi blieb vor mir stehen und sah mich an. Bevor sie etwas sagen konnte oder wollte, fuhr ich mit meinem vorbereiteten Text fort:

„Diese Räume wirken geheimnisvoll und ungewohnt. Sie bergen etwas Unbekanntes, wo du nicht wissen wirst, was sie bringen werden. Nicht wie in der Prinzessinnen Suite, wo wir wissen, wie es weitergeht, bis zum Ende unserer Tage.

Du weißt nicht, was auf dich zukommt. Du hast jetzt schon einen Weg beschritten, der nicht alltäglich für uns war. Du hast Sachen gemacht, die für dich bisher vielleicht abstoßend oder zumindest unbekannt waren. Im letzten Kapitel meines Buches hattest du dich nicht darangehalten. Bei Cinderella ist es kein Problem. Aber wenn du dich für die Holz- und Eisen Suite entscheidest, muss es Konsequenzen geben, wenn du nicht so mitspielst, wie es in den Geschichten geschrieben steht."

„Aber du hattest doch auch…", versuchte sie mich zu unterbrechen.

„… ab diesem Zeitpunkt …", fiel ich ihr gleich ins Wort, „… weißt du nicht, was kommen wird, du weißt nur, das Buch muss zu Ende geschrieben werden, ohne Wenn und Aber."

Stumm sah mich meine Frau an.

„Natürlich gibt es Grenzen, die du nicht überschreiten willst oder kannst. Das werde ich akzeptieren. Wir werden uns ein Code-Wort ausmachen. Sobald du dieses aussprichst, werden wir abbrechen und wieder in unserer Realität, wie bisher, weitermachen".

Unbewusst war meine Stimme in einen schärferen Ton umgeschlagen, vielleicht härter, als ich ursprünglich wollte. Vivian stand mir gegenüber, die Hände hinter dem Rücken gefaltet und blickte mich mit ihren großen, braunen Augen an. Ich hatte das Gefühl, ihr das Herz zu brechen. Zuerst zeigte ich ihr die schönste und romantischste Märchenwelt und gleich darauf führte ich sie in eine sadomasochistische Kammer, mit Geräten, die Folterwerkzeugen glichen.

„Vivi, wir haben die letzten beiden Wochen so viel erlebt und gelacht, wie schon lange nicht", begann ich jetzt in meiner gewohnten Stimme, viel sanfter. Ich hatte das Gefühl, das mir meine Story entglitt. Ich wollte unsere Beziehung nicht dadurch kaputtmachen.

„Wenn du lieber …"

„Ja. Mein Code-Wort ist Cinderella.", sagte sie plötzlich aus sich heraus.

Hatte ich damit gerechnet? Ich weiß es nicht. Gehofft, sicher. Ich hatte ein „Du bist ja verrückt!" befürchtet. Momentan hatte ich das Gefühl, dass sie nicht nur mein Buch, sondern auch meine Gedanken lesen konnte. Minuten verstrichen, die mir wie Stunden vorkamen.

Nun hatte ich meine Fortsetzung. Ich stand auf, schnappte mir die Reisetasche, die ich wohlweislich eingepackt hatte. Egal, wie sie sich entschieden hätte, ich hatte für jede Möglichkeit das nötige Zubehör eingepackt. Ich schob die Flasche Sekt und das rosa Negligé beiseite, die für die Prinzessin gedacht waren.

„Du kannst dich duschen gehen", sagte ich zu ihr. Fast erschrak ich selbst, wie herrisch und bestimmend ich wieder sprach, während ich ihr das Täschchen mit ihren Waschutensilien hinhielt. Ein kurzes Zögern, dann griff sie danach. Unsere Finger berührten sich und fast wie elektrisierend war dieser kurze Körperkontakt. Sie verschwand im Badezimmer. Wahrscheinlich war sie froh, dass zumindest dieser Bereich einem normalen Waschraum glich.

Vivi hatte sich für die Holz- und Eisen Suite entschieden, obwohl sie die Ausstattung gesehen hatte. Ich wollte sie hier sicher nicht zu einer devoten Sklavin erziehen. Dazu war ich zu wenig dominant. Ich bin nicht der Sado-Typ, der darauf stand anderen Menschen Schmerzen zuzufügen. Aber Vivian musste für ihren Ungehorsam, bei dem Spiel mit den Liebeskugeln, eine Strafe erhalten. Auch wenn ich dabei auf meine Kosten gekommen war und wir uns dabei köstlich unterhalten hatten. Ich wollte auch ausloten, wie weit ich gehen konnte. Abgesehen davon, dass mich das Spielchen total antörnte.

„Was soll ich anziehen?", hörte ich ihre Stimme aus dem Bad. Sie klang unsicher.

„Habe ich gesagt, dass du etwas anziehen sollst?", kam meine Antwort prompt retour.

Das hatte sie davon, warum fragte sie auch, dachte ich mir mit einem Grinsen. Sie konnte mich ja zum Glück nicht sehen.

Splitternackt, bis auf die Stöckelschuhe, trat sie in den Raum. Vorsorglich hatte ich einen Einwegrasierer und Rasierschaum eingepackt. Sie hatte sich brav nachrasiert, doch über ihrer Scham war noch immer ein Streifen ihres Schamhaares, wohl gekürzt, aber da. Noch nie war sie untenrum komplett haarlos. Sie fand es immer ordinär und nuttig. Sie war ja kein kleines Mädchen mehr, hatte sie einmal gemeint, als wir darüber sprachen. Jetzt war mein erster Test, wie weit sie gehen würde. Ich stand auf und ging um sie herum. Nachdem ich vor ihr stehen blieb, meinte ich dann nur:

„Ich erwarte mir in Zukunft, dass kein Haar an deiner Fotze zu sehen ist. Kein einziges Härchen."

Gespannt wartete ich auf ihre Reaktion. Wird sie mir jetzt gleich eine knallen oder weinend davonlaufen, weil ich so mit ihr sprach und verlangte, dass sie sich komplett glatt rasiert? Sie blieb stehen. Nach kurzem Zögern nickte sie.

„Ich höre nichts.", fragte ich herrisch nach.

„Ja gut … ich meine ja, mein Herr."

„Und worauf wartest du noch? Warum stehst du da herum?"

Vivi drehte sich um und marschierte wieder ins Badezimmer.

Wohlweislich kam sie nach ein paar Minuten raus und stellte sich vor mich hin. Es war kein Haar mehr zu sehen. Am liebsten hätte ich gefühlt, wie glatt ihre Scham war, hielt mich aber zurück. Meine geplante Session sollte weitergehen und dies war sicher anders, als sie es erwartete.

„Setz dich hier hin.", sagte ich freundlich, aber bestimmend.

Folgsam tat sie, was ich sagte. Als ihr Hintern das kühle Leder des Stuhls berührte, schreckte sie kurz in die Höhe. Bald hatte sie sich daran gewöhnt oder es hatte sich bereits erwärmt. Ich holte aus der Tasche ein Lederband hervor. Vorne war ein kleiner Eisenring angebracht. Beim Kauf hatte ich befürchtet, dass es zu sehr an ein Hundehalsband erinnerte. Jetzt an ihrem Hals fand ich dieses Schmuckstück auf ihrem makellosen und nackten Körper so was von geil und sexy. Am Liebsten hätte sich sie gepackt und auf dem Bett durchgefickt. Stattdessen sagte ich:

„Ich möchte, dass du es trägst, wenn wir uns in unserer Fantasy-Welt befinden."

Vivi nickte.

Auf dem Schreibtisch vor ihr, lag ein Notizblock und ein Stift. Wie in jedem guten Hotel hatten sie auch hier das Papier mit ihrem Logo versehen. Doch zum Schreiben ist hier wohl noch selten jemand hergekommen.

„Wie ich schon gesagt habe, hast du dich beim letzten Kapitel nicht daran gehalten, wie es niedergeschrieben war. Anscheinend denkst du, du kannst es besser. Also schreibst du die Geschichte für den heutigen Abend. Du gehst von der jetzigen Situation aus, bis wir das Hotel verlassen. Denk' dran, du schreibst den Mittelteil eines Kapitels in einem Roman. Es geht dabei, wenn du schreibst, nicht um dich und auch nicht um mich, sondern um Vivi und Paul. Du musst dir schon überlegen, dass es zu der gesamten Geschichte passt. Vivi, die in ihrem bisherigen Leben immer das letzte Wort haben wollte, muss sich fügen und folgen, und das hatte sie zuletzt nicht getan. Du hast etwa eine Stunde Zeit. Du kannst dich gerne hier in den Räumen umsehen, um dich zu inspirieren, zu lassen."

„Das ist nicht dein Ernst?", fragte mich Vivian, nachdem sie meine Anweisungen gehört hatte. „Du erwartest, dass ich hier splitterfasernackt sitze und mir irgendwelchen, geilen Fantasien die dir dann gefallen könnten, ausdenke?"

„Du hattest die Wahl, Vivi. Für dich standen zwei Möglichkeiten offen und du hast dich für diese entschieden."

„Ja, aber ich dachte, du hast dir wieder etwas überlegt und lässt es mich jetzt lesen!?!"

Vivi war von meinem Vorschlag wirklich entsetzt. Wenn ich sie an das Holzrad gebunden oder auf die Streckbank gefesselt hätte, wäre es nicht so schlimm gewesen, als sie jetzt hier in die Pflicht zu nehmen und sich Gedanken machen zu müssen, wie ich sie auf sexuelle Art bestrafe und es mich dabei erregt.

Meine geilen Ideen auszuführen, hatten ihr bisher gefallen, doch nun selbst etwas zu überlegen, traute sie sich nicht zu.

„Ich habe mir etwas überlegt. Ich freue mich darauf, weitere spannende Kapitel zu schreiben und dir lesen zu lassen. Doch, wie gesagt, zuletzt wolltest du es besser wissen und hast mich im Stadtpark verführt."

„Ich habe dich verführt?!? Du hast mir die Kugeln reingesteckt … ja gut ich habe es selbst … aber was kann ich dafür, wenn ich dann so … wenn es mich so wild gemacht hat …"

„Pssst." Ich legte meine Hände auf die weiche Haut ihrer nackten Schultern.

„Willst du drüber reden? Wir können es zu Tode diskutieren, wie so vieles in den Jahren. Wir können gerne zwei Stunden plaudern, wer hat was gesagt und wer hat recht und wer nicht. Dann sind wir im falschen Raum. Oder du tust, was ich von dir verlange. Deine Entscheidung, du brauchst nur dein Codewort sagen und wir packen unsere Sachen zusammen und gehen aus dem Haus raus. Du hängst dich bei mir ein und das Kapitel und auch die Geschichte ist zu Ende. Es liegt bei dir. Oder fasst du deinen Mut zusammen und schreibst deine intimsten Gedanken auf, die du dir vorstellen kannst und ausleben möchtest? Es ist ein Spiel, nicht mehr, aber auch nicht weniger."

Stille. Über den Spiegel vor ihr sah sie mich mit großen Augen an. Ich wartete darauf, wie sie sich entscheiden würde. Ich wäre ihr nicht böse, wenn sie jetzt Cinderella sagte und ich meine Prinzessin aus diesen dunklen Räumen hinausführe.

Vivi seufzte, nahm aber den Stift in die Hand. Ich wartete noch kurz, bevor ich sie hier alleine sitzen ließ. In der Hotelbar genehmigte ich mir ausnahmsweise einen doppelten Williams. Den brauchte ich. Den zweiten Schlüssel, der Cindarella-Suite gab ich beim Empfang wieder ab. Mit einem Grinsen nahm er ihn zurück. Anscheinend hatte er schon geahnt, welches Zimmer wir nehmen würden.

Keine Ahnung, für wen die Zeit langsamer verlief, für Vivi oder mich und keine Ahnung, was die Geschichte bringen würde. Hatte ich doch die Regie aus der Hand gegeben. Ich bestellte mir noch ein Mineralwasser. Immerhin wollte ich das Ganze nüchtern betrachten und erleben können. Neunundfünfzig Minuten waren vorbei, ich hatte jede einzelne gezählt. Ich machte mich wieder auf den Weg zum Apartment und öffnete die Türe. Auf dem Boden lagen mehrere zerknüllte Zettel. Nur ein Blatt lag auf dem Polster. Von Vivian war weit und breit keine Spur. Also setzte ich mich auf das Bett und begann zu lesen:

~~Ich~~ Vivi wusste vorerst nicht so recht, mit dieser Situation hier umzugehen. Sie hatte sich für die fast schon unheimlich wirkende Suite entschieden. Hatte sie sich in den letzten Jahren so sehr als Prinzessin aufgeführt? Das wollte sie nicht. Sicherlich hat es in der Beziehung immer

wieder Hochs und Tiefs gegeben, die sie gemeinsam durchlebt haben. Sex war ihr mit der Zeit nicht mehr so wichtig gewesen. Doch ihr Mann Paul war immer bemüht, dass auch in diesem Bereich die Flamme nicht ganz erlosch. Und sie ist ihm dankbar dafür.

Nun sitzt sie hier, in einer dunklen Kammer, umgeben von Dingen die sie nie für real gehalten hatte. Sie wollte ihr Leben lang immer selbstständig sein. Auch wenn sie ihren Mann schon in frühen Jahren kennen und lieben gelernt hatte, so wollte sie dadurch nie ihre Eigenständigkeit aufgeben. Und das wird sie in Zukunft auch bleiben, eine Frau mit ihrem eigenen Willen. Trotzdem gefällt ihr das Spiel, das sie derzeit spielen. Sie möchte ihm folgen und dabei blind vertrauen, wenn sie sich ins Ungewisse fallen lässt.

Sie geht in das andere Zimmer und begutachtet alles, was sie hier sieht. Bei so manchen weiß sie nicht, für was es sein soll und so manches möchte sie sicher nicht ausprobieren. Jetzt zumindest noch nicht. Vivi öffnet eine Lade und findet, was sie insgeheim gesucht hatte. Sie war unartig gewesen und hatte im Park nicht so durchgehalten, wie er es gewünscht hat. Nun hat sie eine Strafe verdient. Sie weiß nicht, wie es wirklich sein wird, sie findet es aber irgendwie aufregend oder sogar erregend, wenn sie daran denkt. Sie nimmt einen Flopper, so glaubt sie, dass es heißt, aus der Lade und legt ihn neben

sich bereit. Sie lehnt sich über den Bock aus
Leder, der sie an ihre Schulzeit erinnert. Aber
Bockspringen wird hier wohl keiner. So bleibt sie
nackt liegen und wartet auf ihren Mann und
hofft, dass er wieder die Initiative in dem Spiel
übernimmt.

P.S.: Aber nur im Spiel, sonst … :) Ich liebe dich.

Ich blickte kurz auf und sah über einen Spiegel Vivi im Nebenzimmer auf dem mit schwarzem Leder überzogenen Bock liegen, nackt, nur das Halsband auf ihrem Körper. Ich überflog nochmals die Zeilen. Sie berührten mich. Ich musste mich erst mal fassen. Keine Ahnung, was ich mir erwartet hatte. Doch sie hatte sich aber auch gut aus der Affäre gezogen. Sicherlich war es schön, zu lesen, dass ihr das bisherige Spiel gefiel. Auch für mich ist es der Reiz des Neuen und des Dominierens. Natürlich nur in dieser Welt. Ansonsten wollte ich eine selbstständige Partnerin an meiner Seite. Doch nur ein Paddel hinlegen, dieses noch falsch benennen und sonst nichts überlegen…

Langsam stand ich auf und ging ins andere Zimmer rüber. Ohne ein Wort zu sagen, umrundete ich sie und stellte mich hinter sie. Sie drehte sich nicht um und blieb ruhig liegen. Noch einmal machte ich eine Runde um sie. Wir spürten beide die Spannung, die zwischen uns knisterte. Ich nahm das Paddel.

„Du hast eine schöne Geschichte fortgeschrieben. Zuerst einmal gibt es keinen Flopper. Es gibt Ruten, Gerten und auch Flogger. Das hier ist aber ein Paddel. Wenn du es so willst, werde ich dir jetzt den Arsch versohlen und dann ziehst du dich wieder an und wir fahren nach Hause.", sagte ich mit der herrischsten Stimme, die ich zusammenbrachte. Dabei klatschte ich mit dem Paddel auf meiner flachen Hand. Vivi zuckte zusammen, obwohl ich sie nicht berührt hatte.

„Willst du das?", fragte ich weiter.

Sie zögerte bei der Antwort: „Nein ... ja ... das schon mit der ... mit der Strafe ... bitte sag du, wie es dann weiter geht."

„Du hättest jetzt sagen können, was du gerne haben möchtest. Die Chance hast du vertan. Aber du willst dich wohl mir ausliefern, deinem Herrn und Meister."

Sie nickte nur.

Ich hatte in letzter Zeit schon einiges nachgelesen, über SM, Sub und so weiter. Hier waren eben die Namen Herr, Dom oder Master üblich, wie sie angesprochen wurden. Die hatte ich jetzt auch vorsorglich benutzt, um sie daran zu gewöhnen. Manche Praktiken waren mir zu hart gewesen. Schmerz, Nadeln und was es sonst noch gibt, brauchte ich nicht und Vivi sicher auch nicht. Doch das Befehlen und das Ausgeliefertsein, dürfte uns beiden anscheinend gefallen.

„Gut, dann beginnen wir mit der Geschichte, wie du sie geschrieben hast. Wie viele Schläge hast du dir wohl verdient?"

Sie zog nur unwissend die Schultern in die Höhe und zuckte wieder zusammen, als ich mit dem Schlaggerät zwischen ihren Beinen hoch und runterfuhr.

„Gut einen Schlag? ... Nein das ist zu wenig. Ich denke vielleicht fünfzig Hiebe?"

Ich merkte, sie wollte schon widersprechen, sagte aber nur:

„Wenn sie es wünschen, mein Herr."

Sie hatte schnell gelernt, wie wir unsere Rollen zu spielen hatten. Ich stellte mich seitlich neben sie und streichelte über ihren Hintern. Bis ich wirklich den ersten Schlag setzte. Es klatschte so richtig. Vivi zuckte kurz zurück, blieb aber weiter in ihrer Position. Die getroffene Stelle färbte sich gleich rötlich. Nun legte ich meine Hand auf die andere Pobacke. Sie sollte wissen, wo sie es zu erwarten hatte. Und zweiter Schlag. Nach einer kurzen Pause gab ich ihr vier weitere Hiebe, schnell hintereinander, die sie brav ertrug. Es war jetzt genug. Ich wollte beim ersten Mal nicht übertreiben. Doch ließ ich sie in der Stellung liegen und ging rüber ins Schlafzimmer. Am liebsten hätte ich sie gleich, so wie sie war, gefickt. Aber ich wollte es in die Länge ziehen. Ich zog mich mal, bis auf meine

Short, aus und ging wieder rüber zu ihr. Im Vorraum hatte ich beim Reinkommen eine Leine entdeckt. Die holte ich und ging wieder zu Vivi. Ich stellte mich knapp hinter sie. Sie spürte meine Erregung. Doch anstatt in sie einzudringen, richtete ich sie auf und hängte die Leine an den Ring auf ihrem Halsband.

„Dann werden wir mal alles begutachten.", sagte ich und führte sie durch den Raum. Wie eine Hündin, nackt, bis auf die High Heels, stolzierte sie brav hinter mir her.

„Wie wäre es damit?", stellte ich die Frage wohl mehr mir als ihr. Wir standen vor dem Andreaskreuz. Es war eine schöne Ausführung, um den Partner an das x-förmige Kreuz zu binden. Wir gingen weiter und begutachteten die Streckbank. Davor standen vier Stühle. Es war sicherlich für Zuschauer gedacht, die zusehen und die Person betasten konnten, ohne dass sie sich wehren zu können.

Ich führte sie in den nächsten Raum. Hier war alles in rotem Leder gehalten. Eine Art Gynostuhl war in einer Ecke. An einer Wand stand eine Kiste mit einem halbrunden Ausschnitt. Vermutlich war es für Natursektspiele gedacht, wie ich schon mal gelesen hatte. Das war nicht so meines. Mein Ziel war das nächste Gerät. Eine Art Hängematte für eine Person mit Ketten aufgehängt.

Ich setzte Vivi darauf, hängte sie von der Leine ab und führte ihre Beine in die dafür vorgesehenen Halterungen. Weit gespreizt präsentierte sie sich mir. Ich begutachtete sie, wie ich es in all unseren Jahren noch nie so offen und unverblümt getan hatte. Vor allem ihre glatt rasierte Möse gefiel mir am besten. Ohne sie sonst zu berühren, kniete ich mich vor sie hin und begann sie zärtlich mit der Zunge zu lecken. Zuerst sanft, über den glatten Venushügel, zu den äußeren Schamlippen. Ich spürte die Feuchte, die aus ihr kam. Sie war aufgegeilt. Von den Schlägen, von der Situation, dass sie sich mir nun so nackt präsentierte? Oder weil ich mich einfach nur auf ihre Vulva konzentrierte? Keine Ahnung, aber das war mir jetzt auch nicht so wichtig. Ich drang mit der Zunge in sie ein. Dabei nahm ich die Schaukel in die Hand und bewegte sie damit vor und zurück. So konnte ich sie, ohne mich viel zu bewegen, lecken. Dann wieder knabberte ich an ihrem Kitzler. Ich spürte, sie wollte mehr und ich auch. Gerne hätte ich alles noch mehr in die Länge gezogen. Doch mein Schwanz forderte auch seinen Anteil. Ich zog die Short aus. Neben der Matte entdeckte ich eine Kurbel und drehte sie ein Stück weiter rauf, damit ich bequem stehend in sie eindringen konnte. Bevor ich es tat, stand ich nackt vor ihr. Mein Schwanz ragte ihr entgegen und ich sagte:

„Du hattest eine Bestrafung verlangt. Die hast du bekommen. Du hättest dir viel mehr wünschen können. Das hast du aber nicht. Darum werde ich dich jetzt einfach nur ficken. Du hast dir also keinen Orgasmus gewunschen. Somit verbiete ich dir jetzt, dass du kommst. Hast du das verstanden?"

Sie sah mich an und nickte nur. So hatte ich mit ihr noch nie gesprochen. Letztens hatte ich auch bestimmt, als ich meine Befehle mit dem Klaps auf den Arsch gegeben hatte. Aber es auszusprechen, war komplett neu für mich, für uns. Ich ging einen Schritt näher. Ich griff nach den Ketten und zog sie zu mir ran. Ohne sie sonst zu berühren, führte ich meinen Schwanz in ihre mehr als nasse Fotze ein. Ich bewegte sie mit der Wippe hin und her, so wie es für mich passte. Doch auch Vivi hatte ihren Gefallen daran. Ihr Atem ging schneller. Ich steigerte das Tempo. Als sie plötzlich „Stopp, bitte stopp" sagte. Ich aber machte weiter.

„Du hast gehört, was ich gesagt habe. Reiß dich zusammen. Du darfst nicht kommen.", sagte ich zu ihr. Ich hätte gar nicht aufhören können. Es war zu geil. Etwas langsamer machte ich weiter. Und dann wurde ich wieder schneller. Ich glaubte, an ihrem Gesicht zu erkennen, dass sie versuchte, an etwas anderes zu denken. Sie wollte wirklich folgen und nicht kommen. Doch um so mehr man sich bemühte, umso schwieriger war es wohl. Ich drosselte wieder die Geschwindigkeit, bevor ich zum Endspurt ansetzte.

„Ich werde jetzt in dich hineinspritzen. Hast du gehört? Du brauchst also nicht mehr kommen. Hauptsache ich spritze meinen Saft in dich hinein."

Ich steigerte die Heftigkeit und konzentrierte mich voll auf mich und meinen Höhepunkt. Und in dem Moment, als ich ankündigte, dass ich spritze, stöhnte Vivi auf, sie schrie ihren

Orgasmus raus. Sie war gleichzeitig mit mir heftig gekommen. Mit gesenktem Blick sagte sie leise ein „Entschuldigung".

Ich lachte kurz auf und nahm sie an der Hand, um ihr aus der Liege zu helfen. Mit einer Hand bedeckte sie ihre Muschi, damit der Saft nicht auf dem Boden tropfte. Wir gingen rüber zum Bett und kuschelten uns gemütlich unter der Decke aneinander, ohne ein Wort über die letzten Aktionen zu sagen.

Das restliche Wochenende hatten wir gemeinsam zuhause verbracht. Der Sonntagabend war verregnet. Vivian lief in ihrer Leggings durch die Wohnung. Seitdem hatten wir nicht darüber gesprochen, was am Freitagabend geschehen war. Nur die Rötung auf ihrem Po erinnerte uns daran, dass es sich wirklich so zugetragen hatte. Sex hatten wir den Samstag keinen im ehelichen Doppelbett. Dafür hatte ich Zeit, um ein neues Kapitel zu schreiben.

„Wann hast du am Dienstag Dienstschluss?", fragte ich sie.

„Warum?"

„Nur so, damit ich weiß, was die Zukunft so bringt …"

Engerl-Bengerl Spiel

Mit dunklen Sonnenbrillen saß Paul hinter der Säule. Von hier hatte er einen guten Überblick und wurde nicht gleich erkannt. Ungewohnt für einen freien Tag, mit dunkelblauem Anzug und weißem Hemd bekleidet, beobachtete er das Kommen und Gehen der Menschen. Eine sexy Blondine in einem roten Kostüm stolzierte durch die Hotelaula an ihm vorbei. Sie war von ihrem guten Aussehen überzeugt. Ihre Blicke trafen sich. Seine Augen wanderten über ihre prallen Brüste und die langen Beine. Doch seine wirkliche Aufmerksamkeit galt jemand anderen.

Es war halb drei, Zeit, mit seinem Plan zu beginnen. Er nahm ein verschlossenes Kuvert aus der Innentasche des Sakkos und winkte den Hotelpagen zu sich. Der junge Mann musste neu sein. Paul hatte ihn bisher noch nie gesehen. Folgsam kam der Bursche näher. Hier war es gleichgültig, ob man in dem Hotel eingecheckt hat oder nicht, sobald man sich in dieser Halle befand, wurde man als Gast und somit als König behandelt. Der Junge nickte, nachdem er seinen Auftrag erhalten hatte. Er blickte rüber zum Empfang und machte sich auf den Weg.

Die Dame an der Rezeption wunderte sich über das Kuvert, welches sie entgegennahm. Sie konnte den Absender hinter der Säule nicht erkennen, hatte aber einen Verdacht. Der Page kehrte wieder an seinen Platz zurück und freute sich über das reichliche Trinkgeld, das er von dem Herrn bekommen hatte. Solche einfachen und gutbezahlten Aufträge wünschte er sich öfters.

Vivian riss das Kuvert auf. Ihr jüngerer Kollege Franz war neugierig über die geheimnisvolle Nachricht und versuchte, über die Schulter mitzulesen. Doch seine Chefin wies ihn sofort in seine Schranken. Hier hatte sie die bestimmende Rolle, nicht aber in dem Spiel. Nachdem sie in Ruhe die Botschaft gelesen hatte, blickte sie mit rotem Kopf in Richtung Säule. Der anonyme Mann gab sich zu erkennen, in dem er den Platz gewechselt hatte und die Reaktion von Vivian erkennen wollte. Auch wenn sie ein hinterhältiges Grinsen in seinem Gesicht erkannte, schüttelte sie leicht den Kopf. Das konnte doch nicht sein Ernst sein. Da sah sie, wie er unter seinem Sakko etwas hervorzog, aber gleich wieder wegsteckte. Es war schwarz, länglich und aus Leder und vor einer Woche hatte sie es auf ihren Arsch zu spüren bekommen.

Am liebsten hätte sie mit den Schultern gezuckt. Na und, so schlimm wird es nicht werden, wenn sie wieder bestraft wird. Doch würde sie es wagen, wirklich nicht zu gehorchen. Vielleicht war er dann sauer und würde aufhören, das Spiel zu spielen. Das wollte sie nicht riskieren.

Paul beobachtete sie und nippte nebenbei an seinem kühlen Bier. Vivi beugte sich rüber zu Franz und gab ihm Anweisungen, bevor sie in den hinteren Räumen verschwand. Es dauerte nicht lange. Mit einem braunen Kuvert in der Hand erschien sie wieder. Sie beschriftete es und rief den Pagen zu sich. Er nahm das Päckchen von der Rezeptionistin entgegen und begab sich auf den Weg zu Paul. Sicherlich erhoffte er sich nochmals ein saftiges Trinkgeld.

„Ich … ich soll Ihnen … noch ausrichten, sie ist … bereits … verheiratet, mein Herr.", sagte der Page. Er übergab dem Unbekannten das Kuvert, welches dieser mit einem fetten Zehner quittierte. Der Hotelboy marschierte wieder an seinem Platz beim Aufzug. Paul warf einen Blick in den Umschlag. Sein Gegenüber hinter dem Tresen, starr wie eine Statue, blickte zu ihm rüber. Franz war die komische Kommunikation zwischen den beiden nicht entgangen.

„Er wird doch nicht …", dachte sich Vivian. Sie spürte, wie sie wieder errötete. Provokant drückte er das Kuvert mit zwei Fingern auseinander. Er sah anerkennend zu ihr rüber. Die aufgesteckten Haare gaben ihr eine gewisse Strenge, die sie des öfteren bei ihren Kollegen brauchte, um sich durchzusetzen. Nun aber hatte sie gehorchen müssen. Paul griff mit der ganzen Hand hinein, nahm den Inhalt und steckte ihn sofort in seine rechte Sakkotasche. Vivi huschte ein Lächeln über das Gesicht und spürte einen kühlen Hauch unter ihrem Rock. Sie hatte das Gefühl, wie wenn jeder wissen konnte, dass sie ohne Slip vor ihnen stand. Eine halbe Stunde musste sie so durchhalten, bis ihr Dienst zu Ende war.

Paul orderte beim Service noch ein kleines Bier. Die Dame in Rot war mittlerweile wieder in der Lobby aufgetaucht und hatte sich in die Nähe von ihm gesetzt. Doch sie bekam rasch mit, dass er kein Interesse an ihr hatte. Schade fand er. Er hätte seine Frau gerne noch etwas eifersüchtig gemacht.

Kaum hatte er sein Bier ausgetrunken, stand schon Vivian hinter ihm. Sie wollte ihn anscheinend keine Minute länger als notwendig alleine lassen. Vielleicht aus Angst, er könnte noch mehr solche Überraschungen auf Lager haben. Zwischenzeitlich hatte sie sich umgezogen. Anstatt hochgesteckter Frisur und blauem Kostüm stand sie mit wallendem, offenen Haar und einem hellblauen Sommerkleid neben ihm. Das Kleid reichte gerade bis zu den Knie. Paul begrüßte sie mit einer Umarmung. Dabei führte er seine Hand unter ihren Rock. Zum Glück war hinter ihnen die riesige Säule. So konnte keiner sehen, wie er unauffällig kontrollierte, ob sie nicht eventuell ein Reservehöschen angezogen hatte. Ein kleines „Ohh" entwich ihr. Sie hatte sich brav an die Anweisung gehalten und war unten ohne gekommen.

Arm in Arm verließen sie durch die Drehtür die Aula. So bummelten sie durch die Innenstadt. Vivi wusste nicht, wohin es ging. Sie wollte nur den schönen Tag genießen und sich überraschen lassen. Vor dem „Häferl" machten sie halt. Es war nicht irgendein Lokal. Es war das Café, indem sie sich kennengelernt hatten. Sie überlegte, wie lange sie schon nicht hier gewesen waren.

Es hatte sich nicht viel verändert. Nachdem sie einen freien Tisch gefunden hatten, bestellte sich Vivi einen Kaffee Latte und Paul nahm einen großen Schwarzen. Die Kaffeekultur in Wien hatte eine lange Tradition und viel Auswahl. Leider gab es nicht mehr den alten Herrn Ober. Sicher war er schon im wohlverdienten Ruhestand, aber noch zu gut erinnerten sie sich an die väterlichen Ratschläge, die er ihnen früher gab. Oft war es im Scherz gesagt. Es fand sich aber immer ein Fünkchen Weisheit darin.

Auf die Tipps verzichtete Paul heute. Er wusste, was er wollte und das war Vivi. In dem Café konnte man stundenlang sitzen und an seinem Getränk nippen. Auch wenn das Glas schon lange leer war, wurde man nicht auf eine neue Bestellung gedrängt. Die Gäste saßen hier mit ihrer Zeitung, einem Buch und auch nur um zu plaudern oder das Flair zu genießen. Der Herr Ober kam erst, nachdem man ihm ein Zeichen gab. Und diese Ungestörtheit wollte Paul mit seiner frisch erblühten Frau nutzen und sie zu neuen Höhepunkten führen.

„Ich hoffe, dir ist nicht kalt?"

Sie schüttelte den Kopf. Natürlich wusste sie, worauf er anspielte.

„Dann möchte ich, dass du nachsiehst, ob es dich erregt, wenn du ohne Unterwäsche unterwegs bist."

Erstaunt sah sie ihn an und blickte unauffällig herum. Wie sollte sie jetzt nachsehen? Sie fand es erregend, das war ihr klar, aber nachsehen? Anscheinend konnte er Gedanken lesen und gab genauere Anweisungen.

„Vivi, du nimmst deine Hand und steckst sie unter deinen Rock und siehst nach, ob deine Muschi feucht ist." Er bekam schon einen Ständer, wenn er nur an ihre glatt rasierte Möse dachte. Seit dem letzten Abenteuer in der Suite war sie immer komplett glatt und kein Härchen war auf ihrer Scham zu finden.

Mit einem tiefen Seufzer entzog sie ihm die Hand am Tisch und legte sie unauffällig auf ihren Oberschenkel. Vorsichtig wanderte sie unter ihren Rock, immer tiefer hinein. Er konnte es nur erahnen und an ihren Gesichtszügen vermuten, was sich da unter dem Tisch abspielte. Ihre Finger waren nun an den Schamlippen angelangt. Um dies anzuzeigen, leckte sie sich mit der Zunge über ihre Lippen. Hin und hergerissen zwischen Scham, Angst entdeckt zu werden und Erregung war sie erstaunt, wie nass sie war. Sie lehnte sich zurück. Noch einmal huschte ihr Blick nach links und nach rechts, ob sie wirklich niemand beobachtete. Es war eine eigenartige Gefühlsregung in ihr. Sie fand es geil, gepaart mit der Scheu sich ganz fallen zulassen oder gar Töne entgleiten zu lassen, die nicht in ein Lokal gehörten.

Paul nickte ihr kurz zu, um ihr zu sagen, dass es für das Vorspiel genug war. Was würde er als Nächstes von ihr verlangen?

Vivian nippte einen Schluck von ihrem Glas Wasser, welches natürlich in einem ordentlichen Kaffeehaus zu dem gerösteten Getränk dazu serviert wird.

Er legte seine Hand auf die ihre, mit dem Wissen, wo diese Finger gerade gesteckt hatten. Still saßen sie da und blickten sich in die Augen. Der Ober machte unauffällig seine Runde durch die Tischreihen. Paul deutete ihm zu zahlen. Nachdem dieser kassiert hatte und wieder außer Hörweite war, sagte Paul zu Vivian:

„Ich gehe jetzt auf's WC und du kommst mir nach."

Ihren Augen wurden wieder größer, die Worte blieben ihr im Hals stecken, bevor sie es sagen konnte. Sie musste ja fast mit so etwas in der Art rechnen. Aber hier in ihrem Stamm-Café? Sicherlich, es kannte sie niemand. Schon lange waren sie nicht mehr hier gewesen. Aber nun auf diese Art hier verkehren? Sie konnte sich denken, was er auf der Toilette von ihr wollte. Aber sicher konnte sie sich nicht sein. Sie kannte ihn schon lange, diese Fantasien, an einem öffentlichen Ort, hätte sie nicht von ihm vermutet.

Paul machte sich auf den Weg. Nachdem er sich kurz im Sanitärraum vergewissert hatte, dass zurzeit kein Mann einem dringenden Bedürfnis nachging, öffnete er wieder die Türe. Er zog Vivian rein, die schon davor wartete. Neben dem Pissoir standen drei Kabinen zur Verfügung. Er packte sie um die Taille und küsste sie heiß und innig auf den Mund. Bevor sie jemand überraschte, zog er sie in einen Toilettenraum und verschloss die Tür hinter ihnen. Für ein Herren-WC war es ungewohnt sauber. Darauf konnte man sich hier verlassen. Die Kontrollen bei den Reinigungen wurden hier strengstens eingehalten. Erst vor zehn Minuten war die Reinigungskraft hier gewesen und hatte geputzt und gewischt. Von außen waren nur mehr ihre Beine unter dem Spalt der Tür und der Trennwände zu sehen. Ohne viele Worte drehte er sie um und beugte sie vor. Vivi musste sich am Spülkasten festhalten, um nicht nach vorne zu kippen. Zum Glück waren es die klassischen Modelle, welche noch nicht in der Wand integriert sind. Das Vorspiel hatte sich Vivi ja schon zuvor gegönnt, das konnten sie jetzt weglassen. Mit einem schnellen Griff war das Kleid nach oben geschoben. Ihr nackter Arsch ragte ihm entgegen. Er zog ihre Beine auseinander und packte sie an den Hüften. Breitbeinig stand sie vor ihm. Mit einem Handgriff hatte er seine Hose geöffnet und runter gezogen. Sein harter Schwanz sprang heraus und schnellte auf ihre Pobacke. Keine Spur von Romantik, kein vorsichtiges Prüfen, mit einem Finger, ob sie feucht genug war. Mit einem Stoß war der Ständer in ihrer Möse. Bald hatten sie ihren Rhythmus gefunden. Vivi musste nicht mehr tun, als sich am Spülkasten festzuhalten, damit sie nicht umfiel. Nicht zu hart, aber doch fordernd vögelte er sie hier im WC. Es war einfach nur geil. Er spürte, dass er bald kommen wird. Durch ihr unterdrücktes Stöhnen erkannte er, dass auch sie ihren Spaß daran hatte und nicht mehr lange brauchte.

Plötzlich hörten sie die Haupttüre zum Männerklo aufgehen. Zwei Männer kamen tratschend herein. Paul stoppte kurz. Vivi wollte sich schon ein Stück zurückziehen. Sein harter Schwanz drohte rauszugleiten. Er packte sie fester und stieß ihn wieder rein. Ihnen standen Schweißperlen auf der Stirn, ob von der heftigen Vögelei oder von der Angst, hier erwischt zu werden. Sie hörten, wie die beiden Typen beim Pissoir pinkelten und sich nebenbei unterhielten.

„Hast du die Neue in der Revisionsbuchhaltung gesehen?"

„Ja, die hat aber die Chefin reingebracht, oder?"

„Habe ich auch gehört. Sonst würde ich die Kleine beim Betriebsausflug anbraten. Die hat ja Wahnsinns Titten."

„Dann legst du dich aber mit der Alten an."

Paul vermutete, dass damit die Vorgesetzte gemeint war.

„Die lege ich dann auch gleich flach. Die hätte es dringend notwendig."

Vivi drehte den Kopf zu Paul, mit einem Blick, der alles sagte. So geht es also am Männerklo zu?!?

Ihn interessierte es aber nicht, was sie darüber dachte, sondern begann wieder im Rhythmus seinen Schwanz rein- und raus zu bewegen. Ganz egal war das Vivi nicht. Nur durch ein paar Spanplatten getrennt, von ihrem Mann gevögelt zu werden, während zwei Geilspechte am liebsten alles ficken würden, was einen Rock trägt.

Endlich gingen sie zum Waschbecken. Zum Glück, den lange hielt es das Paar nicht mehr aus. Kaum hörten sie die Türe zuschlagen, machte Paul den letzten Stoß und spritzte ab. Auch Vivi stöhnte laut auf, als sie kam. Der Quicky hatte es voll für beide gebracht. Sie öffneten die Türe. Vivi richtete sich das Kleid und ungeniert schritten sie durch das Lokal. Beim Rausgehen verabschiedeten sie sich noch vom Kellner.

Auf der Straße spürte Vivi etwas Feuchtes an ihren Beinen. Sie trug ja keinen Slip. Langsam ran ihr das Sperma aus ihrer Muschi und die Oberschenkel hinunter. Während die Menschen in der Fußgängerzone bei ihnen vorbei spazierten, griff sie so unauffällig wie möglich unter das Kleid und wischte sich mit den Fingern sauber. Doch wohin damit? Mit einem Augenzwinkern zu Paul schleckte sie den Saft genüsslich wie ein Eis. Schön langsam fand sie den Geschmack gar nicht so schlecht. Doch das wollte sie ihm nicht sagen. Wer weiß, auf welche Gedanken er sonst noch kam.

*****

Ich freute mich auf den Nachmittag. Tom wunderte sich, dass ich schon wieder früher weg musste.

„Hast du eine andere Frau?", fragte er mich vorwurfsvoll. Ich könnte jede Blödheit machen. Wenn ich aber Vivian weh täte, würde er es mir nie verzeihen. Auf sie hielt er große Stücke.

„Nein, da brauchst du keine Angst zu haben, im Gegenteil."

Seit dem ersten Abenteuer hatte ich ihm nichts mehr erzählt. Wir konnten wirklich über alles reden. Wie oft hatte ich ihn beraten, wie er bei einem Date vorgehen sollte. Er war noch immer auf der Suche nach der richtigen Frau und nicht der Typ, um sich die Bräute der Reihe nach aufzureißen. Zu oft versaute er es, weil er sich tollpatschig dabei anstellte. Letztens war seine Begleitung sogar mit nach Hause gekommen. Dann hatte er von seinen tollen technischen Ideen so lange erzählt, bis sie bei ihm auf der Couch eingeschlafen war.

Tom schwärmte immer von Vivi und welches Glück ich mit ihr hatte, obwohl ich sicher in den letzten Jahren geklagt hatte, dass es nicht immer die Traumbeziehung ist, so wie es nach außen oft scheint. Dass wir über die Jahre immer mehr nebeneinander, als miteinander gelebt hatten, konnte er nicht verstehen. Auch wir hatten unsere Probleme und das vor allem wegen Sex. Vivi zog es immer ins Lächerliche. „Ich könnte ja nie genug kriegen. Sie muss mich etwas einbremsen." Dass ich meine Frau jetzt, mittels eines selbstgeschriebenen Romans in meine Sexfantasien einführte, wollte ich nicht mal ihm erzählen. Ein Roman war es ja eigentlich nicht. Ich schrieb einfach auf, was sich in meinem Kopf abspielte, und sie stieg darauf ein, was mich noch mehr erregte und zum Schreiben anregte. Ich hatte noch keine Ahnung, wie weit ich dabei gehen wollte und konnte.

Bei Kapitel sieben wollte ich sie vom Engerl zum Bengerl machen. Sie, die für alle die brave und anständige Ehefrau ist, die immer adrett und sauber gekleidet unterwegs ist, sollte es einmal anders geben. Ohne Slip musste sie unterwegs sein und Sex mit mir haben, nicht zuhause im Bett, und auch nicht in unserer Wohnung. Sondern an einem öffentlichen und schmutzigen, im Sinne von unanständigen, Ort.

Ich hatte es mir in der Aula des Hotels gemütlich gemacht. Dass mich Vivi nicht sah, war nicht so wichtig. Sie hatte, unauffällig wie immer, die neue Geschichte gelesen und wusste, dass ich heute komme.

Zu Beginn sollte sie, wie geplant, vor den anderen kompromittiert werden.

Ich bestellte mir ein Bier und rief dann Martin, den Pagen zu mir. Natürlich kannte ich ihn. Er freute sich immer, wenn wir ein paar Worte wechselten, wenn ich mal hier war. Ich hatte ihn bei der Besorgung für einen Computer geholfen und dabei einen sehr guten Preis über meine Firmenbeziehungen gemacht. Seitdem winkte er noch viel heftiger, wenn er mich erblickte. Folgsam hatte er das Kuvert an Frau Vivian übergeben. Den Zehner wollte er zuerst gar nicht annehmen. Er hatte mich nur etwas komisch angesehen, warum ich nicht selbst die paar Schritte zu meiner Frau rüber ging.

Als plötzlich eine tiefe, honorige Stimme hinter mir erklang. Herr Dr. Grafenwirth hatte mich entdeckt. Als Hotelmanager und Miteigentümer war er zumeist in seinem Büro, im obersten Stockwerk, tätig. Wenn er sich mal in die Hotellobby verirrte, war das immer eine große Aufregung. Jeder versuchte, seinen Job besonders gut zu machen, dass es ja keine Kritik von ihm gab. Vivian brauchte da keine Bedenken haben. Er hatte sie persönlich von einem kleinen Absteigequartier, hier in das vornehme Hotel abgeworben und förderte sie, wo er nur konnte. Er hatte uns beide auch schon einmal zu einem Abendessen eingeladen. Wir hatten uns gut unterhalten und wahrscheinlich gefiel es ihm, weil ich offen und ehrlich mit ihm sprach und nicht wie die meisten hier, die ihm meistens nur Honig ums Maul schmierten.

Dass er genau jetzt erschien, damit hatte ich nicht gerechnet. Ich erhob mich und begrüßte ihn mit einem ordentlichen Händedruck. Der Mann strahlte das millionenfache Vermögen aus, das er besaß. Mit seinem blauen Blazer und dem Halstuch konnte man fast glauben, dass er direkt von seiner Yacht runtergestiegen war.

Aus dem Augenwinkel sah ich, dass Vivi wieder aus den Personalräumen zurückgekehrt war und Martin das Kuvert übergab. Sie hatte ihn gleich warten lassen. Aber Vivi konnte nicht sehen, wer gerade bei mir stand und mit mir plauderte. Ihr Chef, Dr. Grafenwirth, verbarg sich genau hinter der Säule. Der Page kam mit raschen Schritten auf mich zu. Als er seinen obersten Vorgesetzten entdeckte, bremste er sich ein und setzte ehrfürchtig einen Fuß vor den anderen, bis er vor uns stand. Auch ihn begrüßte der Herr Doktor mit einem Handschlag. Der junge Mann wusste nicht, was er zuerst tun sollte, mir den Umschlag übergeben oder doch lieber zu grüßen. Ich erlöste ihn von seinem Problem und nahm ihm möglichst unauffällig das Kuvert ab. Es fühlte sich weich und dick an.

Bevor ich es in die Jackentasche stecken konnte, fiel es dem Hotelmanager auf.

„Was wird denn da in meinem Hotel in anonymen Kuverts geschmuggelt? Es werden doch keine Drogen oder gar Betriebsgeheimnisse sein?", sprach er mich direkt an, ohne den Anschein, jemals vom Briefgeheimnis gehört zu haben. Dabei lachte er in seiner tiefen und lauten Art, dass es durch die Halle hallte. Ich lachte mit, während Vivian uns mit großen Augen beobachtete. Nun wusste sie, mit wem ich mich gerade unterhielt. Währenddessen verschwand der Umschlag in der Innentasche meines Sakkos.

Doch er ließ nicht locker.

„Na dann lüften wir das Geheimnis oder haben sie etwas zu verbergen?"

Vivi stand wie zu Stein erstarrt hinter dem Tresen und blickte zu uns rüber. Ansonsten war sie es, die die Ruhe bewahrte, wenn sie so hohen Besuch, hier in der Lobby, erhielten. Sicher wäre sie am liebsten rübergekommen, hätte sich das Kuvert geschnappt und wäre damit davongelaufen.

Ich wollte ihm nicht direkt sagen, dass es ihm nichts anginge. So beugte ich mich zu ihm rüber und flüsterte ihm etwas ins Ohr. Noch lauter und herzhafter, als zuvor brüllte er fast vor Lachen und klopfte mir auf die Schulter.

„Sie sind mir einer. Dann werden wir mal ihre Frau vom Dienst entlassen, damit sie zu ihrem Kaffee kommen."

Er machte noch seine Runde und begrüßte alle Mitarbeiter, ebenso Vivian, bevor er wieder in seine Gemächer entschwand.

Ich wartete draußen und plauderte mit Leo, bis sich Vivi umgezogen hatte. Wie ein Wirbelwind flog sie durch die Drehtür. Als ihr plötzlich der Wind entgegenblies und unter das Kleid fuhr, erschrak sie. Sofort griff sie hin und richtete es zurecht.

„Was hast du denn? Man könnte glauben, du hast darunter nichts an, so wie du dich anstellst.", gab ich als Kommentar ab. Mittlerweile hatte ich mich von den unvorhergesehenen Treffen erholt. Leo lachte in seiner klobigen Art mit. Vivi warf mir nur einen giftigen Blick zu. Die beiden verabschiedeten sich noch, bis wir uns auf den Weg zum Café machten.

Unser Plätzchen in der Nische war zum Glück frei. Vielleicht auch, weil ich am Tag zuvor schon da war und dem Ober mit einem Trinkgeld gebeten hatte, ihn freizuhalten. Er erkannte mich gleich und begrüßte uns dadurch noch freundlicher als alle anderen Gäste. Nachdem wir die Getränke geordert hatten, konnte sich Vivian nicht mehr halten. Zu groß war die Neugier, was sich vorhin abgespielt hatte.

„Was hat du dem Grafenwirth gesagt?"

„Er wollte wissen, was in dem Umschlag ist.", gab ich ihr ehrlich als Antwort.

„Und? Was hast du gesagt?"

„Dass ihm das überhaupt nichts angeht."

„Aber das kannst du doch nicht. – Du hast ja recht – Aber so kannst du nicht mit ihm reden."

Ich lächelte.

„Das war ja auch nur ein Scherz."

„Was hast du ihm dann gesagt."

„Die Wahrheit."

Ich hörte fast die Zahnräder in ihrem Kopf rattern.

„Was … was heißt die Wahrheit?"

„Na die Wahrheit eben." Sie konnte anscheinend nicht verstehen, was ich unter der Wahrheit verstand.

„Wie meinst du das?"

„Ich habe ihm gesagt, dass du dein Höschen ausgezogen hast und mir rübergeschickt hast, damit ich dich dann nachher am WC in unserem Café schneller vögeln kann."

„Das meinst du nicht ernst?!?"

Ich sagte nichts mehr und schlürfte nur genüsslich an meinem Kaffee. Vivian versuchte, noch ein paar Mal herauszubekommen, was ich wirklich gesagt hatte. Sie wollte es unbedingt wissen.

Sie wird mir niemals glauben, dass ich es wirklich getan hatte, wenn auch in anderen Worten. Statt mit irgendeiner Lüge zu versuchen, den neugierigen Millionär abzuspeisen, hatte ich ihm ehrlich gesagt, wie es war, mit der Gewissheit, er würde es mir nicht glauben und es nur für einen ordinären Scherz unter Männern halten.

Ich brachte sie aber bald auf andere Gedanken, als ich in meine Hosentasche griff.

„Wir haben ja vereinbart, dass du in unseren Fantasien immer etwas an dir trägst.", erinnerte ich sie.

Sie wusste sofort, was ich meinte.

„Davon stand nichts geschrieben und du wirst nicht wollen, dass ich dieses Ding hier in der Öffentlichkeit …"

Sie stoppte im Satz, als sie sah, was ich in der Hand hielt. Es war ein Halsband, aber nicht jenes aus Leder, sondern aus schwarzem Samt und anstatt des Ringes mit einem zierlichen Diamanten besetzt. Ich verstand, dass sie das Lederding nicht vor allen Leuten tragen wollte, obwohl wir Schlimmeres vor hatten. Bei dem dezenten Halsstück fingen ihre Augen zu glänzen an. So hatten wir beide etwas davon. Fast ehrfurchtsvoll legte sie es sich um, schickte mir ein Küsschen und senkte demütig den Blick.

Vivi erzählte mir noch von ein paar schrägen Hotelgästen, bis ich der Meinung war, den Ober zu rufen, um zu bezahlen.

Wortlos, mit einem herausfordernden Blick machte ich mich auf den Weg zur Herrentoilette. Sie wartete eine Minute ab und folgte mir unauffällig nach hinten.

Ich hatte schon vorhin den Gang zu den Sanitärräumen im Blick gehabt. So war ich mir ziemlich sicher, dass sie derzeit leer waren. Sicherheitshalber guckte ich kurz rein, als Vivi schon nachkam.

Zuerst schauten wir uns verlegen an. Es war doch anders, darüber zu schreiben, als es dann wirklich zu erleben. Bevor uns jemand überraschte, nahm ich sie an der Hand und führte sie zur letzten Kabinentür. Mit einem Klick schloss ich hinter uns ab. Ich umarmte Vivi um die Taille und küsste sie innig. Schon lange hatten wir uns nicht so intensiv und voll Leidenschaft geküsst. Meine Hände wanderten runter zu ihrem Po. Ich schob ihr Kleid über die Hüfte und strich über ihre frisch rasierte Möse. Ich begann sie zu streicheln und spürte, wie mich die Situation erregte. Bald waren zwei meiner Finger in ihr, ohne dass wir aufhörten, uns zu küssen. Doch es sollte ein Quicky werden. Ein Griff zu meiner Hose, sodass ich Gürtel und Knopf öffnete, und schon zog sie mir die Jeans, samt der Short hinunter. Ich drehte sie um und ohne ein Wort steckte ich ihr meinen Schwanz in ihre feuchte Muschi. Sie hatte darauf gewartet und stöhnte kurz auf. Meine Stöße waren nicht fest, aber doch bestimmend. Immer kräftiger packte ich sie bei der Hüfte und zog mich in sie hinein. Ihr herumwirbelndes Haar kitzelte mich dabei an der Nase. Es war warm hier in diesem Raum ohne Fenster. Schweißperlen standen mir bald auf der Stirn. Auch meine Hände wurden nass. In voller Montur bekleidet, hier zu stehen und zu vögeln, brachte mich doch zum Schwitzen. Vielleicht sollte ich mehr Sport betreiben, dachte ich mir insgeheim und meinte damit nicht nur Sex.

Als wenn ich ein Wahrsager wäre, hörten wir plötzlich eine Türe zufallen. Und ein zweites Mal wurde sie geöffnet und geschlossen. Anscheinend mussten zwei Männer ihrem Bedürfnis nachgehen und es war ein anderes als bei uns.

„Wieso wartest du nicht auf mich?", rief einer der beiden durch den Waschraum. Er glaubte, dass sie alleine hier waren.

„Wir sind ja keine Weiber, dass wir gemeinsam wischerln gehen müssen."

Ich stoppte kurz, aber nicht lange, sondern bewegte jetzt Vivi ganz langsam, sachte und leise.

Schon hörten wir den Urinstrahl in das Pissoir fliesen. Früher hätte ich gedacht, Vivi würde die Sache sofort abbrechen. Aber im Gegenteil, es törnte sie wirklich an. Am liebsten hätte sie gebettelt, dass ich fester in sie stoße. Mühsam presste sie die Lippen ihres Mundes zusammen, dass ihr kein Ton entkam.

Die beiden Männer hatten sich über belangloses unterhalten. Plötzlich wurden es draußen still. Ich stoppte, damit keine Laute nach außen drangen. Verlassen hatten sie den Sanitärraum noch nicht. Das hätten wir sicher gehört. Wir hörten sie sprechen, es war aber eher nur ein Flüstern.

„Schau einmal.", konnte ich verstehen.

Bildlich konnte ich mir vorstellen, wie sich der Zweite runter beugte und vier Beine in der hintersten Kabine sah. Und zwei davon waren schlank, glattrasiert und mit Stöckelschuhen versehen. Jetzt noch schnell auf die Klomuschel rauf zu steigen hatte keinen Sinn mehr. Sie hatten uns entdeckt. Wir hörten aber nichts mehr von ihnen. Warteten sie da draußen, bis wir hier rauskamen?

Vivi drehte den Kopf zu mir und sah mich an. Nachdem ich nur mit den Schultern zuckte, flüstere sie ganz leise zu mir: „Was machen wir jetzt?" Sie musste sich ja klar sein, dass man durch die Sperrholzwände alles hören konnte. Sicher wäre es das Vernünftigste die Hose rauf- und das Kleid runterzuziehen und mit schnellen Schritten zu verschwinden. Wir standen mittlerweile wie zwei Statuen da. Mein Schwanz begann an Härte zu verlieren. Die Situation war auch ihm zu viel. Das spürte auch sie. Da sagte Vivian plötzlich mit normal lauter Stimme:

„Komm, hör nicht auf. Fick mich weiter." Meinem besten Stück gefielen diese Worte und sofort war er wieder in voller Länge da. Ohne viel nachzudenken, packte ich sie fester und stieß in sie hinein. Ich wollte nicht lange brauchen und würde es auch nicht lange aushalten. Zu geil war die Situation, von den beiden Fremden belauscht zu werden, während meine Frau mich aufforderte, sie zu beglücken. Meine Bewegungen wurden schneller. Vivi hielt auch ihr Stöhnen nicht zurück. Immer lauter forderte sie mich auf:

„Ja, komm, fick mich. Ja komm."

Wir achteten nicht mehr auf unsere Zuhörer. Das Adrenalin in uns überwog gegenüber der Peinlichkeit, rausgeworfen zu werden. Ich hörte in meinem Sexrausch, wie sie laut lachten. Da konnte ich mich nicht mehr halten und spritzte meinen kompletten Saft in ihre Möse. Diesmal fragte ich nicht, wie früher schon so oft. „Hat es dir gefallen?" oder „Hattest du auch einen Orgasmus?"

Nein, sie wusste, was ich geplant hatte. Und ich hatte mich in ihr ergossen und es war einfach geil.

Da hörten wir die Türe zufallen. Die beiden Lauscher hatten diskret den Raum verlassen und ich hoffte, sie waren auch so viel Gentlemen es nicht dem Personal zu melden.

Ich zog mir die Hose rauf. Vivi streifte sich ihr geblumtes Kleid zurecht.

„Ich rinne wirklich aus.", sagte sie mit einem flehenden Blick zu mir. Sie hatte meine Fantasiegeschichte gelesen und wusste, wie es weitergehen sollte. Ich grinste, griff aber in die Tasche und gab ihr ein Taschentuch, um das Gröbste zu beseitigen. Mir machte es nichts aus. So hatte ich für das nächste Mal wieder einen Grund, sie für den Ungehorsam zu bestrafen.

Jetzt wollten wir schnell und unauffällig das WC und das Café verlassen. Der Gang war leer. Die beiden Männer passten uns nicht hier ab. Der Weg durch das Lokal blieb uns nicht erspart. Hand in Hand marschierten wir geradewegs hindurch. Am liebsten hätte ich aber allen zugerufen: „Hallo miteinander, ich habe gerade meine Frau auf der Toilette gevögelt." Doch keiner wusste es, also schenkten sie uns keine Beachtung. Keiner, außer Zweien. Mein Blick wanderte über die Tische. An einem Ecktisch saßen zwei Paare. Sie waren sicher über fünfzig. Einer der Männer sah direkt zu mir. Er hatte wohl darauf gewartet, wer aus dem hinteren Gang kommen würde. Wir hatten direkten Blickkontakt. Eine der Frauen sprach auf ihn ein, doch er dürfte nicht viel mitkriegen, was sie sagte. Da hob er die Hand mit Daumen hoch und hielt ihn mir entgegen. Die Begleiterin, vermutlich seine Frau verstummte. Sie sah zu uns rüber. Ich konnte mir gut vorstellen, dass sie von ihm wissen wollte, was das zu bedeuten hätte und woher er uns kannte. Doch da waren wir schon bei der Türe raus. Die frische Luft, die uns entgegenströmte, tat gut. Nach ein paar Schritten blieben wir stehen und Vivi sah an sich hinunter. Sie hatte wohl das Gefühl, dass ich meinen Saft literweise in sie hineingepumpt hatte. Nachdem sie sich umgesehen hatte, ob auch niemand in der Nähe war, griff sie unter ihr Kleid, um zu prüfen, ob es wirklich so schlimm war, wie es sich anfühlte.

„Hallo, warten Sie!", hörten wir plötzlich hinter uns und sahen den Ober auf uns zukommen. Vivi zog schnell ihre Hand hervor und bekam auch schon einen roten Kopf. Hatte er doch etwas von unserer unanständigen Aktion bemerkt und wollte uns jetzt rügen? Aber da streckte er uns Vivians Handtasche entgegen.

„Sie haben Ihre Tasche vergessen."

Vivi bedankte sich und nahm sie mit klebrigen Fingern entgegen. Ich konnte ein verschmitztes Grinsen nicht lassen. Daraufhin versetzte mir Vivi einen Stoß in die Rippen.

„Ich habe Sie überall gesucht. Auch auf der Damentoilette habe ich nachgesehen, gnädige Frau. Wo haben Sie denn nur gesteckt? Sind Sie nicht die Dame an der Rezeption im Hotel Hofburg Residence?"

Ihr Gesicht nahm noch mehr die Farbe einer Tomate an.

Noch länger konnte ich sie nicht in dieser verlegenen Situation lassen. Ich griff in die Innentasche meines Sakkos. Und was spürte ich da? Vivis Höschen. Jetzt konnte ich nicht anders. Ich zog es raus, aber knüllte es im Handballen zusammen.

„Kannst du das bitte halten, mein Schatz.", und drückte es ihr in die Hand. Es trug nicht gerade dazu bei, dass sie sich wohler fühlte. Nochmals griff ich in meine Seitentasche. Nun hatte ich meine Geldbörse zur Hand. Mit einem Zehn Euro Schein bedankte ich mich bei dem Servicemann. Das reichte ihm als Antwort und er verabschiedete sich mit einer leichten Verbeugung.

Shop and Stop by Sex

C&A, Tchibo, Palmers, Ballerini, Intimissimi, rechts und links mit Einkaufstaschen bepackt, sah er Vivi in Strümpfen und mittelhohen Stöckelschuhen weiter zügig vor sich marschieren. Wenn es ums Shoppen ging, waren diese hübschen Beine unermüdlich. Dabei war es seine Idee gewesen, wieder einmal gemeinsam einkaufen zu gehen. Zu lange hatten sie es schon nicht gemacht. Die Zeiten hatten sie sogar hier, auf immer mehr getrennte Wege geführt. Die Interessen waren über die Jahre zu unterschiedlich geworden. Das stundenlange Warten vor den Umkleidekabinen, zumindest war es ihm so vorgekommen, hatte zu sehr an seinen Nerven gezehrt. Besonders dann, wenn doch das erste probierte Stück gekauft wurde. Wenn er dafür in der Elektronikabteilung schmökern wollte, dann hatten sie plötzlich keine Geduld.

Heute waren sie mit einer anderen Einstellung an die Sache herangegangen. Wenn für ihn auch die fünfzehn Blusen gleich aussahen, die sie anprobierte, brachte er sich dafür bei der Auswahl der Unterwäsche mehr ein und durfte die Entscheidung treffen. Paul wählte das dunkelrote Set von BH und Pantys. Am liebsten hätte er alle ihre langweiligen Alltags-Slips gegen Tangastrings ausgetauscht. Diese waren ja angeblich so unangenehm zu tragen und rutschten immer in die Arschritze. Die heißen Pantys waren jetzt die Alternative. Bequem zu tragen und doch gaben sie den halben Po frei, um die Fantasie ihres Mannes anzuregen. Während sie noch anprobierte, lugte er immer wieder hinter den Vorhang der Umkleide. Bis eine ältere Verkäuferin zu ihm meinte:

„Mein Herr, ein bisserl Geduld, etwas Geduld. Es wird schon ihre Zeit kommen, bis Sie der gnädigen Frau wieder an die Wäsche dürfen."

Sie mussten beide lachen. Die korpulente Frau in der unternehmensgrünen Arbeitskleidung war ein echtes Wiener

Unikat. Nur in Höschen und BH drehte sich Vivi vor ihm herum, nachdem sie den Vorhang zurückgezogen hatte. Mit den Händen fuhr sie über den angenehmen Stoff.

„Gefällt es dir?"

Und ob es gefiel. Ihm blieb fast die Luft weg.

„Lass es gleich an.", sagte er.

Mit einem fragenden Blick sah sie ihn an. Hatte er heute noch etwas vor?

„Es macht mich heiß, wenn ich weiß, was du darunter trägst.", flüsterte er ihr ins Ohr. Die Verkäuferin hatte zum Teil mitgehört und war schon mit einer Schere zur Hand, um die Preisschilder abzuschneiden. Vivi schlüpfte in Rock und Bluse, während Paul bezahlte.

„Lass uns die Sachen ins Auto bringen, bevor wir was trinken gehen.", schlug er ihr vor. Mittlerweile spürte sie auch die Müdigkeit an den Füßen. Früher wäre sie sicher nicht mit diesen hohen Absätzen einkaufen gegangen. Doch Paul liebte es. Ihre Beine wirkten damit noch länger und sexy. Man könnte fast meinen, Männer haben ihre Frauen nur, um mit ihnen anzugeben.

Vivi wartete im Café auf ihren Mann, bis er von der Tiefgarage zurückkam. Es war heiß hier. Sie hatte einen weiteren Knopf ihrer Bluse geöffnet. Die roten Spitzen des neuen BHs leuchteten hervor. Paul betrat das Lokal. Er sah, dass gierige Blicke auf Vivian gerichtet waren. Ihm gefiel es, wenn sie von anderen Männern bestaunt wurde. Es war seine Frau, die hier mit übergeschlagenen Beinen unter dem gläsernen, runden Tisch saß und sich Luft zufächelte. Man hatte fast den Eindruck, sie hatte gerade heißen Sex gehabt. Doch was nicht war, konnte ja noch werden.

Nachdem sie ihre kühlen Getränke konsumiert hatten, dachte Vivi, dass es nun heimwärts ging. Paul wollte aber unbedingt noch ein Geschäft besuchen. Davon wusste sie nichts. Statt dem Weg zur Garage führte er sie an der Hand in einen Seitengang des riesigen Einkaufszentrums. Hier war nicht viel los. Die umsatzträchtigen Lokale waren am Hauptstrom. Die Trafik hier, war einigermaßen gut besucht. Die Postzweigstelle und ein Geschenke-Shop warteten vergeblich auf den großen Kundenansturm. Mittlerweile wusste Vivi, wohin sie geführt wurde. Bei der Einfahrt in die Tiefgarage warb der Shop, mittels einem überdimensionalen Plakat:

„Lust und Liebe - alles für Mann und Frau"

Bewusst wurde wohl der Erotikshop in die hinterste Ecke der Einkaufsmeile gelegt. Nicht jeder und jede wollte gesehen werden, wenn sie das Geschäft besuchten.

Zielstrebig marschierte Paul mit Vivi hinein. Es war nicht viel los. Hauptsächlich waren Männer suchend zwischen den Regalen unterwegs. Vivi sah ein zweites Pärchen Hand in Hand in der Dessous-Abteilung.

„Suchen wir etwas Bestimmtes?", fragte sie ihn, um vorzufühlen, was sie erwartete.

„Nein. Ich wollte nur mal sehen, was es an neuen, technischen Errungenschaften gibt."

Sie waren jetzt im Verkaufsgang zwischen den Vibratoren und Dildos.

„So, wie ich dich kenne, bist du technisch bei allem auf den letzten Stand."

„Tja nicht überall. Wir schreiben für viele Bereiche die Software, aber die Marktnische hier haben wir noch nicht entdeckt."

Verschmitzt sah er sie an. Er nahm ein blaues Stück mit zwei Enden, ein dickeres und ein dünneres, in die Hand. Sechs Vibrationsstufen las er darauf. Lachend arbeiteten sie sich durch die verschiedenen Regale. Vivi wollte Paul eine Penispumpe einreden, während er versuchte, ihr den Anal-Stöpsel schmackhaft zu machen. Die gute Stimmung hatten auch die anderen Kunden mitbekommen. Wie die Geier scharrten sie sich um die beiden. Sobald Paul sie direkt ansah, drehten sie ab und verschwanden hinter dem nächsten Regal. Die SM-Ecke war ebenfalls mit einem guten Sortiment ausgestattet. Etwas davon hatte Vivi bereits zu Fühlen bekommen, als sie sich für die Holz- und Eisensuite entschieden hatte.

Wieder bei den technischen Geräten angelangt, staunte Vivi über die Vielfalt. Bisher, dachte sie, Vibratoren sind nur in Umfang und Länge unterschiedlich, jedoch immer im typischen Phallusformat. Nun entdeckte sie alle möglichen Varianten. Ein Ei mit einer kleinen Gummischlange am Ende hatte es beiden besonders angetan. Paul deswegen, weil dieses Teil mit einer App am Handy gesteuert werden konnte. Während ihn die technische Umsetzung mehr interessierte, war Vivi eher neugierig, wie es sich wohl in ihr anfühlen würde, während jemand anderer die Macht darüber hatte. Derjenige bestimmte, wann und wie stark und in welchem Rhythmus die Vibration war. Sie musste dabei an die Geschichte mit den Liebeskugeln beim Samba-Tanz denken. Erlebt hatte sie es ja leider nicht.

Sie entschieden sich dafür. Paul erledigte die Bezahlung an der Kasse. Vivi war schon auf dem Weg zum Ausgang, als Paul ihr hinterher sprintete. Er deutete ihr den richtigen Weg, nämlich die Rolltreppe hier hoch, welche in das Obergeschoss des Shops führte. Ohne viele Worte stellte sie sich vor ihm auf die Treppe. Dabei glitt, nicht gerade unauffällig, seine Hand unter ihr Kleid und streichelte ihre Schenkel. Vivi verspürte wieder ein gewisses Kribbeln. War es die Ungewissheit, die sie erwarten würde oder doch das Wissen, dass es sicher nichts Anständiges sein würde, was nun auf sie zukam?

Oben angekommen war das Licht stark gedämmt. Nur in einer kleinen Glaskabine war bei einem Schreibtisch eine stärker leuchtende Schreibtischlampe zu sehen. Dahinter saß ein Mann mit gelangweiltem Gesicht. Als Vivis Oberkörper erschien, leuchteten seine Augen. Sicher war hier nicht viel los und das Publikum war höchstwahrscheinlich durchgehend männlich. Paul drängelte sich vor, um bei dem Mann zu bezahlen. Dieser schüttelte den Kopf und erklärte ihm, dass Paare gratis in das Kino durften. Paul bedankte sich für die Auskunft und nahm Vivi an der Hand. An den Wänden waren Plakate und Fotos von verschiedenen Filmen zu sehen. Die Altersbeschränkung dafür war durchgehend erst ab achtzehn Jahren. In einer Ecke standen ein Getränke- und ein Kaffeeautomat. Gegenüber war ein Snackautomat, gefüllt mit Schnitten, Kaugummi, Taschentücher-Packungen und Kondomen.

Ein Schild wies den Weg in das Sex-Kino. In die entgegengesetzte Richtung führte es zu den Solokabinen. Vivi konnte sich nur gewagt vorstellen, was darunter gemeint war. Hinter ihnen war jetzt auf der Rolltreppe und bei der Kasse mehr los. Die gleichen Männer aus dem Shop hatten mitbekommen, dass die beiden hier raufgefahren waren und wollten sich, was auch immer, nicht entgehen lassen. Paul schob den schwarzen Seidenvorhang auf die Seite und sie betraten den Kinosaal. Es war mehr ein großer Fernsehraum als ein Kino. Vielleicht fanden gerade mal dreißig Personen hier Platz. Die Leinwand war für diese Raumverhältnisse riesig. In Großbild sah man, wie ein Mann vor der Frau kniete und ihre rasierte Muschi mit vollem Elan leckte, während eine Blondine unter ihm lag und seinen nicht gerade kleinen Schwanz ihm Mund hatte.

In der letzten Reihe saß ein Mann und starrte sofort zu ihnen rüber. Vivi und Paul beachteten ihn nicht, sondern gingen nach vor. Obwohl die erste Sitzreihe beim Kinobesuch eher verpönt ist, wollten sie die fußfreien Plätze nutzen. Vivi wusste zuerst nicht, wohin sie schauen sollte. Hinter sich hörte sie, wie Männer Platz nahmen. Die Fickerei auf der Leinwand war auch etwas ungewohnt, wenn sicher auch erregend. Sie hatte fast das Gefühl den überdimensionalen Schwanz anfassen zu können. Paul setzte sich neben sie. Er legte seinen Arm um ihre Schulter und auf der Rücklehne des Kinostuhls ab. Die andere Hand wanderte zu ihrer Bluse. Langsam öffnete er einen Knopf nach dem anderen. Schon spürte er den feinen Seidenstoff des neuen Büstenhalters. Die Haut darunter fühlte sich zart an. Gespannt saß Vivi da und harrte der Dinge, die auf sie zukommen werden. Ein Rumoren war zu hören. Die Männer waren zwischenzeitlich näher gerückt und machten es sich in der zweiten Reihe gemütlich. Ihre Blicke waren aber nicht auf den Kinofilm gerichtet. Sie warteten gespannt, was das Paar vor ihnen bieten würde und sie eventuell eine kleine Rolle mitspielen könnten. Ein etwas reiferer Mann war unverschämter und setzte sich gleich auf den Stuhl neben Vivian. Pauls Hand wanderte über den Bauch zu ihren Beinen. Er streichelte die Innenschenkel. Dabei schob er den Rock weiter rauf. Ihr rotes Höschen war zu erkennen. Bestimmend drückte er ihre Knie auseinander. Sie sollte sich den Anderen präsentieren. Versehentlich stieß Vivi beim Fuß von ihrem Sitznachbar an. Instinktiv blickte sie ihn entschuldigend an. Er verstand es als Aufforderung und griff mit seiner Hand auf ihren Oberschenkel. Sie spürte die Erregung in ihr hochsteigen, von einem fremden Mann so berührt zu werden, während ihr Partner daneben saß und es gestattete. Paul ging sogar einen Schritt weiter. Er kniete sich vor Vivian und zog ihr den Slip aus. Dies war ein Zeichen für die anderen Männer. Einer begann von hinten über ihre Schulter auf ihre Brust zu greifen. Der Nächste machte es ihm nach. Paul verharrte auf seine Knie, während er beobachtete, wie seine Frau von mehreren Fremden gestreichelt wurde. Der grauhaarige Typ neben Vivi hatte seine Hand weiter nach oben geschoben und streichelte mittlerweile zärtlich ihren Kitzler.

Trotz des lauten Gestöhne aus den Lautsprechern hörte Vivi das Öffnen eines Reißverschlusses. Sie konnte nicht anders und drehte sich um. Ihr Blick fiel sofort auf einen steifen Schwanz, ein paar Zentimeter von ihr entfernt. Sie wollte schon wieder nach vorne sehen. Da nahm der Mann sie am Kopf und führte sie noch näher an seinen Ständer. Wenn sie jetzt ihre Zunge raus streckte, würde sie gleich seine Eichel berühren. Und das tat sie auch. Ihr Mund glitt über seine Schwanzspitze und begann ihn mit den Lippen zu liebkosen. Er wollte mehr und drückte ihren Kopf gegen seine Erregung, sodass sie ihn komplett aufnahm. Vivi spürte, dass sie im Schritt komplett nass war. Der ältere Mann hatte genug Erfahrung, wie man eine Frau erregte. Paul drückte ihre Knie noch weiter auseinander, damit er das Schauspiel gut mitverfolgen konnte. Die Brüste waren mittlerweile komplett ausgepackt. Ein Dritter klatschte seinen Schwanz gegen ihren Nacken, bis er ein paar wichsende Bewegungen machte und seinen Saft auf ihre Schulter und ihren Busen spritzte. Vivi war, soweit es ging, im Sitz nach vor gerutscht. Ein junger Mann hatte auf der anderen Seite von ihr Platz genommen, wo zuvor Paul gesessen war. Zögerlich strich er über ihren nackten Schenkel.

„Ich komme gleich.", meinte der Fremde, der sie in den Mund fickte. Doch bevor er seinen Schwanz rausziehen konnte, spritzte er schon ab. Vivi bekam den ersten Strahl in den Mund und der Rest des Spermas landete auf ihrem Gesicht und ihren Haaren.

Nun war es für Paul so weit, in Aktion zu treten. Er zog seine Hose runter, rutschte näher zu Vivi und steckte seinen Schwanz in ihr Fickloch. Der Grauhaarige legte ihre Hand um seinen Ständer, damit sie ihn befriedigte. Der Junge auf der anderen Seite brauchte nicht viel zu tun. Er war von der Situation mehr als genug erregt. Doch Vivi griff auch zu ihm rüber. Während sie zwei fremde Männer mit der Hand bediente und rundum etliche Zuseher standen, fickte sie Paul ordentlich durch. Der etwa Zwanzigjährige brauchte nicht lange und spritzte nach einer Minute in Vivis Hand.

Auch Paul und Vivi waren schon voll in Fahrt. Er steigerte das Tempo. Sie war von dem bisherigen Drumherum so erregt, dass sie bald kommen würde. Und so war es. Die beiden kamen fast gleichzeitig. Paul spritzte ihr die gesamte Ladung in ihre Möse. Nur der ältere Mann brauchte noch etwas. Er hatte Vivi ein schönes Vorspiel besorgt. Deshalb wollte sie ihn nicht unbefriedigt sitzen lassen. Während sich Paul zurückzog, beugte sie sich runter und blies dem Grauhaarigen seinen Schwanz. Bald war er so weit. Vivi setzte sich auf und wichste ihn mit der Hand fertig. Sie sahen sich in die Augen, als das Sperma aus ihm heraus spritzte.

Versaut wie sie war, machte sie sich auf der Toilette frisch, bevor sie sich auf den Heimweg von dieser besonderen Shopping-Tour begaben. Vivi hatte doch mehr bekommen, als sie vielleicht erwartet hatte.

*****

Vor vier Tagen hatten wir das letzte Mal Sex miteinander und das auf einer öffentlichen Toilette in dem Café, wo wir uns in jungen Jahren kennengelernt hatten. Die Zeit seither hatte ich genutzt, um das nächste Kapitel zu schreiben. Tom wunderte sich schon, weil ich so viel Stunden im Büro, an meinem Laptop verbrachte. Sonst war er der Hacker am Computer, der wie wild eintippte und ich erledigte den organisatorischen und kommunikativen Teil mit Mitarbeitern, Kunden und Lieferanten.

Was ich schrieb, wollte ich ihm nicht erzählen. Keine Ahnung, wie pervers er die Geschichten gefunden hätte, die ich für Vivian erfand. Nein, das konnte ich nicht mal meinem besten Freund anvertrauen. Obwohl ich liebend gerne damit geprotzt hätte, musste ich vorsichtig sein. So aufregend alles auch war, durfte es natürlich keiner erfahren. Ob der Kellner im Café etwas mitbekommen hatte, war ich mir nicht sicher. Er hatte aber Vivian erkannt, dass sie in der Hofburg Residence an der Rezeption arbeitet.

Wenn ich jetzt noch einen Schritt weiterging und Vivi wirklich mit mir in den Sex-Shop mit Kino ging, wer würde dort sein? Trifft man auf Bekannte? Wenn wir die Typen auch nicht kannten, wer weiß, ob sie überhaupt sauber genug waren. Sicher hatte ich mir das Kino und den Shop vorher angesehen. Es war nicht viel los gewesen. Gerade mal drei Männer hatten sich da oben herumgetrieben. Wobei es da ein Wochentag war. War am Samstag dort mehr los?

Beim Schreiben ist auch meine Fantasie mit mir durchgegangen. Im Kopf hatte es sich ziemlich abgespielt, als ich die Zeilen verfasste. Andere Schwänze in ihrem Mund, vollgespritzt mit fremdem Sperma, keine Ahnung, ob ich da unsere Grenzen überschritt. Sogar in der Fantasiegeschichte war ich vermutlich schon zu weit gegangen.

Vor mir hatte Vivian nur eine Beziehung und da bin ich mir nicht sicher, ob sie überhaupt Sex miteinander gehabt hatten. Obwohl wir schon lange zusammen sind, hatten wir nie offen darüber gesprochen. Eigentlich hatten wir in den letzten Jahren überhaupt nicht viel über uns gesprochen. Meist bin ich abends vor der Glotze gesessen und sie hatte bei ihren Sachen rumgekramt. Ich hatte darauf gewartet, dass sie die Initiative ergriff. Umso frustrierter war ich, wenn ich wieder versucht hatte, sie ins Bett zu kriegen, zumeist ohne Erfolg. Mir war der Sex eben viel wichtiger als ihr. Umso erstaunter war ich über die vergangenen Wochen.

Das derzeit letzte Kapitel hatte schon lange in meinem Kopf herumgespukt. Ich fand es immer geil, einmal zusehen zu können, wenn sie Sex mit anderen Männern hat oder andere uns beim Sex beobachten. Ich hatte das Gefühl, dass es ihr auch gefallen würde, seit damals in Spanien.

Wir waren ein paar Jahre verheiratet und auf Urlaub gewesen. Es war drückend heiß und laute Musik dröhnte in der Nacht von draußen ins Zimmer. Leon schlief tief und fest in seinem Bettchen. Für uns war es unmöglich, zu schlafen. Vivi hatte sich zum offenen Fenster gestellt und versucht, einen kühlen Luftzug zu ergattern. Am Körper trug sie nur ein Shirt. Andere Touristen hatten sich bereits an den spanischen Lebensstil gewöhnt und waren nachts auf der Gasse unterwegs. Ich stellte mich hinter Vivian und umarmte sie. Da ich, wie meistens, nackt geschlafen hatte, standen wir untenrum Haut an Haut. Bald regte sich was bei mir, was auch Vivi nicht unbemerkt geblieben war. Ich fasste sie an der Hüfte und während wir aus dem Fenster schauten und die vorbeikommenden Leute aus dem ersten Stock grüßten, drang ich in sie ein. Mit sachten, möglichst unauffälligen Bewegungen begann ich sie zu beglücken. Zwei Spanier waren genau vor unserem Fenster stehen geblieben und unterhielten sich angeregt. Vivi versuchte, nebenbei deren Gespräch zu folgen. Als sie es merkten, quatschten sie rauf. Mit ihren einfachen Spanisch-Kenntnissen antwortete sie ihnen. Ich steigerte das Tempo. Vivians Atem wurde dadurch schwerer. Die beiden Einheimischen mussten zuerst denken, dass ihr Spanisch so mies war, dass sie keine ganzen Sätze rausbrachte. Doch bald sahen sie mich im Schatten hinter Vivi stehen und mussten auch unsere Bewegungen mitbekommen. Sie lachten rauf zu uns und in dem Moment kam Vivi ganz sachte.

„Divertirse", riefen sie zu uns rauf und machten sich wieder auf den Weg. Über das Abenteuer hatten wir nie wieder gesprochen, doch Divertirse, was so viel wie Viel Spaß auf Spanisch bedeutet, sagten wir lange Zeit zueinander, wenn wir einen schönen Tag verbracht hatten. Seitdem vermutete ich, dass es ihr gefallen hatte, beim Sex beobachtet zu werden.

Dieser Gedanke hatte mich seitdem nicht mehr losgelassen. Und Kapitel acht spekulierte mit dieser Idee, auch wenn ich in meiner Schilderung einen Schritt weitergegangen war.

Gestern hatte ich es endlich geschafft und konnte das Notebook wieder auf die gewohnte Stelle in unserem Arbeitszimmer stellen.

Während ich vor dem Fernseher saß, verschwand Vivian für eine Weile im Arbeitszimmer. Sie blieb länger weg, als ich erwartet hätte. Wird sie jetzt gleich rauskommen und sagen

„Niemals, das mache ich niemals." Oder wird sie gar nichts mehr mit mir reden, weil sie mich für krank und pervers hielt? Starke Zweifel kamen wieder auf, ob ich diesmal zu weit gegangen war.

Nach einer Weile hörte ich das Wasser im Badezimmer rauschen. Frisch geduscht kam sie ins Wohnzimmer. Nur mit einem Shirt bekleidet, wie bei meiner niedergeschriebenen Erinnerung, kam sie auf mich zu. Sie hauchte mir einen Kuss auf die Lippen und wünschte mir eine gute Nacht. Ich blickte ihrem nackten Po hinterher, den sie, so schien es mir, demonstrativ, hin und her wackelte.

Zu Mittag beschlossen wir, wieder mal auswärts zu essen. Vivi überließ mir die Entscheidung und so führte ich sie zum Griechen. Vormittags waren wir beide fleißig gewesen. Vivian hatte zuerst die Waschmaschine angeworfen. Sie weckte mich dann endgültig auf, als sie mit dem Staubsauger ins Schlafzimmer kam. Dabei zog ich sie zu mir auf das Bett. Die hautengen Leggings luden direkt ein, ihr einen Klaps auf den Po zu geben. Sie begann lauthals zu schreien und versuchte mir im Spaß eine mit der Staubsaugerstange überzuziehen. „So nicht, mein Lieber", meinte sie und zeigte auf ihren Hals. Es war kein Halsband zu sehen.

Nachdem wir genug herumgealbert hatten, half ich ohne Murren bei der Hausarbeit. Genau nach Anweisung, wischte ich Staub, trug die restliche Schmutzwäsche ins Bad und brachte die Küche auf Vorderglanz. Anschließend gingen wir gemeinsam unter die Dusche. Während das lauwarme Wasser auf uns nieder prasselte, küssten und umarmten wir uns innig. So viel Spaß hatten wir trotz der ungeliebten Hausarbeit schon lange nicht mehr gehabt. Wir sahen uns in die Augen. Siehst du, es geht doch zu zweit, verriet mir ihr Blick. Aber noch mehr konnte ich raus lesen. Was wirst du heute mir mit anstellen? Vor ein paar Wochen hätte ich versucht, Vivi während der Dusche zu begrapschen oder danach ins Bett zu kriegen. So aber nicht heute. Meine Hände blieben brav an den anständigen Körperstellen. Zärtlich streichelte ich über ihre Arme, kraulten den Nacken und wühlten in ihrem, nach Rosenblüten duftendem Haar. Nur waren meine Gedanken bei weitem nicht so keusch. Sie schweiften ab, zu unserem gemeinsamen Nachmittag, den wir mit Shoppen verbringen wollten. Und nicht nur shoppen.

Wir wussten beide, was uns vermutlich erwarten wird, und doch sprach keiner von uns das Thema meines Fantasiebuches an. Wie zwei fiktive Hauptfiguren eines Romans erlebten wir meine niedergeschriebenen Abenteuer. Die echte Vivian und der echte Paul würden, hier in der realen Welt, nicht einmal darüber sprechen.

„Einen großen Schwarzen und ein Glas Wasser, bitte.", bestellte ich bei der attraktiven Kellnerin.

Mich brannten die Fußsohlen von dem Herumlaufen. Vivi bestellte sich ein Glas Orangensaft. Sie war ebenfalls froh, endlich sitzen zu können. Keine Ahnung, wie viele Kilometer wir gelaufen waren, aber in den hohen Stöckelschuhen musste es sich für sie dreimal so schlimm anfühlen.

Trotzdem hatte ich noch immer ein Grinsen im Gesicht.

„Ich finde das überhaupt nicht lustig.", wusste Vivi sofort den Grund für meinen Gesichtsausdruck.

Nachdem wir das letzte Geschäft verlassen hatten, löste plötzlich die Diebstahlsicherung einen Alarm aus, als wir durch die Sicherheitsschranken beim Ausgang marschierten. Hier hatte sich Vivian eine Garnitur Unterwäsche gekauft. Das gewünschte Model hatten sie leider nicht in Rot, wie ich es in meinem Buch beschrieben hatte. Aber das Schwarz stand Vivi ebenso gut und das Höschen hatte noch eine Besonderheit. Mittels einer Halterung konnte man Strümpfe befestigen. Und ich liebe Strümpfe an den Frauen, besonders an meiner. Vivian war nie davon begeistert gewesen. So halbnackt herumzulaufen und auch immer das Gefühl zu haben, die Seidenen beim Gehen zu verlieren waren ihre Argumente dagegen.

Doch diesmal war sie es, die den Vorschlag machte, die passenden Strümpfe dazu zu nehmen. Sie sah beeindruckend in der neuen Wäsche aus.

Die Verkäuferin kam Vivians Wunsch, die Unterwäsche gleich anzubehalten, gerne nach. Anscheinend war dies bei dieser Dessous-Kette nicht so ungewöhnlich.

Als Vivian aus der Umkleidekabine trat, blieb mir die Luft weg. Sie hatte sich komplett umgezogen und trug einen schwarzen, kurzen Lederrock. Diesen hatte sie vorher in einer Boutique, auf meinen Wunsch hin, probiert. Ich fand ihn unheimlich sexy, weil er vorne einen durchgehenden Zipp hatte. Heimlich, als ich draußen wartete, musste sie ihn gekauft haben. Und um den Hals trug sie das samtene Halsband als Zeichen unserer Vereinbarung.

Beim Durchschreiten der Sicherheitsanlage erklang dann ein lautes Piepsen. Ein junger Mann, keine Ahnung, ob er Verkäufer oder Security war, startete sofort auf uns zu.

„Darf ich bitte nochmals kontrollieren?", sprach er uns freundlich aber bestimmend an. Und so zielsicher nahm er Vivi die Papiertasche aus der Hand, die wir gerade erst bekommen hatten. Aber die Wäsche, die er herauszog, war Vivis getragener Slip von zuhause und ihr BH. Er zog eine Farbe auf und entschuldigte sich.

„Also ich habe den Blick köstlich gefunden, wie er dezent dein Höschen wieder sorgsam zurücklegte, als ob es ein rohes Ei wäre."

Nun mussten wir beide über die peinliche Situation lachen. Als ob es das Schlimmste wäre, wenn ein fremder Mann ihren getragenen Slip in Händen hielt, ging mir jetzt die Sache durch den Kopf, die ich als Nächstes geplant hatte.

„Der Kaffee für Sie, mein Herr." Die Kellnerin hatte Vivi das Glas Orangensaft ohne ein Wort hingestellt. Mir machte sie aber große Augen und diese waren auch wunderschön. Anscheinend war mein Charme noch nicht ganz verpufft. Meiner Liebsten entging der plumpe Flirtversuch in ihrer Gegenwart aber nicht. Schon spürte ich den spitzen Absatz ihrer High Heels auf meinem schwarzen Lackschuh.

„Ja danke schön", lächelte ich zurück.

„Du lässt den jungen Mann von der Security an deine Wäsche und ich darf nicht einmal freundlich sein?", sagte ich dann zu Vivi, nachdem sich die Kellnerin mit wackelnden Hüften verabschiedet hatte. Der Druck auf meinem Fuß wurde stärker, obwohl sich die Blondine bereits vom Tisch entfernt hatte.

„Was kann ich dafür, dass er so stürmisch war. Bevor ich noch was sagen konnte, hatte er mir das Sackerl mit meinem Slip aus der Hand gerissen. Und wenn wer mit jemand anderen rummacht, dann bin ich das.", meinte sie.

„Mit einer anderen Frau?", provozierte ich sie.

„Auch mit einer Frau.", gab sie kurz zurück.

Mein lüstern krankes Hirn begann wieder zu rattern, bei diesem zweideutigen Satz. Wollte sie mir damit sagen, dass ich nicht zu flirten hatte oder dass sie gerne mit einer anderen Frau ...?

In Ruhe genossen wir unsere Getränke. Der Gesprächsstoff war uns nicht ausgegangen, doch wussten wir beide, was kommen würde und das wollte keiner von uns an- oder aussprechen. Für das echte Leben war uns schon die Situation mit dem fremden Mann und der Wäsche meiner Frau sehr anzüglich vorgekommen. Am liebsten wäre ich mit Vivian hier sitzen geblieben und hätte Geschichte, Geschichte sein lassen.

Nach einem kurzen Schweigen sah Vivi mir in die Augen und mit einem leichten Nicken gab sie mir zu erkennen, dass sie so weit wäre. So hatte ich es zumindest verstanden. Ich bezahlte bei meinem kurzen Flirt, die jetzt mit einem Schmollmund daher schlenderte. Umso selbstbewusster hängte sich Vivi bei mir ein, als ob sie einen Zweikampf zwischen zwei Kampfhühnern gewonnen hatte.

Mein Weg führte uns zielstrebig weiter. Doch so hundertprozentig war ich mir nicht sicher, ob ich wirklich real ins nächste Kapitel starten wollte. Ich blieb stehen und so auch Vivian. Ich beobachtete im Augenwinkel die vorbeigehenden Männer, die lüstern meine Frau in ihrem Outfit musterten. Vivian sah aber nur mich an. Sie sagte kein Wort. Am liebsten hätte ich wohl gehabt, wenn sie eine Entscheidung getroffen hätte. Wenn sie gesagt hätte, gehen wir nach Hause, wäre mir das genau so recht gewesen. Doch keine Silbe kam über ihre Lippen. Mir schien, als ob sie schon in ihre Rolle als Vivi im

Roman gewechselt war. Noch zögerte ich. Und sie merkte, dass ich mir unsicher war. Sie hauchte mir einen Kuss auf den Mund und machte sich weiter auf den Weg, in Richtung Sexshop.

Freundlich wurden wir beim Betreten begrüßt. Es war nicht das junge, mit Tattoos verzierte, Ding, das ich zuletzt hier gesehen hatte. Ich war mir auch nicht mehr sicher, ob ich sie überhaupt genauer beschrieben hatte. Eine Mittvierzigerin saß im Kassenbereich und manikürte sich ihre Fingernägel. Das beachtliche Holz vor ihrer Hütte verbarg sie überhaupt nicht, im Gegenteil.

Händchenhaltend marschierten wir in den Verkaufsbereich. Viel schien, um diese Zeit nicht los zu sein. Ein besonderer Duft von Gummi und Latex stieg einem sofort in die Nase. Es war nicht der modrig, süßliche Geruch, wie man ihn aus den Sexshops aus den Neunzigerjahren kannte. Hier wurden die Waren hell und geschmackvoll präsentiert. Wie in einem Supermarkt, nur anstatt Milch und Butter wurden Dildos, Dessous und Porno-DVDs angeboten.

Bald war die Anspannung von uns abgefallen. Wir scherzten über die verschiedensten Produkte, die es hier zu kaufen gab. Ich versuchte ihr einen Riesenschwanz aus Kunststoff schmackhaft zu machen. Man könnte glauben, es wurde bei einem Pferd Maß genommen. Dafür präsentierte sie mir einen Elefantenslip, wo der Mann seinen Rüssel reinstecken konnte. Einige Männer hatten uns zwischenzeitlich entdeckt. Durch unsere Herumalberei nahmen sie uns aber nicht allzu ernst. Ich fand wirklich den App gesteuerten Vibrator für Vivi. Dafür wollte sie, dass ich mir einen Penisring zulegte. Bei den Dessous waren wir doch unterschiedlicher Meinung. Was mir gefiel, war ihr wieder zu gewagt. Wir einigten uns für eine schwarze Corsage, mit Nieten besetzt und am Rücken zum Schnüren. Als wir das Regal mit den Gummimuschis entdeckten, mussten wir wieder beide lachen.

„Hast du sie hier gekauft?", fragte ich, mit Anspielung auf den Gummiteil aus dem zweiten Kapitel.

„Ich? Ich war noch nie in so einem unanständigen Geschäft.", gab sie unschuldig retour.

Wir besuchten noch den hinteren Bereich des Shops. Das Licht war hier gedämpft. Die Utensilien kamen dadurch besser zur Geltung. Seile, Mundknebel und Fesseln waren hier zu finden. Ich wollte schon weitergehen, als Vivian verharrte. Am Regal hingen Peitschen und Ruten. Sie strich mit ihren Fingern zart über das feine Leder. Ihr Blick war gesenkt, bevor sie zu mir nach hinten sah. Wollte sie um Erlaubnis fragen? Sie nahm eine Gerte von der Halterung. „Romantic Sting" stand darüber beschrieben. Unter Romantik hätte ich es nicht eingeordnet. Mit einem schönen Griff führte die Rute etwa einen halben Meter zur breiteren Schlagfläche. Mit Bedacht nahm sie es in die Hand und strich sich damit über die Finger.

„Können wir das dazunehmen?", fragte sie mich fast demütig, „Sie erinnert mich an eine Geschichte, die ich vor einer Woche gelesen habe."

Sie meinte damit unseren Abend in der harten Kammer. Kein Wort sagte sie, dass sie selbst die Schläge bekommen hatte. Sie sprach, als ob es wirklich nur eine Romanfigur in einem Buch war.

Ohne viel Worte nahm ich sie ihr aus der Hand und wir gingen damit zur Kasse.

„Wollns a Sackerl? Kostet aber fünfzig Cent.", wurden wir kaugummikauend, ziemlich unerotisch, gefragt.

„Nein, wir tragen gerne unser Sexspielzeug offen durch das Einkaufszentrum.", wollte ich schon sagen, blieb dann doch bei einem einfachen: „Ja, sicher."

Vivi stand einen Schritt hinter mir. Die Kassenkraft musterte sie mit einem Blick von oben bis unten, bis sie mir das Retourgeld gab. Ich nahm Vivi bei der Hand, vielleicht auch aus Angst, sie könnte der Mut verlassen. Bevor wir die automatische Ausgangstüre erreichten, bogen wir rechts ab. Und schon standen wir mit dem nächsten Schritt auf der Rolltreppe, die uns in den Kinobereich führte.

Es wurde immer dunkler. Das Licht war stark gedimmt. Im Glaskasten, am Ende der Treppe saß ein Glatzkopf, ebenfalls Kaugummi kauend und versuchte ein Rätsel, in der Zeitung zu lösen.

Ich musste ihn kurz stören.

„Kann ich meinen Einkauf bei Ihnen abstellen?"

Mit einem kurzen Nicken öffnete er mir die Glastüre und ich stellte die Tüte hinein. Vivi stand wie verloren da und wartete, was sich jetzt wirklich abspielen wird. Ansonsten war niemand zu sehen.

Ich nahm Vivi um die Taille. Das Schild vor uns zeigte uns den Weg zum Kinosaal. Wir drehten aber vorher eine Runde bei den Solo- und Pärchenkabinen vorbei. Darin waren eine Bank, mit Kunststoff überzogen, für eine oder zwei Personen und ein Monitor zu sehen. Die Lehnen waren mit einer Art Fernbedienung ausgestattet, um zwischen den verschiedenen Pornokanälen switchen zu können.

Vivis Schritt wurde langsamer und sie blickte neugierig hinein.

„Willst du hinein gehen?", fragte ich sie, „Hier kann man auch abschließen?"

Ich spürte eine gewisse Unsicherheit in meiner Stimme. Die Realität war doch etwas anderes, als wenn es sich im Kopfkino abspielte.

„Im Buch habe ich nichts von solchen Kabinen gelesen", gab sie mir dafür umso selbstsicherer als Antwort. Auch wenn das nicht die Vivian war, mit der ich schon so lange zusammen war, bestärkte sie mich in meinem weiteren Tun.

Wir marschierten zum Kinosaal. Ich zog den Vorhang auf die Seite. Zu meinem Erstaunen spielte sich hier schon etwas ab. Es waren sicher an die sechs bis acht Männer anwesend. Alle scharten sich um die erste Reihe. Und hier kniete eine Frau mit vollen Brüsten auf dem Kinosessel und wurde von hinten genommen. Vivi merkte mein Stocken. Jetzt blickte sie auch in den Saal. Zuerst sah sie auf die Leinwand. Zwei Frauen hockten auf einen gutbestückten Mann und wurden von ihm gefickt und geleckt.

Ihr zweiter Blick fiel auf die Aktion in der ersten Reihe. Anscheinend war diese Frau nur auf Zuseher aus. Keiner der umstehenden Männer berührte sie, nur ihr Partner hatte sie fest im Griff und vögelte sie mit kräftigen Bewegungen von hinten, während sie sich auf der Rückenlehne abstützte.

Keine Ahnung, ob Vivi erleichtert war, nicht die einzige Frau hier zu sein, oder entsetzt über die Sex-Action war, die sie nun live miterlebte. Immerhin hatten wir es beide noch nie live gesehen. Ich fasste sie fester um die Hüfte. Unsere Sitze in der ersten Reihe waren besetzt. Also musste die zweite Reihe ausreichen. Ich voran, setzte mich einen Sitz schräg, nach der barbusigen Lady. So musste sich Vivi, wenn sie neben mir sitzen wollte, dieser gegenübersitzen. Ich legte meinen Arm um meine Frau und wir beobachteten das ungeplante 3D-Kino vor uns.

Die Schwarzhaarige hatte ihre Augen geschlossen und genoss den Fick in der Menge.

Ich legte meine Hand auf Vivis Oberschenkel. Schon spürte ich das nackte Fleisch zwischen Strumpf und Rock. Um ihr ein bisschen die Scheu zu nehmen, beugte ich mich über sie und küsste sie innig. Vivi erwiderte den Kuss. Meine Finger wanderten zur Bluse und öffneten langsam die Knöpfe. Der neue BH kam zum Vorschein. Ich fuhr hinein und streichelte ihre Brustwarze. Die Soloherren hatten uns bemerkt. So waren die Ersten in unsere Reihe gewandert. Einige hatten, aufgegeilt von der anderen Show, ihren Hosenlatz geöffnet und spielten an ihren Schwänzen herum. Vivi saß mit geschlossenen Augen da und versuchte, in eine andere Welt zu versinken. Ein nicht so schlanker Typ wagte sich weiter vor und setzte sich neben Vivi. Seine Hand legte er auf ihren Lederrock. Da von uns kein Widerspruch kam, begann er langsam den Schenkel auf und ab zu streicheln. Er hatte seinen Schwanz bereits ausgepackt. Ich wollte zu Vivi sagen, sie soll den fremden Ständer in die Hand nehmen, brachte es aber nicht über die Lippen.

Da wurde die Lady auf uns aufmerksam. Sie beobachtete uns, während sie von hinten genommen wurde. Dieser Mann hatte wirklich eine Ausdauer. Nun sahen sich die Frauen gegenseitig in die Augen, die eine gefickt und die andere begrapscht. Die Unbekannte war nicht so unsicher wie ich. Sie deutete mit ihrem Finger zu Vivian, näher zu kommen. Und diese zögerte nicht und beugte sich vor. Ihre Lippen waren nur mehr einen Hauch voneinander getrennt. Ohne ein Wort zu sagen, begannen sie sich zärtlich und zaghaft zu liebkosen. Ihr Kuss wurde intensiver. Obwohl in der Geschichte davon nichts stand, war es mehr als geil, dass meine Frau eine andere küsste, während wir von fremden wichsenden Männern umgeben waren. Doch darauf achtete Vivi nicht. Sie konzentrierte sich auf die Liebkosungen. Der Partner der Schwarzhaarigen wurde auch von der Situation angetörnt. Er setzte zum Endspurt an. Bevor er kam, zog er seinen Schwanz heraus und spritzte die Ladung auf ihren Arsch. Jetzt erst trennten sich die Frauen voneinander. Als wäre nichts passiert, stand die andere auf, wischte sich sauber und richtete ihre Kleidung zurecht. Mit einem kurzen Zunicken verabschiedeten sich die beiden. Nun waren wir mit all den Männern alleine. Als sie merkten, dass schon fremde Hände auf Vivians Schenkel und Brüsten lagen, wollte jeder einen Platz ergattern. Von der dritten Kinoreihe drängten sich die erigierten Schwänze zu ihrem Gesicht. So ähnlich hatte ich es beschrieben. Ich dürfte mich gut in die geilen Hirne der Männer hineinversetzt zu haben. In meinen Zeilen fand ich es total erregend. Jetzt in der Realität war es anders. Ich merkte, dass es auch Vivi zu viel wurde, so bedrängt zu werden.

„Stop.", rief ich laut. So viel Anstand hatten alle zumindest, dass sie darauf reagierten. Ich packte Vivi am Arm und zog sie hoch. Auf die Schnelle richtete sie sich den Rock zurecht und wir machten einen Rückzug. Beim Portier schnappte ich unseren Einkauf und wir verschwanden über die Rolltreppe hinunter. Ich war froh, die Reißleine gezogen zu haben und nach Vivians Gesichtsausdruck ging es ihr ebenso. Hatten wir soeben unsere Grenzen erreicht? Ich wusste es nicht. Ich war mir nur sicher, dass ich so schnell wie möglich nach Hause wollte.

Ich spürte eine Hand an mir. Momentan wusste ich nicht, was los war. Gestern Abend war ich gleich eingeschlafen. Bevor Vivian ein Bad nahm, hatte ich schnell noch geduscht. Wann sie ins Bett gekommen war, hatte ich nicht mehr gehört.

„Was ist denn hier los?", grinste sie mich an und umfasste mit ihren Fingern meine Morgenlatte.

„Das ist jeden Morgen so, mein lieber Schatz."

Ich wollte ihr es gerne anatomisch erklären und nicht den wahren Grund kundtun, dass ich trotz allem von gestern noch geil war und nicht zum Abschluss gekommen war.

„Gestern bist du schnell eingeschlafen.", war es mehr eine Feststellung als eine Frage.

„Ich war müde, du nicht?"

„Ja, aber nicht zu müde. Ich hätte Lust auf dich gehabt." Es waren Worte, die ich seit ewigen Zeiten nicht von meiner Frau gehört hatte.

„Du Arme. Einmal bist du nicht zu müde und dann schlafe ich, Oje."

Sie gab mir einen gar nicht so leichten Schlag auf meinen Bauch, dass mir die Luft wegblieb.

„Du sollst nicht blöd reden. Du kannst dich entschuldigen und es wieder gut machen."

„Zuerst brauche ich einen Kaffee." Mein Versuch, sie zu provozieren, konnte auch nach hinten losgehen. Doch diesmal nicht.

So schnell konnte ich nicht schauen, zog sie mir die Decke weg und saß rittlings auf mir.

„Weißt du, was Lichtgeschwindigkeit ist?", fragte sie mich.

Ihre Anspielung auf die Nutella-Werbung verstand ich, doch das schnell verputzte Brot mit Haselnusscreme wird sie nicht gemeint haben.

„Wenn ich dich jetzt ruckzuck runter schmeiße?", war meine Gegenfrage.

„Nein das." Und bevor ich mich versehen konnte, steckte sie meinen Ständer in ihre bereits feuchte Muschi. Und schon bewegte sie sich langsam auf und ab.

„Und wenn ich jetzt in Lichtgeschwindigkeit komme?", versuchte ich weiter scherzhaft zu sein.

„Untersteh dich.", drohte sie mir auf nette Art.

Ohne viel Schnickschnack, ohne große Überlegungen, ohne Vorspiel saß sie auf mir, um mit mir zu vögeln. Ich schaute sie an. Entspannt saß Vivian auf mir mit geschlossenen Augen und genoss es, das Tempo, ihr Tempo, vorzugeben. Ihre Hände strichen währenddessen über meine Brust. Wie ein Spielzeug unter sich benutzte sie mich, um zum Orgasmus zu kommen. Doch auch für mich war es mehr als angenehm. Mein ganzes Blut war in die Lenden geflossen. Unsere Konversation hatten wir eingestellt. Wir konzentrierten uns nur mehr auf die eine Sache. Sie begann sich intensiver zu bewegen und stöhnte dabei.

„Ja, Paul, ja, ja, ja! – Mach weiter!", sagte sie währenddessen.

Wobei soll ich weitermachen, dachte ich. Ich liege ja nur hier und tat nichts, außer meinen Schwanz zur Verfügung zu stellen.

„JAA, so ist's gut." – Ja, tu. Mach weiter. Mach weiter. Das gefällt mir, alles, ja. Bitte mach weiter, es ist so geil, ja schreib weiter – Jaaahhh, Jaaaaaahhhhhh."

Vivian kam so heftig, dass sie es richtig raus schrie. Doch war ihr bewusst, was sie gerade gesagt hatte? Nicht nur mach weiter, sondern schreib weiter, hatte sie gesagt. War ihr klar, was sie gefordert hatte, während sie ihren Orgasmus hatte? Ich war mir nicht sicher, denn sie sagte kein Wort mehr. Sie stieg runter von mir und kniete sich zwischen meine Beine. Ich war noch nicht gekommen. Zu sehr war ich darauf bedacht gewesen, dass sie ihren Höhepunkt bekam. Die Dankbarkeit dafür, zeigte sie mir auf eine andere Art. Sie nahm meinen harten Schwanz in die Hand und spielte damit herum.

Kess sah sie mich an und meinte: „Gestern hatte ich eine ganz andere Geschichte in Erinnerung. War da nicht die Rede davon, dass die Protagonistin mit fremden ... also du weißt schon, fremden ...", und deutete auf meinen Schwanz. Ich fand es echt süß, was sie schon alles angestellt hatte, aber noch immer brachte sie das Wort Schwanz oder Ständer nicht über die Lippen.

„Du meinst, sie hat fremde Schwänze geblasen und gewichst – so wie du jetzt?", half ich ihr bei der richtigen

Ausdrucksweise. Sie nickte, während sie mit der anderen Hand meine Eier bearbeitete.

„Ich kann mich auch nicht erinnern, dass diese ... Protagonistin ... wie du es so schön ausdrückst, dafür mit einer anderen Frau rumgemacht hat, anstatt sich um die fremden Männer zu kümmern. Und ich würde sie nicht Protagonistin, sondern eher ein kleines versautes Luder nennen."

„Tja ist echt ein Jammer. Anscheinend macht sie immer alles falsch. Denke, sie hat wieder mal eine Strafe von ihrem Herrn verdient."

„Schauen wir mal, wie sie dieses Kapitel zu Ende bringt. Dann sehen wir weiter ..."

Vivian verstand, was ich meinte, und steigerte das Tempo. Artig sah sie mir dabei in die Augen, während sie, zum ersten Mal bewusst, meinen Ständer bis zum Abspritzen wichste. Um mir zu zeigen, wie brav sie gelernt hatte, begann sie ihre Finger abzulecken, bevor sie im Bad verschwand und somit das Kapitel in der Realität abschloss.

Ich lag noch eine Weile im Bett. Schreib weiter, hatte sie gesagt. Hatte sie es so gemeint? Oder kam es aus ihrem Unterbewusstsein? Keine Ahnung.

Aber ich war mir sicher. Ich schreibe weiter und das nächste Kapitel hatte ich seit gestern im Kopf. Doch dafür war noch mehr Recherchearbeit notwendig.

Damenkränzchen

„Zimmer Nummer 103, bitte."

Der Portier musterte die Frau von oben bis unten, bevor er auf seinem Schlüsselbord nachsah.

„Ihre Begleitung ist schon da. Erster Stock, links."

Unverständlich sah sie ihn an. Sie war beim Einchecken ein anderes Service gewohnt. Doch konnte sie hier mehr erwarten?

Ihr Blick wanderte durch den Raum. Das Hotel hatte eine Tradition von über dreihundert Jahren. Dementsprechend war noch die Einrichtung. Viel hatte sich in den Jahrzehnten nicht geändert. Trotzdem war es gut erhalten und wirkte sauber.

Sie drehte sich um und machte sich auf dem dunkelroten Teppich auf den Weg hinauf. Den geilen Blick des Portiers konnte sie direkt auf ihrem Arsch spüren. Es war ihm nicht zu verdenken. Das hautenge, knallrote Minikleid hatte schon auf dem Weg hierher alle Männerblicke auf sie gezogen. Sie befürchtete fast, einen Autounfall zu verschulden, als sie bei einer Kreuzung so nuttig bekleidet und mit High Heels über die Straße schritt.

Umgezogen hatte sie sich erst am WC bei der U-Bahn Station. Ihr lieber Mann hatte ihr ein Päckchen, mit einer Nachricht, von Leo überbringen lassen. Als sie endlich alleine im Personalraum war und es öffnete, entdeckte sie dieses Kleid, die Schuhe und das Samt-Halsband. Diesmal durfte sie sogar einen String darunter anziehen. In einem Brief standen genaue Anweisungen, wohin sie nach Dienstschluss gehen und ihn treffen sollte. Im Hotel umziehen und in dem kurzen Kleid rausmarschieren, hätte sie nicht gewagt. So musste die öffentliche Toilette dafür herhalten. Leider hatte sie vergessen, sich eine leichte Jacke mitzunehmen oder noch besser einen Mantel. Mit diesem Ausschnitt und der Rocklänge, die gerade ausreichte, dass man den Slip nicht sehen konnte, hätte sie sich auf der Straße lieber etwas mehr bedeckt.

Darum war sie auch nicht über das Benehmen des Portiers verwundert. In diesem Outfit musste er sie für eine Nutte halten. Immerhin marschierte sie jetzt im Hotel Orient, dem bekanntesten Stundenhotel Europas, auf ein Zimmer. Doch wenn es ihr Mann so haben wollte, dann bitte gerne. Sie drehte noch einmal den Kopf zurück und strich sich ihr schulterlanges Haar nach hinten. Dabei sah sie dem Mann am Tresen nochmals an, bevor sie mit wackelnden Hüften die Treppen hinaufstolzierte. So leicht waren die Männer zu nehmen. Sexy kleiden und ein kesser Blick und schon schoss ihr ganzes Blut in den Schwanz.

Eigentlich hatte sie sich an diesem Abend mehr erwartet. Es war immerhin schon eine Woche her, seit Vivi Sex mit ihrem Mann gehabt hatte. Früher wäre ihr das nie aufgefallen. Seit den letzten Wochen hatte sich einiges getan, mit dem sie beide nie gerechnet hatten. Beide fanden Gefallen daran, auch wenn sie nicht darüber sprachen. Darum hatte Vivian schon darauf gewartet, wie es weitergehen würde.

Die letzte Woche war für beide stressig gewesen. Im Hotel waren durch Urlaube und Krankenstände Ausfälle auszugleichen. So musste sie den Spät- und auch den Nachtdienst übernehmen. Bei Paul stand der Abschluss zur Fusionierung mit der Partnerfirma in Salzburg bevor. Auch wenn die Entfernung nach Salzburg nicht so groß war, für eine tägliche Anreise aus Wien war es zu weit. Es waren auch die sozialen Kontakte zu pflegen und das tat man am besten beim Abendessen und bei den Aktivitäten, die Hr. Gruber organisierte.

Umso mehr freute sie sich, als Leo mit dem Päckchen kam. Die Spannung auf das Ungewisse erregte sie.

Aber ein Stundenhotel? Sie war fast in Versuchung, nur ein Stundenhotel zu denken. Sie wollte nicht unzufrieden sein. Vielleicht hatte sie Paul durch das Fenster beobachtet, als sie in diesem figurbetonten Kleidchen über die Straße stolzierte. Es erregte ihn, wenn seine Frau von anderen Männern begehrt wurde. So wie zuletzt bei ihrem Kinobesuch. Vielleicht wollte er sie als Prostituierte sehen?

Wenn sie jetzt ins Zimmer kam, wird er sie als Hure fragen, was für ein Programm sie anbietet und was es kostet. Er konnte sicher sein, billig wird es nicht für ihn werden. Er soll für jeden Mann, der sich an ihr aufgegeilt hatte, bezahlen.

Für den ersten Stock brauchte sie nicht den Aufzug zu nehmen. Sollte sich der Portier einen runterholen, wenn sie sich in diesem Outfit mit den hohen Schuhen über die Stiege quälte. Demonstrativ zog sie das Kleid höher, als es notwendig gewesen wäre, bevor sie die erste Stufe nahm. Soll er ruhig einen guten Blick auf sie und ihr Höschen haben.

Ihre Hand griff nach dem hölzernen Knauf am Treppengeländer. Hier hatte anscheinend auch schon Kaiser Franz Joseph residiert. Die Kopfbüste vom österreichischen Kaiser stand sicher nicht ohne Grund neben dem Aufzug. Es war der einzige Gegenstand, der besser ausgeleuchtet war. Ansonsten war alles ziemlich dämmrig gehalten. Die dunkelbraune Wandtäfelung schluckte das restliche Licht in dem Raum. Es war verständlich, wer wollte schon erkannt werden, wenn er hier in der Aula auf seine Geliebte wartete.

Vivi wollte schon weitermarschieren, als sie glaubte, einen Schatten zu sehen. Auf den samtenen Sitzen saß tatsächlich ein Mann. Er griff zu seinem Glas vor sich und drehte sich zu ihr um. Vivi stockte der Atem. War es Paul?

Er wandte sich wieder um und seine Gestalt verschwand hinter der hohen Sessellehne.

Hatte sie sich getäuscht? Der Mann am Empfang sagte ja, dass ihre Begleitung bereits auf dem Zimmer auf sie wartete. Aber sie konnte sich doch nicht wirklich getäuscht haben? Nach so viel Jahren erkannte sie ihren Mann, nicht nur am Aussehen, sondern auch an seinen Gesten und Bewegungen.

Verwirrt blieb sie stehen. Soll sie zurückgehen und sich vergewissern? Wenn er es doch nicht war, blamierte sie sich. Es war sicher klüger weiterzugehen. Wenn sie sich geirrt hatte, war es richtig. Sollte Paul wirklich hier in der Aula sitzen, hatte es seinen Grund und es gehörte zu seinem Spielchen.

Mit einem Grinsen setzte sie ihren Weg fort. Wahrscheinlich hatte er gar nicht bemerkt, dass sie ihn erkannt hatte. So war sie ihm mal einen Schritt voraus.

Vivi klopfte an Zimmertüre Nummer 103. Mit einem quietschenden Geräusch schwang die Türe auf. Sie war nicht verschlossen. Die Absätze ihrer Schuhe klapperten, als sie vom Teppich auf den hölzernen Boden des Vorraums trat.

„Hallo. Ich bin da.", rief sie vorsichtig in das Zimmer. Es kam keine Antwort. Bevor sie einen Schritt weiter machte, überlegte sie kurz, ob sie schon den Zipp an ihrem Kleidchen öffnen sollte. Vivi ging weiter, um das Zimmer mal zu erkunden. Ihr Blick wanderte um die Ecke, wo sie das Bett vermutete. Das Lächeln auf ihren Lippen verschwand. Umso größer wurden die Augen. Mit vielem hätte sie gerechnet, jedoch nicht damit, damit wirklich nicht...

*****

Das neunte Kapitel wurde zum bisher kürzesten in meinem Erotikroman. Jetzt wagte ich schon, es so zu nennen. Es war bereits eine beachtliche Zeit an Schreibtätigkeit hingeflossen. Und ich genoss jedes Wort, das ich niederschrieb. Die Umsetzung wurde jedoch immer schwieriger. So vieles war zu berücksichtigen, was in der Realität letztendlich auftreten konnte. Ich wollte diesmal nicht zu viel verraten. Den weiteren Verlauf durfte, oder besser gesagt, musste Vivi selbst gestalten. Sicherlich spielte sich dazu etwas in meinem Kopf ab. Ehrlich gesagt, hatte ich in diesem Bereich überhaupt keine Erfahrung.

Jetzt saß ich hier im Empfangsraum eines Stundenhotels. Ich malte mir die schlimmsten oder auch schönsten Dinge aus, die gerade auf Zimmer 103 vor sich gingen. Nachdenklich nippte ich von meinem mittlerweile warmen Bier. Nach über einer Stunde kein Wunder. Am liebsten hätte ich es runtergekippt und ein frisches Glas bestellt. Doch ich wollte nüchtern bleiben, auch wenn ich in diesem Kapitel nur eine Statistenrolle spielte.

Im Geiste ging ich nochmal alles im Kopf durch. Hatte ich wirklich die richtige Wahl getroffen? Die Recherchetätigkeiten waren diesmal aufwendig wie noch nie. Die Utensilien, die ich bisher gebraucht hatte, waren einfach in einem Erotikshop zu besorgen. Und was ich nicht wusste, konnte ich im Internet herausfinden. So war ich auch zwischenzeitlich bei den verschiedensten Sexforen aktiv angemeldet. Dies war hilfreich, als ich nähere Informationen über das Sexkino brauchte. Meine neuen und unbekannten „Freunde" waren auskunftsbereit und berichteten mir aus ihren Erfahrungen in den verschiedensten Bereichen. Kontakte konnte man online leicht knüpfen. Aus den Anfangsbuchstaben Reality und Fantasy setzte sich mein Profilname zusammen. Real_Fan nannten wir uns, immerhin trat ich als Paar auf. Mein Mail-Ordner war dadurch laufend voll mit neuen Nachrichten. Das Interesse an uns war enorm. Sicherlich war viel Mist dabei. Aber so manche Meldung brachte mich auch zum Schmunzeln.

>>Hi<<, war die kürzeste Nachricht.

>>wollt's ficken<<, also direkter ging es nicht mehr.

>>Liebes Paar, meine Frau hat mich verlassen und ich muss mich seit vier Jahren selbst befriedigen. Darf ich eure SIE vögeln? Oder darf ich euch zumindest zusehen, damit ich etwas Abwechslung habe<<, trauriger ging es wohl nicht.

>>Ich biete Arbeiten jeglicher Art, gegen Sex. Gartenarbeiten fünf Stunden – gegen einmal Geschlechtsverkehr oder zweimal Blowjob, Küchenarbeiten (Abwasch, …) – einmal Handmassage oder ein ganzes Wochenende (FR-SO) arbeite ich acht Stunden pro Tag für eine Stunde all inklusive zu dritt (für Analverkehr arbeite ich zwei Stunden extra pro Tag)<<, sicher die amüsanteste Anfrage.

Meine Idee zu diesem Kapitel hatte ich vorige Woche im Kino. Und die nötigen Kontakte dazu fand ich hier in diesem Forum. Ich schrieb meine Vorstellungen unter der Rubrik Rendezvous. Diese konnten alle User lesen. Es war eine Flut an Mails, die ich darauf erhielt. Zum Glück war ich die Tage beruflich in Salzburg unterwegs. Herrn Gruber vertröstete ich nach dem gemeinsamen Abendessen. Mit vorgetäuschten Kopfschmerzen verzog ich mich in mein Hotelzimmer und arbeitete die Nachrichten durch, bis ich eine engere Auswahl getroffen hatte. Die Entscheidung war nicht leicht.

Und jetzt saß ich hier, im dämmrigen Foyer des Hotel Orient und dachte darüber nach, ob ich doch lieber eine andere Wahl treffen hätte sollen. Vivian war mittlerweile über eine Stunde oben. Gerne hätte ich ihre Reaktion gesehen.

Sie hatte sicher nicht damit gerechnet, dass eine Frau im Zimmer auf sie wartete.

Als Vivi die Schwarzhaarige im Kino küsste, hatte ich den Eindruck, dass sie es nicht nur für mich oder die Geschichte tat. Keine Ahnung, ob meine Frau Gefallen am gleichen Geschlecht fand. Wir hatten auch nie darüber gesprochen. Die Frage stellte sich nie, da wir uns ja als Paar hatten. Hoffentlich brachte ich sie damit nicht auf den Geschmack und ihr gefiel es mit Frauen besser als mit mir, dachte ich mir mit einem Schmunzeln.

Karin war eine ganz Nette. Vorab hatte ich mich mit ihr getroffen, um ihr zu erklären, was ich mir vorstellte. Zuerst war sie skeptisch. Immerhin saß ihr ein wildfremder Mann gegenüber und wollte von ihr, dass sie sich alleine in ein Hotelzimmer legt, um dann mit seiner Frau Sex zu haben und Zärtlichkeiten auszutauschen. Doch bald konnten wir über die Idee gemeinsam lachen. Ich merkte, dass die Chemie zwischen uns passte und hoffte, dass dies auch auf Vivian zutreffen wird. Als ich Karin von unseren ersten Sub-Spielereien im Bereich SM erzählt hatte, hatte sie auch einen Vorschlag, den sie einbringen wollte.

Mittlerweile war ich überzeugt davon, dass es kein Flop war. Immerhin waren sie eineinhalb Stunden alleine auf dem Zimmer. Wenn ich nur daran dachte, ratterten die Zahnräder in meinem Kopf und brachte das Blut im Lendenbereich in Wallung. Doch was machen wirklich zwei Frauen, die sich nicht kannten? Wird nur gekuschelt und geküsst oder streicheln sich gegenseitig ihre nackten Körper? Vielleicht saßen sie aber auch nur an der Bettkante und lachten sich über die saublöde Idee eines Mannes kaputt? Ich wusste es nicht und hatte keine Ahnung, ob ich es jemals erfahren werde, wenn es mir nicht eine der beiden erzählt.

„Entschuldigen Sie bitte."

Plötzlich stand der Portier neben mir. Ich drehte mich zu ihm.

„Ich soll Ihnen etwas ausrichten."

Es tat mir fast leid, dass ich ihn in meiner Geschichte als notgeilen Mitarbeiter dargestellt hatte. Dabei wollte ich nur zeigen, wie nuttig Vivian unterwegs war.

„Die Lady, die Sie in ihrem reservierten Zimmer besucht ... also die zweite Dame meine ich, nicht die Erste." Ich musste grinsen. Mit dieser Aktion brachte ich sogar den Portier eines Stundenhotels durcheinander. Vermutlich dachte er sich, warum sitzt der Typ alleine hier unten, während zwei so hübschen Frauen in dem von ihm bezahlten Appartement sind.

„Also die Dame in dem roten Kleid hat angerufen und ich soll ihnen folgendes ausrichten." Er reichte mir einen Notizzettel.

Soll rauf kommen. Zimmer 103.

Ich hatte damit gerechnet, hier zu warten, bis Vivian wieder runter kam – ob schon sehr früh oder später – das wusste ich nicht. Dieses Kapitel hatte ich ja komplett offen gelassen und ihr überlassen, wie es stattfindet und auch endet. Diesen Verlauf hatte ich nicht erwartet.

„Darf ich Sie bitte darauf hinweisen, dass weitere Personen auf dem Zimmer extra kosten und die Zeit derzeit auf drei Stunden beschränkt ist.", warf der Empfangsmann dezent ein, bevor ich mich auf den Weg machte. Mit einem Griff in die Geldbörse gab ich ihm 200 Euro. Da kein Einwand mehr kam, war damit ein längerer Aufenthalt mit mir abgedeckt.

Nach kurzem Blick orientierte ich mich und fand das gesuchte Zimmer. Ich klopfte an die Holztür, die angelehnt war und gleich aufschwang. Was würde mich erwarten? Lagen die beiden Hübschen nackt im Bett und warteten auf mich? Vielleicht war nur mehr Vivi hier und mir wurde jetzt der Kopf gewaschen. Dann hätte ich Karin beim Rausgehen verpasst, was ich ausschließen konnte.

Langsam schritt ich durch den Vorraum. Das Zimmer war leer, ebenso das Doppelbett. Ein Blatt Papier lag darauf. Ich nahm es und las folgende Zeilen:

„Der Herr möge es sich auf dem Bett bequem machen."

Ich hoffte, dass sie es so meinten, wie ich es verstand. Ich schlüpfte aus Hose und Hemd und legte mich, nur mit den Boxershorts bekleidet, auf das extrabreite Bett und genoss die rote Satinbettwäsche. Es dauerte nicht lange, als die die Türe zum Bad aufschwang. Karin trat zuerst ins Zimmer, in einem schwarzen Lederkorsett. Sie sah in diesem dominanten Outfit umwerfend aus. Gefolgt von Vivian, splitternackt, bis auf ihr ledernes Halsband.

„Dann zeige deinem Herrn, was du gelernt hast." Vivi stellte sich vor das Bett.

„Attention!", rief plötzlich Karin. Wie beim Militär stand Vivi stramm vor mir.

„Inspection!"

Vivian hob die Arme hinter den Kopf und stellte sich breitbeinig hin. Ich konnte erkennen, dass sie an den Achseln, als auch im Schambereich gut rasiert war. Wie es der Name der Stellung verriet, konnte ich so gut inspizieren. Es folgten einige stehende Stellungen, wie Wall und Wait.

„Nun präsentieren wir dem Herrn die bekannteste Position einer guten Sub – Nadu!".

Vivi ging langsam auf die Knie, spreizte wiederum die Beine, senkte den Kopf und legte ihre Arme mit offenen Handflächen auf ihre Oberschenkel. So verharrte sie eine Weile. Ich wollte sie schon loben, als mir Karin deutete noch zu warten.

„Ready to Please!", war das nächste Kommando. Meine kleine Sub, stützte sich mit den Händen auf dem Boden vor sich ab, beugte den Kopf vor und verharrte mit offenen Mund. Ich verstand sofort, wann diese Position vom Herrn genutzt wird. Doch noch war die Vorführung nicht zu Ende.

„Stool!" Sie drehte sich um, kniete auf Beinen und Unterarmen, um mir ihren nackten Arsch zu präsentieren. Karin griff zur Kommode und hatte plötzlich eine zarte Rute in der Hand.

„Hatten wir hier nicht gelernt, dass bei Stool die Beine gegrätscht sein sollen?", sagte sie streng.

Vivi konnte nicht schnell genug die Beine auseinanderziehen. Sie bekam den ersten Schlag auf ihren Hintern. Ein roter Streifen bildete sich sofort, doch von Vivian kam kein Ton. Noch dreimal sauste die Rute hinunter. Brav ertrug sie die Bestrafung. Ich war fasziniert von dieser Szene. In meiner tollsten Fantasie hätte ich es nie so hinbekommen.

„Jetzt die Letzte – Doll!", klang es herrisch von Karin.

Vivi stand auf und legte sich auf dem Bett neben mir auf den Rücken. Die Beine aufgestellt und weit gespreizt, so dass sie ihren gesamten Körper präsentierte. Noch immer war ich perplex von dieser Vorstellung.

„Nun mein Herr, ich hoffe, die Schulung ist in ihrem Interesse. In ihr...", sie deutete auf Vivian, „...steckt wirklich ein kleines Luder. Sie hat mir auch von einem erotischen Roman berichtet, den sie gerade liest."

Ich war erstaunt, dass Vivi darüber gesprochen hatte. Wie viel davon hatte sie wohl erzählt? Selbst hatte ich es bei meinem Treffen mit Karin verheimlicht.

„Dabei hat sie mir gebeichtet, dass sie gerne lesen würde, dass sie hier in dieser Stellung von ihrem Herrn genommen wird, während ich zusehe."

Jetzt zeigte Vivi eine Regung und blickte überrascht zu Karin. Anscheinend war es nicht ganz so abgesprochen gewesen. Ansonsten verharrte sie weiter in ihrer Position. Für mich war die Situation ebenfalls ungewohnt. So richtig wusste ich nicht, damit umzugehen. Bisher hatte ich Regie und Buch geführt. Nun hatte ich die Rolle aus der Hand gegeben und an Karin übergeben. Was davon hatten die beiden Frauen ausgemacht? Wie weit war es Vivian recht? Doch wir hatten ja noch unser Safe-Wort. Sie brauchte es nur auszusprechen und wir hörten sofort auf. So sagte ich:

„Dann wollen wir der Sub zu ihrem Wunsch verhelfen."

Ich rollte mich vom Bett und zog die Short aus. Nackt stand ich vor ihr, während sie mir mit gespreizten Beinen ihre Vulva zeigte, als wäre es die normalste Sache der Welt. Und daneben stand noch Karin. Sie war als Einzige jetzt in ihrem Lederoutfit bekleidet. Ich kniete mich zwischen Vivis Beine, packte meine

Hände unter ihren Arsch und zog sie zu mir heran. An meiner Erregung brauchte ich nicht zu arbeiten, den Ständer hatte ich die letzten Minuten permanent in der Hose gehabt. Bevor ich in sie eindrang, sagte ich zu ihr:

„Schau nicht mich an, sondern sie.", und deutete rüber zu Karin. Vivi gehorchte. Langsam schob ich meinen Schwanz in ihre glitschnasse Möse, ein Zeichen, wie geil sie von diesem Spiel war. Ich fickte sie und die beiden Frauen sahen sich in die Augen. Es war mehr als ein Blick. Gehorsam, ihrem Herrn und ihrer Herrin gegenüber, präsentierte sie sich, unterwarf sich und ließ sich dabei zusehen, wie sie genommen wurde. Doch Karin wollte auch auf ihre Kosten kommen. Sie zog den Slip aus und kam zu uns rüber. Rittlings setzte sie sich über den Kopf von Vivian, mit Blick zu mir. Ich machte weiter, während sie langsam ihren Schoß senkte, bis ihre Schamlippen den Mund von Vivian berührten. Karin sah mich an und sagte zu unser kleinen Sub: „Leck mich."

Sie tat, wie ihr befohlen. Karin und ich berührten uns nicht, aber wir wurden von der gleichen, nämlich meiner Frau befriedigt. Diese begann jetzt unter uns zu stöhnen, jedoch nicht von unserer Last sondern vor Lust. Wie konnte es ihr nur so gefallen, dass sie erniedrigt und sexuell ausgenutzt wurde? Doch so war es. Meine Gedanken schweiften immer wieder ab, ansonsten hätte ich schon dreimal abspritzen müssen, so geil war ich von allem. In dieser Stellung fickte ich sie, bis ich mich nicht mehr zurückhalten konnte. Ein paar kräftige Stöße noch und ich pumpte meinen Saft in ihre Liebesgrotte. Kurz verharrte ich, bis ich mich fix und fertig auf die Seite rollte. Die zwei Frauen machten aber weiter. Eifrig fuhr Vivians Zunge in die Möse von Karin, die aufstöhnte. Am Zucken merkte ich, dass auch die neue Herrin gekommen war. Sie hob ihren Hintern in die Höhe. Ich konnte den Mösensaft aus ihr tropfen sehen. Nach kurzem Verharren in der Position legte sie sich auch neben Vivi. So lagen wir zu dritt nebeneinander und blickten an die Zimmerdecke.

„Eigentlich hätte das Kapitel für Vivis Befriedigung sorgen sollen. Ihre ersten Erfahrungen mit einer anderen Frau. Wo sie dann nach ihrem Ermessen Spaß daran hat.", sagte ich, während ich weiter nur in die Luft starrte.

„Und nun dürfte sie die Einzige in der Geschichte sein, die keinen Orgasmus bekommen hat."

Stille.

Bis Vivian nach einer Weile sagte:

„Erstens hatte Vivi einen Höhepunkt, nur steht dieser nirgends geschrieben, denn wir zwei sind schon länger in diesem Zimmer."

Sie beugte sich über mich und hauchte Karin einen Kuss auf die Lippen.

„Und zweitens waren es nicht die ersten Erfahrungen mit dem gleichen Geschlecht. Nur weiß das der Herr Autor nicht. Er weiß eben nicht alles."

Wieder Stille.

„Aber sie ist schon sehr schwanzorientiert, die süße, kleine Sub. Es hat eine Ewigkeit gedauert, bis sie beim Lecken endlich kam.", gab plötzlich Karin prustend von sich.

Wir stimmten in das Lachen ein, dass uns der Bauch weh tat. Auf meine Frage, wie sie dann auf diese Idee mit der Einschulung in die Sub-Stellungen gekommen waren, erzählten sie mir beide, was sich in der Zeit vor meinem Kommen abgespielt hatte.

Vivi war natürlich überrascht gewesen, eine Frau vorzufinden. Mit allem hätte sie gerechnet oder befürchtet, jedoch nicht das. Karin hatte ihr dann bald die erste Scheu genommen, indem sie vorgeschlagen hatte, gemeinsam ein Bad im Whirlpool zu nehmen. Hier hatten sie zuerst geplaudert und Vivi auch von dem Buch mit den Kapiteln erzählt. Ich sah streng zu ihr rüber, denn ich dachte, dass es unser Geheimnis war. Doch Karin lenkte gleich wieder ein, da sie es für eine gute Idee hielt. Nachdem sie sich gegenseitig abgetrocknet hatten, kamen sie sich näher. Vivi genoss die Zärtlichkeiten mit einer anderen Frau. Es war mit dem Sex eines Mannes nicht zu vergleichen.

Ich war verblüfft, weil ich Karin ja nun von einer ganz anderen Seite, nämlich als strenge Herrin, erlebt hatte. Doch hier klärte Karin mich auf. Als Switcherin spielte sie gerne beide Rollen, sowohl dominant, als auch submissiv. Gerne übernahm sie die herrische Position, aber genau so gut diente sie gerne und ebenso gefiel ihr Blümchensex. Ob mit Mann oder Frau, hing von der jeweiligen Situation und Stimmung ab. Während der Unterhaltung waren unsere Hände mittlerweile überall. Karin strich über meine Brust, Vivis Finger spielten an meinem Schwanz herum, während ich ihnen die Arme um die Schultern gelegt hatte und an ihren Brüsten herumspielte. Das Wort Blümchensex löste bei uns anscheinend etwas aus.

Wir küssten uns gegenseitig an allen Körperstellen. Unsere Hände glitten bei jedem überall hin, bis Vivian mir den Rücken zukehrte. In der Löffelchenstellung glitt ich in sie hinein. Karin legte sich an meine Kehrseite und streichelte uns beide, während ich meine Frau auf zärtliche Art liebte.

Nach dem Nachspiel verabschiedete sich Karin. Sie hätte gar nicht damit gerechnet, dass sie so lange blieb. Mit einem Kuss bei uns beiden bedankte sie sich für den schönen Nachmittag und die gute Idee.

Vivian und ich kuschelten noch eine Weile im Bett, bevor wir uns auf dem Heimweg machten.

Swing, Swing

Galant öffnete der Begleiter seiner Dame die Autotür. Lange, in schwarze Nylons gehüllte Beine schwangen elegant aus dem Audi. Farblich dazu passend, zwölf Zentimeter hohe High Heels, traten auf den nassen Asphalt. Jetzt war auch der Rest zu erkennen. Ein Gürtel schnürte den hellen Trenchcoat zusammen und verbarg, was die Lady darunter trug. Nicht jeder musste gleich sehen, wie heiß sie gekleidet war. Hier brauchte sie keine Angst zu haben. Auf dem Parkplatz war nichts los. Sie hakte sich bei dem Herrn unter, und die beiden machten sich auf den Weg zur Location. Die Hitzewelle der letzten Tage war vorüber. Es lag ein kühler Abend vor ihnen. Kühl war es aber nur im Freien. Ansonsten versprach es eine heiße Nacht zu werden.

„Swing Time" stand in dezenten Lettern auf dem goldenen Türschild. Nicht jeder musste gleich erkennen, was sich hinter der Türe verbarg. Und nicht jeder durfte hinein.

Paul klingelte. Das hörbare Trippeln von Stöckelschuhen verriet, dass ihnen gleich geöffnet wurde. Nach einem Blick durch den Türspion schwang die Eingangstür auf. Eine schlanke Dame mit langem blonden Haar empfing die beiden mit einem freundlichen „Herzlich willkommen. Ich bin Sandra."

Ihr Outfit war atemberaubend. Ein schwarzes, durchsichtiges Negligé zeigte ihre vollen Brüste. Unter dem Hauch von nichts trug sie nur einen Slip.

Zuerst bekamen Vivi und Paul eine Einführung in die Gepflogenheiten des Clubs. Immerhin waren sie das erste Mal hier. Ein Nein ist ein Nein. Die Türen zu den Spielräumen können nicht versperrt werden. Wenn aber die Kordel davor hängt, bedeutet es, dass die Gäste dahinter ungestört bleiben möchten. Bei den Damen ist leichte Kleidung, besser Dessous erwünscht. Ebenso bei den Herren, Boxershorts geht noch. Ein Handtuch um die Hüften ist ein No-Go.

Endlich ging es in die Umkleide. Vivi war nach den vielen Erklärungen heiß unter ihrem Mantel geworden. Sie hatte nicht gewagt, ihn zu öffnen. Nun war es so weit. Sie schlüpfte aus dem Trenchcoat. Paul blieb die Luft weg. Er hatte zwar das schwarze Nichts eingekauft, jedoch nicht erahnt, wie sexy sie wirklich darin aussieht. Vivi trug nur ein Kleidungsstück an sich. Der seidene durchsichtige Stoff war ein kurzes schwarzes Minikleid. Es verdeckte nur das Nötigste, von der Oberweite, bis knapp untere ihre Scham. Strümpfe samt Halter waren mit dem Kleid verbunden. Ebenso führte eine feine Spitze zwischen den Brüsten hinauf und endete als Halsband. Durch die High Heels wirkten ihre Beine noch länger, als sie schon waren.

Ein Blick in den Spiegel verriet, dass sie sich selbst in dem Outfit gefiel. Sie drehte sich mehrmals im Kreis, um sich rundum zu betrachten. Jetzt aber nur mit dem transparenten Minikleid in den Barraum gehen, unter all die fremden Menschen, die sie nicht kannte, machte sie nervös. Sicher hatten sie sich schon nackt vor anderen Leuten gezeigt. Gerne besuchten sie eine Sauna in der Therme oder in einem Wellnessbereich. Urlaube oder Badetage im FKK-Bereich waren ihnen nicht fremd, wenn es auch schon eine Weile her war. Dabei zeigten sich auch alle freizügig, aber ohne irgendwelchen Hintergedanken. Hier war es anders. Hier ging es um mehr, als sich nur nackt zu zeigen. Paul hatte sich mittlerweile dazu passend umgezogen und war ebenfalls in Schwarz mit Shirt und Short bekleidet. Er nahm sie an der Hand und sie traten in den Barbereich hinaus.

Das Getuschel der Männer auf den Barhockern verstummte. Ihre Blicke richteten sich sofort auf Vivi. Das anerkennende Pfeifen blieb aus. Aber ohne ein Zeichen von Anstand musterten sie sie von oben bis unten und wieder retour. Vivi merkte, dass sie aufgefallen war und verharrte. Ob es ihr gefiel, sich so zu zeigen, oder ihr unangenehm war, wusste Paul nicht. Er sah, dass Sandra ihnen zuwinkte, und sie marschierten durch die blickende Menge zur Theke. Die Bardame schenkte ihnen als Willkommensgetränk ein Glas Sekt ein. Die beiden sollten mal locker werden, bevor sie ihnen die restlichen Räumlichkeiten zeigte. Vivi und Paul prosteten sich verliebt zu und gaben sich einen zärtlichen Kuss.

Es war noch nicht viel los. Nachdem sie ausgetrunken hatten, wurden sie in Ruhe durch alle Räume geführt, ohne dass sie jemanden beim Geficke störten. Das Stufenzimmer, mit einer Liegefläche über mehrere Ebenen, das Doktorzimmer mit dazu passendem Gyno-Stuhl, das Herzchenzimmer mit Gucklöchern in Herzform, ein Vogelnest, die Liebeshölle und noch vieles mehr.

Pauls Gedanken kreisten über die verschiedenen Spielvarianten, die sich hier boten. Ein Abend war sicher zu wenig, um sich ausgiebig auszulieben. Die beiden staunten fasziniert, mit wieviel Fantasie man diese Zimmer ausgestattet hatte. Es passte zu ihrer Welt, worin sie sich gerade befanden.

Nur im sogenannten „Darkroom" reichte kein Reingucken. Man musste schon eintreten, um die Atmosphäre zu spüren.

„Das ist der einzige Raum, welcher nicht mit einer Absperrkordel versehen ist.", erklärte ihnen Sandra, als sie mittendrin standen. Sie hörten sie, konnten sie aber nicht sehen. Durch den schweren Vorhang drang kein Licht durch die Türe. Im Hintergrund war nur das Surren der Lüftung zu hören.

„Es wäre schwierig zu kontrollieren, ob jemand drin ist. Oder ein Spaßvogel nur abgeriegelt hat."

Es war ein eigenartiges Gefühl, mitten im Dunkeln zu stehen, halbnackt und sich zu unterhalten. Paul legte seine Hand um Vivis Hüfte, um sie nicht zu verlieren.

Plötzlich spürte Vivi etwas an ihrem Oberschenkel entlangstreifen. Das konnte definitiv nicht ihr Mann sein und auch Sandra stand ihr gegenüber, zu weit weg. Das Streicheln glitt über den Schenkel von oben nach unten und über die Innenseite wieder hinauf. Bald erreichten die Finger ihren Schritt. Ein Fremder strich über ihren Körper, ohne dass ihr Partner, der neben ihr stand, etwas davon mitbekam. Sollte sie es ihm sagen? Sie brauchte ja auch nur die Hand wegdrücken oder einen Schritt auf die Seite machen. Wollte sie das aber? Nein, denn es erregte sie.

Sie spürte, wie die Hand unter das Kleid fuhr. Ihr wurde wieder bewusst, dass sie gar keinen Slip darunter trug. Das erregte sie noch mehr. Sie konnte die Feuchte zwischen ihren Beinen spüren. Sie schämte sich, dass sie dem Fremden dadurch ein Zeichen gab, dass es ihr gefiel. Sie hörte gar nicht mehr zu, was Sandra erzählte. Paul unterhielt sich aber köstlich mit ihr. Die Hand verharrte jetzt an ihrer Scham und begann mit einem Finger an ihrer Klit zu spielen. Vivi versuchte ruhig stehen zu bleiben. Jetzt wollte sie schon gar nicht, dass die Anderen etwas mitbekamen. Wie hätte sie erklären sollen, dass sie sich die ganze Zeit begrapschen ließ und auch geil davon wurde. Ihr Atem wurde heftiger. Ein oder zwei Finger steckten zur Hälfte in ihrer Muschi. Hoffentlich hörte niemand das schmatzende Geräusch. Wenn sie nicht bald hier rauskamen, hatte sie ihren ersten Orgasmus, ohne zu wissen, wer ihr den besorgt hatte.

„Dann wollen wir noch weiterschauen, aber jetzt haben wir bald alles durch.", hörte sie Sandras Stimme. Plötzlich war die Hand verschwunden, als ob sie nie da gewesen wäre. Das Licht am Gang war zwar gedämpft, trotzdem tat es momentan in den Augen weh. Vivi kniff die Augen kurz zusammen. Vielleicht um auch die erlebte Situation sich nochmals in Gedanken vorzustellen.

„Was ist mir dir, mein Schatz? Du bist verschwitzt und ganz rot am Kopf.", bemerkte Paul.

„Ach, es war nur ziemlich heiß und stickig, da drin."

„Das kann vorkommen, dass einem aus verschiedenen Gründen im Dark-Room heiß wird.", sagte Sandra grinsend. „Es wird auch von einem Geist erzählt, der da drin herumspukt und sein Unwesen treibt."

Paul lachte laut auf: „Also von Geistern in Swingerclubs habe ich bisher noch nie gehört."

Doch Vivi vermutete, dass die Bardame genau wusste, was sich abgespielt hatte.

Die drei machten ihre Tour ohne weitere, besondere Vorkommnisse fertig. Als sie in den Barbereich zurückkehrten, hatten sich mittlerweile mehr Gäste und vor allem Paare eingefunden und sich in den Sitzecken gemütlich gemacht. Wie in einem klassischen Café wurde getratscht, getrunken und die anderen Besucher taxiert. Hier war aber ein anderer Gedanke dahinter, wenn man zum Nachbartisch rüberblickte. Der Anteil an Soloherren war auch gestiegen. Diese hatten sich vor allem um die Stehtische versammelt. So hatten sie einen besseren Überblick und konnten rascher nachfolgen, wenn sich ein Paar nach hinten aufmachte.

An der Bar war noch genügend Platz. Vivi und Paul verstanden sich mit Sandra sehr gut und wollten von ihr noch mehr Hintergrundinfos über den Club erhalten. Immerhin war es deren erster Besuch in einem Swingerclub. Als die Bardame wieder an die Arbeit und neue Gäste empfangen musste, blickten die beiden sich um. Die meisten unterhielten sich. Ganz hinten in der Ecke knutschte ein Paar intensiv. Seine Hand war schon in ihr Höschen gewandert. An einem Tisch saßen zwei Frauen und drei Männer. Vivi konnte nicht zuordnen, wer zu wem gehörte. Doch das war hier überhaupt nicht wichtig. Die Gruppe bemerkte, dass sie beobachtet wurden. Die Frau mit Kurzhaarschnitt und burschikoser Figur flüsterte einem Mann etwas ins Ohr und dieser drehte sich so plötzlich um, dass Vivi seinen Blick nicht rechtzeitig ausweichen konnte. Er schickte ihr ein Küsschen und widmete sich wieder seiner Tischrunde.

„Anscheinend hast du schon einen Freund gefunden?", sagte Paul provozierend zu seiner Partnerin. Sie verdrehte nur die Augen und tat so, als ob sie es nicht bemerkt hätte.

„Wen würdest du dir zum Ficken aussuchen?", stellte er eine noch provokantere Frage. Sie blickte noch mal durch die Reihen. Es waren Leute, von Jung bis Alt und in allen Staturen, anwesend. Trotzdem kam keine Antwort von ihr.

„Gut, dann mache ich es.", sagte Paul, stand auf und blickte sich um. Nachdem er gustiert hatte, meinte er aber, dass noch nichts Passendes dabei war. Vivi seufzte, ob aus Erleichterung oder Enttäuschung, das wusste sie selbst nicht.

„Komm, wir gehen da rüber. Da ist es gemütlicher.", sagte Paul. Sie schnappten sich ihre Gläser und setzten sich auf ein Sofa. Von hier hatten sie auch einen guten Überblick.

„Ich möchte, dass du dich präsentierst. Das hast du ja letztens schon brav gelernt. Lehne dich zurück und spreize die Beine.", kam von Paul, kaum, dass sie sich gesetzt hatten.

Vivian gehorchte. Dass sie nichts unter dem Kleid trug, war ihr ja schon vorhin klar geworden. So konnten die anderen mit dem richtigen Blickwinkel ihre glatt rasierte Möse sehen. Dies wollte Paul wohl erreichen. Er legte seine Hand auf ihren Bauch und kraulte sie. Nebenbei nippte er genüsslich von seinem Glas. Vivi hatte alles rundum vergessen. Den Kopf nach hinten geneigt und die Augen geschlossen genoss sie die Zärtlichkeiten ihres Mannes. Ihr wurde heiß. Sie war sich sicher, dass dies noch nicht alles war, das sie an diesem Abend erwartete.

Nach ein paar Minuten entschlossen sie sich, nochmals eine Runde zu drehen. Dieses Mal waren die Zimmer zum Teil bereits gut besucht. Vor dem Herzchenzimmer standen Männer. Als sie hineinblickten, sahen sie zwei Frauen darin knien. Mit ihrem Mund und Händen bearbeiteten sie die Schwänze, die durch die Löcher in der Wand gesteckt wurden. Sie deuteten Vivi, sie solle mitmachen. Doch dies war heute nicht der Plan. Sie marschierten weiter. Im Stufenzimmer gab es ein heftiges Durcheinander-Gerammel. Lustvoll schauten sie zu. Auch hier machten sie keinen lustvollen Stopp.

Der nächste Raum war hell ausgeleuchtet. An der Wand stand eine weiße Couch. Der Mittelpunkt war jedoch der Gyno-Stuhl, ebenfalls mit weißem Leder ausgestattet. Dies war sicher nicht der romantischste Teil des Clubs. Doch das Zimmer war leer und Vivi blieb davor stehen. Paul verstand es als Zeichen und führte sie hinein. Wohlweislich hängte er die Kordel hinter sich ein. Vivi setzte sich auf den Stuhl. Die Beine legte sie gespreizt auf die dafür vorgesehenen Halterungen. So präsentierte sie sich wieder ihrem Partner. Paul streichelte über ihren ganzen Körper. Er stülpte das Kleid über den Bauch, damit sie bis zum Nabel nackt vor ihm lag und beugte sich runter. Mit der Zunge begann er ihre Schamlippen zu lecken und sie an ihrer intimsten Stelle zu küssen.

Lange hatte es nicht gedauert, dass männliche Besucher von ihrer Aktion mitbekamen. Sie versammelten sich vor der Türe, blieben aber brav hinter der Absperrung. Paul beendete die ersten Liebkosungen und trat auf die Seite. Vivi sah auf.

Was war denn los? Warum hörte er auf? Da fiel ihr Blick auf den Eingang und sie merkte, dass sie den Zusehern ihr geiles und nasses Fötzchen zeigte. Paul war zu den Männern gegangen und unterhielt sich leise mit ihnen. Was tuschelten sie nur? Als er plötzlich die Absperrung öffnete und zwei Männer in Shorts hereinbat. Bevor noch mehr nachkommen konnten, sperrte er wieder ab. Die Fremden waren überhaupt nicht scheu.

Der Eine stand schon zwischen Vivis Beinen und streichelte ihre, vom Lecken noch immer nasse, Möse. Der andere stellte sich auf die Seite und begann über ihren Bauch und Brüste zu streicheln, nachdem er vorausblickend gleich seine Hose runtergezogen hatte. Und was tat Paul?

Er setzte sich auf die Couch und beobachtete das Schauspiel. Er überließ einfach seine Frau den anderen Männern und stellte sie ihnen zur Verfügung. Vivi sah zu ihm rüber, doch nur kurz. Ihr Kopf wurde auf die andere Seite gedreht und angedeutet, dass sie den Schwanz vor ihr mit der Hand schön hart wichsen soll. Sie tat, wie von ihr verlangt. Mittlerweile war es den Beiden klar, dass es kein leeres Versprechen war und die Frau wirklich mitmachte, während ihre Begleitung dabei zusah. Der Größere von ihnen begann nun auch, wie zuvor Paul, ihre Möse zu lecken. Er war anscheinend gut, denn Vivi stöhnte auf. Doch davon hatte der Typ nichts. Er holte aus der Schüssel, die in jedem Zimmer bereitstand, ein Kondom, zog es über und schob seinen Ständer in sie rein. Wieder stöhnte Vivi, diesmal lauter, auf. Der Zweite nutzte die Gelegenheit und führte seinen Schwanz zu ihrem offenen Mund, der ihn sofort aufnahm. Was Vivi im Erotik-Kino versäumt hatte, wurde jetzt nachgeholt. Doch statt mitzumachen, beobachtete Paul nur, wie seine Frau gleichzeitig zwei Kerle bediente und ihren Spaß daran hatte. Der Ficker brauchte nicht lange und nahm keine Rücksicht, ob Vivi einen Orgasmus hatte. Mit einem Aufschrei spritzte er alles in sie rein oder besser gesagt in das Kondom. Er zog es raus, bedankte sich mit einem Nicken bei Paul und verschwand. Nun wollte auch der andere noch ran. Rasch schnappte er sich einen Gummi und schon stand er zwischen ihren Beinen. Innerhalb von ein paar Minuten wurde Vivi von zwei fremden Männern gefickt. Dieser war ausdauernder und fand bei ihr den richtigen Punkt. Vivi wand sich unter seinen Stößen. Sie kam laut und heftig, ohne Rücksicht, wer alle ihr Kommen hören könnte. Dies war auch für ihn genug Belohnung und er spritzte in Pauls Frau hinein, der es genoss, dem Schauspiel zuzusehen. Erschöpft blieb sie liegen, nachdem Nummer zwei sich verabschiedete. Es störte sie nicht, dass sie sich noch immer nackt und durchgefickt zeigte. Sie hatte ihren Orgasmus bekommen und mit einem Lächeln bedankte sie sich bei Paul, obwohl er, außer seiner Zustimmung, nichts dazu beigetragen hatte.

„Ich denke, du wirst dich mal frisch machen wollen?", fragte er sie. Sie nickte nur. Doch vorher wollte sie sich bei ihm auf ihre Art bedanken. Mit etwas weichen Knien kletterte sie von dem Stuhl. Ein enttäuschtes Raunen kam von der Türe. Sie aber zuckte nur entschuldigend mit den Schultern und ging zu Paul rüber. Langsam zog sie ihm die Short runter. Sein strammer Lümmel war froh, befreit zu werden. Rittlings setzte sie sich, mit Blick zu den Zuschauern, über ihn. Zuerst spielte sie mit ihrer Möse an seiner Eichel, nahm ihn aber nicht vollends in sich auf.

„Oder stört es dich, dass gerade zwei fremde Schwänze in meiner Muschi waren?"

Paul gab keine Antwort, sondern zog sie einfach zu sich runter und drang in sie ein. Er packte sie um die Hüfte und bewegte sie sachte rauf und runter.

„Im Gegenteil, das freut mich. Dann kann ich mein kleines, geiles Luder ja wieder mal bestrafen."

„Wofür? Dass du diese Kerle reingebeten hast?" Sie stöhnte wieder kurz auf.

„Du hättest ja nein sagen können."

Die Konversation geilte sie beide noch mehr auf. Paul war schon so aufgeheizt von vorhin, dass er es nicht mehr aushielt. Er schubste Vivi auf die Seite, dass sie mit dem Rücken auf der Bank lag. Mit den Händen hielt er ihre Beine in die Höhe und fickte sie. Bevor er kam, zog er seinen Schwanz raus und verteilte seinen Saft auf ihrem ganzen Körper.

Nachdem er ihr ein paar Taschentücher gereicht hatte, waren auch die Zuseher verschwunden.

„Jetzt musst du dich wirklich frisch machen.", sagte er und klopfte ihr auf den Hintern. „Ich bestelle inzwischen ein paar frische Getränke."

Vivi war froh, über beides. Vor dem Barbereich trennten sie sich. Ihre Couch war noch frei und Paul orderte zwei Aperolspritzer. Die hatten sie sich verdient. Vivi irrte etwas umher, denn so richtig orientieren konnte sie sich hier noch nicht. Jetzt erst merkte sie, dass ihr ein paar Solomänner mit einigem Abstand folgten. Sie waren von ihrer Aktion so angetan, dass sie hofften, auch zum Zuge zu kommen. Endlich fand sie die Sanitärräume, huschte hinein und drückte die Türe hinter sich zu. Hier war gleich Toilette, Waschbecken und sogar eine Dusche zum Frischmachen zu finden. Zuerst musste sie mal aufs Klo. Immerhin hatte sie ja vorhin einiges getrunken gehabt. Erleichtert setzte sie sich und gab dem Drang nach.

Da öffnete sich die Türe.

Verdammt, sie hatte nicht abgeschlossen. Hatte die Türe überhaupt ein Schloss? Während sie hier saß und pinkelte, kam ein sehr junges Paar, sie wirklich bildhübsch, mit blondem, langen Haar, herein. Sie waren beide splitternackt und hatten ihre spärliche Kleidung in der Hand. Anscheinend wollten sie sich auch danach frisch machen. Entweder bemerkten sie Vivi gar nicht oder sie ignorierten sie einfach. Vivi hatte ihr Geschäft verrichtet, saß aber immer noch still auf der Toilette. Die beiden unterhielten sich, wie geil es eben war, und wuschen sich dabei im Waschbecken, nicht nur Gesicht, sondern vor allem zwischen den Beinen.

„Bist du schon fertig? Ich muss auch mal.", wandte die Blondine sich an Vivi. Als ob sie plötzlich nicht mehr unsichtbar war, schreckte Vivi hoch.

„Natürlich, du kannst schon."

Sie wischte sich noch den letzten Tropfen mit einem Stück Klopapier ab. Instinktiv wollte sie den Slip hochziehen, doch sie hatte ja keinen an, also richtete sie sich nur ihr Kleid. Der junge Mann verschwand mittlerweile. Und während der Strahl der Blondine pritschelte, begann sich Vivi zumindest mal das Gesicht und den Nacken zu waschen und sich mit ihren Schminksachen herzurichten.

„Tschau.", rief die Blonde, bevor sie wieder verschwand. Vivi überlegte, ob sie unter die Dusche gehen oder sich auch nur so frisch machen sollte.

Doch verdammt, sie hatte schon wieder nicht darauf geachtet, dass abgeschlossen war. Wieder ging die Türe auf. Ein Mann, gut gebräunt und nur mit einem Handtuch um die Hüften kam herein und sperrte gleich hinter sich zu. Nun war sie eingesperrt, mit einem Fremden, im Waschraum. Sicher, Vivi hätte ihre Sachen packen und gehen können. Doch stattdessen blickte sie den Typ durch den Spiegel an, denn er stand mit nacktem Oberkörper hinter ihr. Und er beobachtete sie, nicht ihren Po und nicht ihren Busen. Er sah ihr nur in die Augen. Die Zeit kam ihr ewig vor, wie sie hier so standen. Bis er zu seinem Handtuch griff, den Knoten löste und es zu Boden fallen ließ. Vivi konnte es nicht sehen, aber er musste jetzt nackt hinter ihr stehen. Doch noch immer reagierte sie nicht. Er trat einen Schritt vor. Jetzt spürte Vivi seine Erektion an ihrer Pobacke. Was hatte er vor? Wollte er sie hier einfach, ohne ein Wort, ficken? Sie bräuchte nur einfach rausgehen. Doch das tat sie nicht. War das für ihn ein Einverständnis, dass er sie jetzt einfach nehmen durfte?

Den Blick immer noch nicht abgewendet, griff er zum Kleid und zog es hoch. Nun standen sie Haut an Haut aneinander. Keine abwehrende Reaktion von Vivi. Er packte sie etwas fester um die Hüften und beugte sie leicht nach vor. Ihre Beine spreizten sich wie von selbst. Der Lippenstift rutschte Vivi aus der Hand und klapperte ins Waschbecken, während sie sich abstützte. Sie verlor den Typ kurz aus dem Spiegelbild. Doch nun aus einem tieferen Blickwinkel hatten sie sich wieder gefunden. Er beugte sich vor und griff in Vivis Handtäschchen. Schnell hatte er ein Kondompäckchen gefunden und auch rasch übergezogen.

Woher wusste er nur, dass Präservative darin waren? Aber das konnte er sich sicher denken. Was packt man wohl ein, wenn man einen Swingerclub besucht. Regungslos stand Vivi noch immer in optimaler Fickposition vor ihm und ihre Möse lud richtig ein, um genommen zu werden. Am liebsten hätte sie den Blick abgewandt. Es war ihr unangenehm, dass sie anscheinend so leicht zu haben war und es auch nicht verbergen konnte. Ihr Mösensaft schien ihr schon fast die Beine hinunter zu laufen. Doch vielleicht wäre es auch ein Zeichen von Schwäche für sie gewesen, wenn sie seinem Blick ausgewichen wäre. Ohne großes Zögern nahm er sie wieder um die Taille und schob seinen, nicht gerade kleinen Schwanz in ihre Muschi. Nach kurzem Verharren begann er sie in leichten Bewegungen zu ficken. Trotz ihrer Bereitwilligkeit zu dem Quicky versuchte Vivi keine Emotionen zu zeigen. Sollte er sie ruhig vögeln, aber ob es ihr Spaß macht, entschied immer noch sie.

Er erhöhte das Tempo. Immer schwieriger fiel es ihr, nicht zu stöhnen. Sie wollte auch nicht, dass man es nach draußen hören konnte. Er nahm keine Rücksicht. Er machte einfach sein Ding und fickte sie, als ob es die normalste Sache der Welt wäre. Wie eine Gummipuppe benutzte er sie, die man einfach nimmt, um sich als Mann zu befriedigen.

Immer schwieriger war es, für Vivi nicht zu zeigen, dass sie total geil war und auf einen großartigen Orgasmus hinarbeitete. Sie versuchte, mit ihrem Körper mitzumachen, so dass sie auch ihre erogenen Zonen optimal nutzte. Doch er ließ nicht viel zu. Mit seinen kräftigen Händen hatte er sie fest im Griff. Vivi ärgerte es, aber es geilte sie auch noch mehr auf. Er dürfte ihren Zorn und ihre Geilheit an ihrem Gesicht gesehen haben. Zuerst packte er sie noch fester, um sie dann kurz loszulassen, und ihr einen gehörigen Schlag auf ihren Arsch zu geben.

„Auuhhhhaaaaa" schrie Vivi kurz auf. Erschrocken über sich selbst, ob das ein Au oder ein Ah war, schloss sie wieder schnell den Mund.

Jetzt war sie gleich so weit. Gerne hätte sie runtergegriffen und sich an ihrer Klitoris gestreichelt, um endgültig kommen zu können. Doch das war nicht möglich, sonst hätte sie komplett den Halt verloren. Sie hatte auch schon Angst, das Waschbecken aus seiner Halterung zu reißen. Sie musste sich also voll auf seinen Rhythmus beschränken und hoffte, zu ihrem Höhepunkt zu kommen.

Ihre Blicke hatten sich wieder gefunden. Die fremden Augen starrten sie an und der fremde Mund sagte: „Komm jetzt."

Und als ob sie auf seinen Befehl gehorchten müsste, überflutete sie ein Orgasmus. Wenn sie in der letzten Zeit schon geglaubt hatte, besser geht es nicht mehr. So kam sie jetzt in mehreren Wellen und stöhnte es auch schamlos raus. Beim letzten Zucken in ihr zog er seinen Ständer raus, zog das Kondom ab und mit ein, zwei Handbewegungen spritzte er ihr seinen Saft auf ihren Rücken und auf ihren Hintern.

Vivi schweißerfüllt, hielt sich noch immer am Waschbecken fest. Er beförderte das Kondom in den Mistkübel und ohne irgendein weiteres Wort, sperrte er die Türe auf und verschwand, wie er gekommen war.

Vivi konnte nicht fassen, was hier jetzt geschehen war. Vor ein paar Wochen hätte sie schreiend den Raum verlassen. Doch jetzt hatte sie sich einfach von einem wildfremden, wenn auch gutaussehenden Mann, ficken lassen, mit dem sie noch nie ein Wort gewechselt hatte. Eigentlich war es an diesem Abend schon der Dritte. Doch diese herrische und überhebliche Art, sie einfach zu nehmen, machte ihr fast Angst, weil sie es so geil fand. Ihr fiel ein, dass schon damals Paul ihr verboten hatte, zum Orgasmus zu kommen. Umso heftiger war es aber dann. Sie überlegte noch, ob sie es ihrem Herrn berichten musste. Vermutlich würde sie dann eine entsprechende Strafe dafür bekommen. Vorher war aber auf jeden Fall eine Dusche notwendig.

„Wo warst du solange?"

„Ich musste unbedingt noch duschen."

„Sonst alles in Ordnung? Du siehst fix und fertig aus, trotz Dusche."

Vivi überlegte kurz.

„Mich hat auch vor der Dusche noch ein Mann gefickt." Er sollte es wissen, denn sie wollte keine Geheimnisse vor ihm haben.

Paul gab ihr einen Kuss.

„Und war er wenigstens gut?"

Vivi nippte von ihrem Glas. Und ob er gut war, dachte sie sich und sie war schon gespannt, was der Abend noch alles bringen wird.

*****

Die Realität und meine Fantasievorstellung vermischten sich. Beim Schreiben des letzten Kapitels hatte ich anscheinend mein Ziel aus den Augen verloren. Ich wollte, wie bisher, vorgeben, wo, wann und wie es zur Sache geht. Doch zu sehr hatte ich mich in die Rolle von Vivian hineingedacht oder wie ich es mir vorstellen würde. Ich hatte keine Ahnung, was mit mir los war. Reichte mir unser bisheriges Sexualleben nicht? War ich in der Midlife Krise und versuchte, jetzt alles nachzuholen, was ich glaubte, versäumt zu haben? Wollte ich wirklich miterleben, wenn Vivian Sex mit anderen Männern hat? Und vor allem, wollte sie es überhaupt?

Fragen über Fragen warfen sich mir auf. Vielleicht wollte ich Vivian damit nur provozieren, dass sie ein Ende unter unsere Kapitel setzte und nein sagte. Doch nichts davon war der Fall. Jetzt wartete ich seit 15 Minuten, dass sie sich für die Reise fertig machte. Und mit jeder Minute wurden meine Zweifel größer. Bisher konnte ich alles einigermaßen planen. Beim Sexkino war es schon schwierig und ich musste es sogar abbrechen. Doch diesen Club hatte ich nicht einmal vorher besucht gehabt. Noch nie waren so viele unberechenbare Faktoren involviert. Was war, wenn nichts los war. Oder wenn gar keine anderen Paare anwesend waren? Vielleicht waren die Männer ungute Typen, vor denen es einen graust, bevor man auch nur an Sex dachte? Und wieder die Bedenken, dass Vivian wegen mir bei den Spielchen mitmachte.

Endlich kam sie und schlüpfte in den Trenchcoat, den sie bei dem heutigen Wetter auch brauchen wird. Sie gab mir einen Kuss und griff mir an meinen Hosenlatz.

„Dann wollen wir mal. Hast du dir was Schönes für heute überlegt?", sagte sie selbstbewusst und ging durch die Haustüre, ohne eine Antwort von mir abzuwarten. So kannte ich sie nicht. Ich konnte auch nicht einschätzen, ob sie wirklich mit dieser Rolle in ihrem Element war oder nur ihre Unsicherheit damit verdecken wollte. Es war eine Mischung der selbstsicheren Vivian im wirklichen Leben mit der demütigen Vivi aus unseren erfundenen und doch erlebten Geschichten. Beides vermischte sich immer mehr.

Endlich saßen wir im Auto. Wir mussten immerhin eineinhalb Stunden fahren. Für den morgigen Freitag hatten wir uns beide frei genommen. Ich musste nochmals nach Salzburg, um einige Verträge zu unterzeichnen. So wollten Vivian und ich das Wochenende gleich für einen kleinen Trip durch schöne Stadt nutzen. Josef Gruber hatte ich auch versprochen, dass er endlich meine Frau kennenlernt.

Der Beginn des neuen Kapitels war schon mal nicht so wie geschrieben. Große Tropfen prasselten auf das Autodach. Die Scheibenwischer schafften es gerade noch, die Wassermassen auf die Seite zu schieben. Schweigend saßen wir nebeneinander. Trotz der eindeutig zweideutigen Aufforderung, als sie mir an meinen Schwanz griff, hatte ich Bedenken, dass mir das Ganze entgleiten könnte. Die Zeit zu zweit im Auto wollte ich nutzen, um mit ihr darüber zu sprechen.

„Vivian, wir müssen reden."

Sie schaute mich mit ihren großen, braunen Augen fragend an und tat so, als ob sie nicht wüsste, was ich meinte. Sie machte es mir nicht leicht.

„Du, in der letzten Zeit haben wir einiges erlebt und ich weiß nicht, ob du wirklich das alles... also ich meine ... du weißt schon ...". Verdammt wie leicht war es das Alles zu schreiben und jetzt bringe ich nicht mal einen ganzen Satz heraus. „... ich meine nur, wenn du etwas nicht ... also nicht machen möchtest, dann..."

Vivi legte mir ihre Hand auf meinen Schoß. Noch immer sah sie mich liebevoll an.

„Das weiß ich, Paul. Ich lese momentan nur ein Buch, ein sehr fantastisch gut geschriebenes Buch. Und wenn es mir nicht mehr gefällt, dann lese ich es nicht bis zum Schluss. Aber momentan finde ich es sehr spannend. Und das letzte Kapitel ist ja nicht in Stein gemeißelt. Ich denke, der Herr in der Geschichte wird schon wissen, was seiner Lady guttut."

Sie lächelte mich an, bevor sie wieder ihren Blick abwandte, auf die Wischer, die sich auf den Weg über die Scheibe machten.

Endlich erreichten wir unser Ziel. Wir hatten nur mehr über Belangloses aus dem Alltag gesprochen. Leon hatte von seinem Urlaub mit den Großeltern ein paar Bilder geschickt gehabt. Wir freuten uns, dass er diesen Sommer so unbeschwert genoss. Mit keinem Wort erwähnten wir aber unsere Abenteuer. Die letzten Kilometer schwiegen wir. In meinen Gedanken kam ich mir selbst als Leser des Buches vor, der die beiden jetzt in das nächste Kapitel begleitete.

Beim Aussteigen hatten wir Glück. Es tröpfelte nur mehr leicht vom Himmel. Vivi wartete brav im Wagen, bis ich ihr die Autotür öffnete. Mit Genuss beobachtete ich, als sie ihre langen Beine auf die Straße setzte. Der kurze Mantel verbarg nicht viel, aber doch genug, dass ich nicht wusste, wie es darunter aussah. Arm in Arm machten wir uns auf dem Weg zum Club. Es war erfrischend ein paar Schritte nach der Autofahrt zu gehen.

Das Warten auf Einlass kam mir wie eine Ewigkeit vor, nachdem ich geklingelt hatte. Wir standen auch nicht alleine da, sondern auch zwei Männer warteten darauf, reinzukommen. Ungeniert musterten sie Vivi von hinten. Instinktiv wanderte meine Hand auf ihren Hintern, um meine Besitzansprüche aufzuzeigen. Vivian blickte mich strafend an, doch es hielt mich nicht davon ab, auch noch daran zu reiben.

Kein kesses Weib öffnete uns die Türe, sondern nur ein kurzer Piep des automatischen Türöffners. Wieder nicht ins Schwarze getroffen. Meine Bedenken, dass ich den Club vorab nicht besucht hatte, kamen wieder auf. Nur im Internet zu recherchieren war wohl doch zu wenig. Ein paar Stufen hinunter wurden wir aber erwartet. Eine vollbusige Blondine in Leggings und ebenso engen Shirt begrüßte uns. Seit den Fotos auf der Homepage hatte sie sicher ein paar Kilo zugelegt, war aber trotzdem noch immer ein Blickfang.

Mit einem „Schönen Abend" überreichte sie uns zwei Handtücher und Spindschlüssel.

„Ihr seid das erste Mal bei uns?"

„Ja und überhaupt in so einem Club?" Ich hätte mich ohrfeigen können – in so einem Club – was musste sie sich denken, wenn ich so abwertend darüber redete. Sie ignorierte es und ordnete es wahrscheinlich meiner Nervosität zu. Diese sollte sie, aber vor allem auch Vivi, nicht spüren.

„Zieht euch mal um.", und deutete zur Garderobe. „Ich führe euch dann herum und erkläre euch alles." Schon war sie auch wieder verschwunden.

Schuhe, Socken, Jeans, Hemd ausgezogen und schon stand ich in enger, schwarzer Panty in Lederimitat fertig da. Auch Vivi hatte sich umgezogen. Verlegen stand sie noch hinter der Spindtüre.

„Willst du wieder gehen?", fragte ich sie.

Es kam keine Antwort, also deutete ich es als ein Nein.

„Dann komm mal her.", sagte ich.

Sie trat hervor. Etwas verlegen stand sie vor mir, in voller Pracht. In meinen geilsten Träumen hätte ich es mir nicht so vorstellen können. Durch die Strümpfe, die mit dem kurzen Minikleid verbunden waren, wirkten ihre Beine noch länger. Ihre Nippel konnte man durch den feinen Stoff erahnen und zum Hals führte ein Riemen zum Halsband. Mir blieb der Mund offen stehen.

„Findest du nicht, dass ich es etwas zu ... zu ...", versuchte sie, zu fragen. Nun war ihre Selbstsicherheit dahin.

„Zu toll? Zu hübsch? Zu sexy?", ergänzte ich ihren Satz. „Nur nackt bist du noch schöner."

„Danke."

Etwas erleichtert hauchte sie mir einen Kuss auf die Lippen, während ihre harten Nippel sich an meinen nackten Oberkörper drückten. Mit einem leichten Klaps auf ihren Po,

136

den sie mit einem quietschenden „Oohh" quittierte, deutete ich ihr an, sich in Bewegung zu setzen. Den Barraum betrat ich aber als Erster, wie es sich für einen Gentleman gehört. Was bei mir ein kurzes Aufblicken und gerade mal einem Nicken erzeugte, war bei Vivi schon ganz anders. Ein leises Raunen ging durch die Runde.

Die Empfangsdame kam uns schon entgegen.

„Wollt ihr zuerst was trinken oder gleich die Führung?"

Wir entschlossen uns für die Drinks.

Eine Sitzbank in einer Ecke war noch leer und die nahmen wir gleich in Beschlag. Die Theke war hauptsächlich von alleinstehenden Männern besetzt. Zum Großteil saßen sie vereinzelt auf den Hockern. Zwei, unterhaltende Männer lehnten mit dem Rücken an dem Tresen und hatten somit freien Blick auf den Raum und somit auch auf uns.

Lediglich zwei Paare waren noch anwesend. Ein Paar war sicher schon an die sechzig. In ihrem Gesichtsausdruck war aber nur Langeweile zu erkennen. Fast synchron griffen sie zu ihrem Glas und tranken einen Schluck. Anscheinend waren sie schon zu lange ein Paar und auch zu oft in solchen Clubs. Keine Spur von Erotik war bei ihnen zu spüren, auch wenn sie sich in teure Lack- und Lederkluft geworfen hatten. Das andere Paar, sicher nicht älter als dreißig, wirkten wiederum jung und verliebt. Sie knutschten in ihrer Sitzecke wild herum. Ihre Zunge war so tief in seinem Mund, wie seine Hand unter ihrem Rock. Dass ihr Oberteil bereits verrutscht war und ihren Busen zeigte, störte sie nicht.

„Auf einen schönen Abend", prosteten Vivi und ich uns zu, nachdem unsere Drinks gekommen waren. Noch saß sie vornübergebeugt und hatte ihre Hände auf ihre Knie gestützt. Sie fühlte sich anscheinend nicht so wohl ihn ihrem sexy Outfit. Jetzt lag es an mir, ihr die Hemmungen zu nehmen. Ich hauchte ihr einen Schmatz ins Ohr und flüsterte ihr zu: „Mach deine Augen zu und lehne dich gemütlich zurück."

Sie sah mich noch kurz an, bevor sie tat, was ich sagte. Sie stellte ihr Weinglas auf den kleinen Tisch vor uns, schloss die Augen und lehnte sich mit verschränkten Armen zurück. Diese nahm ich aber und führte sie auf ihre Oberschenkel.

„Entspann dich."

Mit einem leichten Seufzer atmete sie aus. Ich legte meine Hand auf ihren Bauch. Der Stoff fühlte sich weich an. Ich konnte fast ihre Haut darunter fühlen. Meine Finger glitten hinauf, auf ihre Brüste, bis sie ihren Nippel erreicht hatten. Leicht zwirbelte ich daran. Wie wenn sie wirklich die Welt um sich vergessen hätte, lag sie vor mir und auch den anderen Besuchern des Clubs. Ich merkte, dass es den Herrn nicht entgangen war und unser Vorspiel interessant fanden. Meine Finger wanderten wieder runter, bis zu ihrem Venushügel.

„Kannst du dich erinnern, was als Nächstes im Buch verlangt wurde?"

Langsam glitten ihre Beine auseinander. Ich griff zum Saum des Kleides und zog es Zentimeter für Zentimeter hinauf. Schon waren meine Finger über den Bauch an ihre Klitoris gewandert und begannen den kleinen Punkt zu massieren. Mit noch geschlossenen Augen, meinte sie:

„Das steht aber nicht so in meinem Roman."

„Man muss manchmal eben etwas improvisieren, mein Schatz."

Mit einem leichten Grinsen ließ sie es geschehen. Ihr musste aber schon bewusst sein, dass sie ohne Slip, sich soeben nackt zeigte und verwöhnen ließ. Die Beule in meiner Hose war mittlerweile auch nicht mehr zu übersehen. Am liebsten hätte ich sie hier und jetzt gleich genommen. Ich strich über ihre leicht anschwellenden Schamlippen. Leise vor sich hin stöhnend genoss sie meine Streicheleinheiten.

„Willst du wirklich, dass ich hier komme?", sagte sie leise zu mir.

In letzter Zeit hatte ich im großen weiten Netz viel gelesen, auch von Orgasmuskontrolle. Ich zog meine Hand zurück und richtete ihr Kleid zurecht. Erstaunt öffnete sie die Augen.

„Was ist los? Ich dachte…"

„Das Denken überlasse mir. Und ich dachte mir, du brauchst jetzt noch keinen Orgasmus."

Rot wie eine Tomate lief ihr Gesicht an. Ich hatte sie so ruckartig aus ihrer kleinen Sexwelt gerissen, dass ihr jetzt erst bewusst wurde, wie viele Menschen sie beobachtet hatten. Wie im Reflex schlug sie die Beine übereinander und schnappte sich ihr Glas.

„Wen würdest du dir aussuchen, zum Ficken?", kehrte ich wieder in das Drehbuch zurück. Lächelnd blickte sie sich um. Sie wusste ja, dass der Autor in seinem Buch keine Entscheidung traf, auch wenn er es androhte. Somit konnte sie gelassen, keine Antwort geben.

„Gut, dann suche ich jemand aus.", sagte ich und blickte durch die Runde. Das berührte sie überhaupt nicht, im Gegenteil, sie grinste mich an. Ich stand auf. Noch immer war sie sich sicher, dass ich mich gleich wieder hinsetzen würde. Als ich ein paar Schritte wegmachte, dachte Vivi vermutlich noch, ich ging auf die Toilette oder neue Getränke bestellen. Doch zu ihrem Entsetzen ging ich direkt auf einen Mann an einem Stehtisch zu.

„Schatz, darf ich dir vorstellen, Mark. Mark, das ist Vivi. Ich habe ihn gefragt, ob er...".

Ich unterbrach den Satz und bot dem Mann, welcher deutlich jünger war als wir es waren, einen Platz neben Vivi an. Sie wäre am liebsten im Erdboden verschwunden. Nachdem wir uns beide gesetzt hatten, sprach ich weiter.

„Ich habe ihn gefragt, ob er uns nicht ein paar Hintergrundinfos geben kann. Immerhin sind wir ja das erste Mal in einem Swingerclub."

Vivi versuchte, mich mit ihrem Blick zu töten. Ich hatte sie reingelegt. Zwar hatte ich einen Mann angesprochen, aber nicht gefragt, ob er sie ficken möchte. Ihre Erleichterung war fürs Erste zu spüren. Doch sie sollte sich nicht zu früh freuen. Mark bestellte eine frische Runde Wein für uns alle. Bier ginge gar nicht, fand er. Manche Frauen mögen den Geschmack bei den Männern nicht. Das machte ihn schon mal sympathisch. Nicht, dass uns Biergeschmack stören würde, selbst trinke ich auch gerne welches, aber dass er auf die Damen Rücksicht nahm.

„Abgesperrt bedeutet wirklich abgesperrt. Das Paar oder Gruppe möchte dann wirklich unter sich sein. Aber es gibt überhaupt nur das Safarizimmer, das wirklich mit Schlüssel zugesperrt werden kann. In den anderen Räumen gibt es eine Kordel bei der Türe.", erzählte Mark weiter.

„Wenn diese die Türe absperrt, wollen sie keine Mitspieler. Es bedeutet aber nicht, dass man nicht zusehen darf. Hier sammeln sich dann meistens die Singlemänner, um zumindest was zu sehen, wenn sie schon nicht mitmachen dürfen."

Mark hielt nichts davon, entweder - oder, sagte er mit einem Augenzwinkern. Er kommt des öfteren her, alleine wegen der Atmosphäre. Ihm gefiel das Knistern und die Spannung, unter den Besuchern, wo alles und nichts möglich war. Oft kam er auch nur her, um etwas zu trinken.

„Ist das, nur um einen Drink zu nehmen, nicht etwas zu teuer?", warf ich ein. Immerhin bezahlen Singlemänner achtzig Euro Eintritt, im Gegensatz zu Paaren, die gemeinsam nur vierzig Euro bezahlen. Mark grinste.

„Richtig, darum komme ich nicht alleine, sondern mit Begleitung." Wir waren erstaunt, denn wir hatten ihn den ganzen Abend nur alleine gesehen.

„Ich habe eine Partnerin, aber nur für diese Abende.", klärte er uns auf.

„Sie besucht gerne Swingerclubs und tobt sich hier aus, was sie in ihrem Alltag so nicht kann. Doch wenn sie alleine herkommt, fühlt sie sich als Freiwild. Ich bin ihre Anlaufstelle, wenn ein Mann zu lästig wird und sie ihn nicht los wird. Und den Eintritt teilen wir uns dann auf."

Wir fanden das Arrangement echt originell.

„Doch ihr braucht keine Angst zu haben, wegen lästigen Männern. Bei ihr sind es eher die Typen, die sie dann am liebsten nach einem Fick gleich heiraten möchten."

Bei der Vorstellung musste ich laut lachen, bevor ich und auch Vivi seinen Erfahrungen weiterlauschten.

„Es gibt Regeln, an die sich so gut wie alle halten. Ansonsten werden sie hochkant rausgeworfen."

Er legte seine Hand auf Vivis Knie.

„Wenn jemand das macht und ihr wollt das nicht, braucht ihr nur Nein sagen oder einfach die Hand wegschieben."

Ich sah zu Vivi. Sie zeigte keine Reaktion, dass sie die Annäherung nicht wolle.

„Du kannst ...", sprach Mark weiter, während er seine Hand über den Oberschenkel hinaufgleiten ließ, „auch wenn du zuerst nicht abgeneigt warst, jederzeit die Aktion beenden."

Noch immer kein Zeichen von Vivi, dass es sie stören würde, dass ein fremder Mann ihre Schenkel streichelte. Mittlerweile waren seine Finger unter ihrem Kleid, zwischen ihre Beine gewandert.

„Ihr könnt die Grenze festlegen, wann immer und wo immer ihr wollt. Das ist die wichtigste Regel hier.", erklärte Mark trocken weiter. Trocken war es aber zwischen Vivians Beinen nicht, denn zwischenzeitlich hatte er bemerkt, dass sie kein Höschen trug.

Hier im Barraum gibt es auch nichts, was verboten wäre, was in den hinteren Räumen erlaubt ist. Er persönlich, meinte Mark, während er an Vivis Klitoris herumspielte, sehe das hier als großen Vorspielraum. Wir verstanden nun, was er damit meinte. Ich merkte, dass Vivi wieder in ihre erotische Welt abglitt. Zu wissen, was er gerade mit ihr machte und während uns viele Blicke beneideten, törnte mich auch an.

„Manche Frauen brauchen fürs Erste gar nicht mehr. Bei ihnen spielt sich beim Sex viel mehr im Kopf ab.", erklärte mir der Frauenversteher. Wie wahr seine Worte waren. Vivi und ich sahen uns an und mussten beide, bei dem Gedanken über unsere bisherigen Kapitel schmunzeln. Mark wusste nicht, wie schön es sein kann, wenn man die Fantasie dann auch in Realität umsetzte. Für Vivi war es jetzt beides. Sie stöhnte leicht auf. Am liebsten hätte ich sie jetzt am Arm gepackt und nach hinten in irgendein Zimmer gezogen und dann einfach durchgefickt. Doch ich wollte diese erotische Situation nicht zerstören. Ich sah Vivi an, dass sie wieder einer Welle an kleinen Höhepunkten entgegenfieberte. Sie schloss wieder die Augen und drückte meine Finger.

„Wo hast du schon wieder deine Finger stecken?", sagte eine junge Frau, die plötzlich ihre Arme um Vivis und Marks Schulter gelegt hatte. Vivi schrak auf, denn sie hatte sie nicht kommen sehen.

„Darf ich vorstellen, meine kleine Sexbegleitung. Ich weiß gar nicht, wie das kleine Luder heißt.", stellte uns Mark vor oder eigentlich auch nicht. Sie war wirklich klein, sicher keine Ein Meter sechzig groß und wirkte sehr jung. Ich schätzte sie nicht älter Vier- oder fünfundzwanzig.

„Lydia. Hat er schon wieder seine Vorspiel-Raum-Nummer abgezogen?", stellte sie sich jetzt selbst vor und reichte mir die Hand.

„Paul und das ist Vivi.", sagte ich.

Die beiden Frauen nickten sich zu.

„Ja, hat er. Wusste nicht, dass es seine Masche ist.", verriet ich Mark und tat so, als ob ich ihn jetzt durchschaut hatte.

„Hey, du hast mich zum Tisch geholt und mich gebeten, dass ich deine Vivi ficken soll.", verteidigte sich Mark. Vivian riss die Augen und quetschte meine Finger. Ich grinste nur und zuckte entschuldigend mit den Schultern. Was hatte sie sonst geglaubt. Natürlich hatte ich es nicht so direkt gesagt, aber in etwa kam es schon hin.

„Was hockt ihr hier da rum und lasst euch von dem da vollquasseln? Rein ins Getümmel. Aber den da ...", sie deutete auf Mark, „... brauche ich noch. Da ist wieder einer, der mir nicht glauben will, dass ich wirklich einen Freund mithabe." Mark verdrehte die Augen, machte sich aber auf, seiner kleinen Lydia zu Hilfe zu eilen.

„Wir sehen uns aber dann hoffentlich noch.", rief er uns noch zu.

Auf einmal waren wir wieder uns selbst überlassen. Aber die junge Lady hatte uns schon auf den richtigen Weg hingewiesen. Rein ins Getümmel. Ich nahm Vivian an der Hand und führte sie in den dunklen Gang hinein. Jetzt erst sahen wir uns die Räume wirklich an. In der Zwischenzeit hatten sich mehr Gäste eingefunden und nicht nur Männliche. Vom Vogelnest hörten wir Stimmen oder Gestöhne. Wir wollten nicht stören und machten uns weiter auf den Weg. In einem Zimmer tummelten sich zwei Paare, die unter sich bleiben wollten. Die Kordel war vorgehängt. Aus der Felsengrotte hörte man ein heftiges Treiben. Um etwas darin zu sehen, war es zu düster. Wir entdeckten auch die strenge Kammer. Obwohl sie derzeit leer war, wollte ich sie aber auch nicht gleich in Anspruch nehmen. Wobei, gereizt hätte es mich schon, Vivi hier als meine Sub vorzuführen. Endlich entdeckten wir den Raum aus dem Buch. Dieser war aber leider besetzt. Eine Frau mittleren Alters hatte auf dem Gynostuhl Platz genommen. Wie in meiner Geschichte wurde es ihr von mehreren Herren besorgt, nur dass es eben nicht Vivi war. Wir blieben trotzdem an der Tür stehen. Ich rückte ganz nah an Vivi ran, damit sie spüren konnte, wie es mich erregte, diese Szene von hier mitzuerleben. Meine Hände wanderten über ihren Bauch, runter auf ihren Schamhügel und blieben dort liegen.

„Was machen wir jetzt?", fragte ich sie. „Zusehen ist schön, aber nicht befriedigend."

„Ich dachte, Paul wollte seiner Vivi mal zusehen, wenn sie von einem anderen Mann ...", Vivian griff nach hinten zu meinem Ständer und merkte, dass mir diese Gedanken gefielen. Wieder schnappte ich sie und ging mit ihr schnurrstracks zu der Felsengrotte, wo wir vorhin schon vorbeigegangen waren. Bevor wir es uns noch überlegen konnten, zog ich sie hinein.

Der Raum war aus Stoffen in verschiedensten Blautönen ausgestattet. Rundum war eine kleine Mauer aus Fliesen und anderen Steinen aufgebaut. Entweder war es hier extra gekühlt oder wirkte es durch die Ausstattung frischer. Das Licht war wie in einer echten Höhle düster. Trotzdem konnten wir die Körper erkennen, die ineinander verschlungen waren. Wir suchten uns eine freie Ecke auf der Matratze, kuschelten uns aneinander und beobachteten vorerst mal das Geschehen.

Doch lange blieb es nicht so. Bald berührte eine Hand Vivis Fuß und fuhr die Waden hinauf, während ich sie küsste. Im Blickwinkel sah ich wie die Hand nun zu ihrer Vulva griff und ihre Schamlippen auseinander drückte. Sie ließ es geschehen. Die anderen hatten uns nun auch entdeckt. Eine reifere Frau rutschte auf Knien zu mir und zog mir meine Hose aus. Vivi griff nach meinem Schwanz, merkte aber jetzt, dass dieser bereits von dem Mund der anderen in Besitz genommen wurde. Plötzlich wurde Vivi an beiden Beinen von mir weg und in die Mitte des Raums gezogen. Ich konnte ihre Konturen noch erkennen, als ein Mann ihre Beine in die Höhe hob und sie zu lecken begann. Vorsichtig drückte ich die Bläserin von mir weg und rutschte Vivi auf Knien hinterher. Mein Kopf fasste Vivis Gesicht und ich küsste sie wieder, während sie zwischenzeitlich an einen Typ mit durchtrainiertem Körper weitergereicht wurde, der sie bereits fickte. Meine Hände fuhren über ihre Brüste, sie stöhnte auf.

Wieder wurde sie mir entzogen. Der Raum muss riesig sein. Auch die reife, aber sehr attraktive Lady war mir nachgerückt. Sie hatte von hinten jetzt meine Eier in den Mund genommen. Ich konnte Vivi nicht nach. Es war zu geil, was diese Frau mit mir anstellte. Ein anderer weiblicher Kopf mit kurzem Haar war unter meinem Bauch gerutscht. Ich sah nur von der Seite, dass sie ebenfalls gerade von jemand ordentlich gefickt wurde. Diese nahm nun meinen Schwanz in den Mund und ich brauchte mich nur etwas runter senken, damit sie ihn voll aufnahm. Die Andere hinter mir begann nun langsam einen Finger in meinen Arsch zu stecken. Hier wurden also nicht nur die Frauen gefickt, sondern anscheinend auch die Männer. Ich hatte noch keine Erfahrung damit, aber es war wirklich geil. Die Umgebung um mich herum verschwamm. Wie bei einer Orgie zu Römers Zeiten waren die nackten Körper nebeneinander und übereinander verteilt. Man hörte sie nur Stöhnen und Aufschreien, wenn sie kamen.

Ich glaubte jetzt auch Vivi darunter zu hören. Hin und wieder wurde ein Name gerufen, wenn jemand seinen Partner oder seine Partnerin suchte. Manchmal wurde kurz aufgelacht. Ich rollte mich auf die Seite und entzog mich den zwei Frauen. Es war geil, doch nur geblasen zu werden, reichte mir nicht. Ich wollte selbst auch ficken und ich wollte sehen, wie es Vivian ging. Ich tastete mich nach vor und spürte ein weibliches Hinterteil vor mir. Es war nicht Vivi, denn als ich zwischen die Beine griff, spürte ich einen leichten Flaum auf ihrer Scham. Dafür reichte sie mir aber zwischen ihre Beine ein Kondom durch. Ich überlegte nicht lange, streifte es über und vögelte sie von hinten. Sie war mit einem Schwanz vor sich beschäftigt. Doch war sie davon nicht so sehr abgelenkt, dass sie mit ihren Händen nach hinten griff und ihre Arschbacken auseinanderzog. Sie präsentierte mir ihr Poloch und gab mir anscheinend zu verstehen, es zu benutzen. Mein Schwanz war vom Kondom und ihrem Muschisaft nass genug. Ich zog ihn raus und setzte bei ihrem Anus an. Zuerst nur die Spitze ganz zaghaft. Immerhin war es mein erstes Mal. Langsam glitt ich in ihr Hintertürchen. Sie war entspannt genug und umschlang mich mit ihrem Schließmuskel fest. Ich fickte sie nun, wer es auch immer war, in den Arsch. Anscheinend gefiel es ihr, denn sie hörte auf, den Schwanz zu lutschen und konzentrierte sich voll auf uns zwei. Das, was mir Vivi bisher verwehrt hatte, erlebte ich nun. Kleine Schuldgefühle kamen auf, doch nur ganz kurz. Zu geil war es und außerdem vögelte sich Vivi auch gerade durch diese Höhle. Wie ich in meiner eigenen Literatur schon gelernt hatte, griff ich um sie und streichelte ihren Kitzler. Sie war klitschnass, so dass sie meine Finger gleich in ihrer Möse aufnahm. Ich konnte meinen eigenen Schwanz dabei spüren. Nun war sie es, die laut aufschrie und kam. Für mich war es auch ein Zeichen der Erlösung und ich spritzte zeitgleich mit ihr in ihrem Arsch ab. Vorsichtig zog ich mich zurück und rollte mich an die nächste Seitenwand. Ich brauchte jetzt mal eine Pause.

Vivi hatte ich komplett vergessen. Ich blickte mich kurz um, konnte sie aber nirgends entdecken. Nach ein paar Minuten robbte ich ein Stück weiter. Noch immer nahm das Treiben hier drin kein Ende.

„HAHAHA", hörte ich plötzlich ein Auflachen, das mir bekannt vorkam. So konnte nur einer lachen.

„Die Kleine hat echt was drauf. Bin schon der Dritte, den sie packt.", gefolgt von einem Klatschen, vermutlich ein Schlag auf ein Hinterteil. Jetzt war ich mir sicher, wem die Stimme gehörte. Ich robbte weiter, bis ich die Konturen erkennen konnte.

Josef Gruber vögelte gerade meine Frau!

Er drehte sie gerade auf den Rücken, nachdem er ihr noch einen Klaps auf den Hintern verpasst hatte. Und schon stieß er den Schwanz wieder in sie rein. Vivi japste nach Luft und rief plötzlich: „Oh ja, jaaa, gibs mir. Jaaa, ich komme gleich." Angetan und entsetzt, geil und erschrocken sah ich, was sich vor mir abspielte. Da rammelte ihr ein anderer noch seinen Schwanz in den Mund, den sie willig aufnahm. Es dauerte nicht lange, dass er abspritzte und seinen Saft in ihrem Mund und auf ihrem Gesicht verteilte. Gruber entging das nicht. Er lachte wieder.

„Schau her Burschi, da braucht man Ausdauer bei so einem geilen Prachtstück.", und rammelte, was das Zeug hergab. Ich hätte ihm nicht so eine Kondition zugetraut und außerdem wirkte seine stämmige Statur hier gar nicht so klobig, wie ich eigentlich gedacht hätte. Doch entsetzt war ich von mir. Mittlerweile hatte ich wieder eine ordentliche Latte und das, obwohl meine Frau, von meinem zukünftigen Geschäftspartner hier der Leib aus der Seele gebumst wurde. Nun fieberte sie dem Orgasmus entgegen. Sie zitterte fast am ganzen Leib, so heftig kam sie. Ich überlegte, ob ich sie jemals so zum Höhepunkt gebracht hatte. Doch die Erklärung für mich war, dass es um das ganze Drumherum ankam. Er war auf jeden Fall Gentleman genug, um zu erkennen, wann es für sie genug war. Er zog seinen Schwanz aus Vivi und suchte sich ein neues Opfer. Ich kroch schnell in eine Ecke, Richtung Ausgang und hoffte, dass er nicht so bald rauskam. Dafür kam Vivian auf mich zu. Sie hatte sich mit ein paar Taschentüchern sauber gemacht und war froh, mich gefunden zu haben.

„Wo warst du?", fragte sie mich, vorwurfsvoll und entschuldigend zugleich.

„Komm, lass uns gehen.", sagte ich.

Sie sah meine Erektion.

„Willst du nicht noch etwas bleiben?", fragte sie, weil sie vermutete, dass ich bisher keusch in dieser Grotte gesessen war. Ich packte sie aber an der Hand und zog sie raus. Vivian war erstaunt, als ich dann auch schon den Schlüssel für unseren Spind verlangte.

„Willst du nicht noch bleiben?", fragte sie nochmals.

„Nein, wir gehen."

„Aber warum, habe ich was falsch gemacht?"

„Nein, es passt schon. Komm, wir gehen jetzt."

Ich wollte auf keinen Fall Josef Gruber hier über den Weg laufen. Ich konnte ihr aber schwer so einfach erklären, was gerade passiert war.

Als wir gerade in die Garderobe wollten, klopfte mir jemand auf die Schulter. Shit, jetzt hat er uns doch entdeckt, dachte ich mir und drehte mich um. Es war aber nicht Gruber. Mein Herzschlag hatte aber zunächst mal drei Schläge ausgelassen.

„Ihr seid ein interessantes Paar. Wenn ihr einmal Interesse habt, dann meldet euch.", sagte der Unbekannte und hielt mir eine Visitenkarte entgegen. Ich wollte mich nicht länger aufhalten, bedankte mich und schnappte die Karte.

Schweigend zogen wir uns um. Sandra, an der Bar, hatte über unseren plötzlichen Aufbruch auch nicht nachgefragt. Es dürfte öfters vorkommen, dass es bei den Paaren dann doch zur Eifersucht kam.

Ebenso still saßen wir dann im Auto, auf der Fahrt nach Salzburg. Es war mittlerweile stockfinster auf der Straße, dafür aber kein Verkehr. Ich hätte gerne mit Vivian darüber gesprochen, nur wusste ich nicht, wie ich die richtigen Worte fand.

„Wir sollten damit Schluss machen.", sagte ich nach einer Weile. Vivi schwieg, bis sie nach einiger Zeit antwortete.

„Ich dachte, du wolltest, dass ... dass ich mit anderen Männern ..."

„Ja, das schon. Ich weiß aber nicht, ob du das nicht für mich machst. Weil du sonst glaubst, ich liebe dich sonst nicht. Und außerdem ist es zu gefährlich."

Vivi schüttelte den Kopf und blickte in die Nacht, aus dem Fenster.

„Wenn ich es nicht wollte, hätte ich schon das Codewort gesagt. Es ist schon richtig, es ist auch für mich was ... was Neues ... was Unbekanntes. Keine Ahnung, ob wir schon zu weit gegangen sind. Ehrlich, ich weiß es nicht. Irgendwie war ich eine andere, die schlimme Vivi, die kein Schamgefühl hat. Ich glaube aber, dass du eifersüchtig wurdest, weil ich mich so gehen ließ und plötzlich verschwunden war. Aber wieso gefährlich. Sie haben immer ein Kondom benutzt."

„Vivian, ich war sicher nicht eifersüchtig. Im Gegenteil, es war so geil, wie ich es mir vorgestellt hatte. Aber nicht nur deshalb gefährlich."

„Wieso dann gefährlich? Warum sind wir plötzlich weg?"

Ich schluckte, sie musste es erfahren. Immerhin fuhren wir gerade nach Salzburg, um auch gemeinsam mit Gruber essen zu gehen. Ich zögerte noch, bis ich sagte:

„Wir können Leute treffen, die uns kennen. Oder besser gesagt, haben wir schon."

Vivian sah mich jetzt erstaunt mit großen Augen an.

„Das in der Grotte, zuletzt, das war Gruber, Josef Gruber, mein zukünftiger Geschäftspartner."

Vivi bekam große Augen und blickte wieder aus dem Seitenfenster. Sie sagte nichts, kein Wort. Bis sie plötzlich losprustete und sich vor Lachen verschluckte. Sie lachte lauthals raus, bis sie sagte:

„Ich habe gerade mit Herrn Gruber gevögelt, deinen Herrn Gruber?"

Wieder kam ein Lachanfall.

„Ich dachte immer, das ist ein alter, fetter Kerl. Dabei bumst er echt gut und sieht ja nicht mal so schlecht aus."

Ihr Lachen war nicht mehr zu halten.

Mit dieser Reaktion hätte ich nicht gerechnet. Ich hatte schon nach der nächsten Ausfahrt Ausschau gehalten, weil ich dachte, ich muss umkehren. Stattdessen amüsierte sie sich köstlich über die peinliche Situation. Da soll mal wer die Frauen verstehen, dachte ich mir, während ich wartete, bis sie sich beruhigte.

„Was machen wir jetzt?", fragte sie mich, nachdem sie sich wieder gefangen hatte. Ich zuckte zuerst mit den Schultern.

„Es war so dämmrig da drin. Wenn du vor ihm nicht gerade einen Orgasmus bekommst oder dein Muttermal am Steißbein zeigst, wird er dich schon nicht erkennen.", gab ich jetzt, halb im Scherz, von mir.

Wieder zuhause angekommen, kuschelte sich Vivian im Bett an mich.

„Siehst du, alles gut gegangen.", sagte sie zu mir.

„Ja, aber auch nur, weil du so gut reagiert hast, als Gruber dein Gesicht bekannt vorkam. Dass er bei euch im Hotel mal abgestiegen war, war ja durchaus möglich. Und so eine hübsche Rezeptionistin vergisst man nicht so schnell."

Ich legte den Arm um sie und drückte sie an mich.

„Ich glaube eher, du hast ihm den Wind aus den Segeln genommen. Dass du dich getraut hast, ihn so darauf anzusprechen. Auf die Idee wäre ich nie gekommen."

„Unser Glück war, dass diesmal beim Essen seine Frau mit dabei war. Da war er direkt handzahm, auch mit seinen ordinären Witzen. Es war aber schon etwas riskant, als ich einfach sagte, vom Swingerclub werden sie meine Mutti ja nicht kennen."

Ich musste direkt grinsen, als ich seinen Gesichtsausdruck denken musste. Die Anspielung war eigentlich auf einen seiner schlechten Witze vor einiger Zeit gemünzt. Nachdem wir aber wussten, wo er sich wirklich rumtreibt, er aber nicht wusste, dass wir es wussten, wollte er sicher nicht genauer auf das Thema eingehen.

„Müssen wir morgen wirklich schon wieder arbeiten gehen?", fragte Vivian wehmütig nach diesem aufregenden Wochenende.

„Wir können ja den Sonntagabend ja noch romantisch ausklingen lassen.", das romantisch setzte ich mit meinen Händen unter Hochkomma, „immerhin hatten wir beide dieses Wochenende gar keinen Sex.", sagte ich so beiläufig wie möglich. Vivi sah mich mit großen Augen an, als wollte sie mir sagen, hast du schon alles vergessen?

„Ich meinte wir beide, wir zwei gemeinsam.", erklärte ich und deutete auf sie und mich. Und das stimmte auch, wir hatten Sex, aber nicht miteinander.

„Du bist ein Scheusal ...", gab sie schnippisch zurück, „... aber Vivi dürfte trotzdem recht befriedigt gewesen sein, wenn ich mich recht erinnere. Ihr dürfte es gefallen, wie sie die anderen Herren ..." , bevor sie den Satz beendete, sah sie mir tief in die Augen, „... durchgefickt haben."

Ich wollte schon was kontern, als sie mich in die Brustwarze zwickte und fortsetzte: „Dann muss der HERR...", was sie extrem betonte, „... der Herr Autor beim nächsten Kapitel darauf achten, dass er auch auf seine Kosten kommt. Muss er sich eben etwas mehr bemühen, beim Schreiben."

Sie drehte sich auf die Seite, während sie sprach.

„Immerhin haben wir nur mehr gute zwei Wochen, bis Leon wieder nach Hause kommt.", murmelte sie noch, bevor sie einschlief.

„Können Sie mir näher erklären, wie die ... äh ... Veranstaltung bei Ihnen abläuft?" ...

„Ok, Veronika. Mein Name ist Paul." Per Du war es jetzt sicher leichter, über die Sache zu reden, dachte ich mir. „Kannst du mir einiges erklären, wie das so abläuft."

...

„ Ja richtig, wir nehmen das erste Mal teil." Ich lauschte wieder am Hörer. Am Schreibtisch lag mein Besprechungsbuch und ich machte mir nebenbei Notizen, um ja nichts zu vergessen.

„Das heißt, wir können vorbeikommen und es uns einmal ansehen."

...

„Aso, bis zur Ziehung muss man sich entscheiden. Dann gibt es kein Zurück mehr?"

...

„Und wenn die äh … Chemie überhaupt nicht passt?" … Ich lauschte wieder.

„Wann findet das nächste Treffen statt?" … „Freitag? Das ist ja schon in vier Tagen." … „Oder dann erst wieder in zwei Monaten. Aha."

„Und können Sie – äh – du mir ein bisschen mehr erzählen, wie die Ziehung abläuft?"

Veronika hatte eine sehr sympathische Stimme. Ich schätzte sie nicht älter als fünfunddreißig. Ich musste ihr auch nochmals erklären, dass ich von der Veranstaltung durch Karin erfahren hatte. Dass ich unsere Bekanntschaft aus dem Stundenhotel als Referenz angeben konnte, war sicherlich kein Nachteil. Als ich ihr dann noch von unserem letzten Erlebnis im Swingerclub in Kurzform erzählte, und deshalb meine Frau und ich lieber eine geschlossene Veranstaltung besuchen wollen, lachte sie darüber und ich hatte sie endgültig davon überzeugt, dass wir ernsthaft an der Teilnahme interessiert waren.

Sie schilderte mir ausführlich, was uns erwarten kann. Natürlich gab es kein hundertprozentiges Schema an solchen Abenden.

Vier Tage waren seit unserer ersten Swinger-Erfahrung vergangen. Gesprochen haben wir im Detail nicht darüber. So wusste Vivian nicht, dass ich mittlerweile das erste Mal eine Frau anal gefickt hatte. Und mein Wunsch, es mit ihr zu erleben, wurde dadurch nur bestärkt. Von Vivian wusste ich auch nicht, wie und von wie vielen Männer sie gevögelt wurde. Es war sicher nicht nur der Gruber. So sollte jeder von uns sein kleines Geheimnis haben. Die Herausforderung, der Autor möge sich mehr bemühen, obwohl sie an dem letzten Abend auf ihre Kosten gekommen war, nahm ich an. Eigenartigerweise sprach sie, wenn eines unserer Abenteuer zur Sprache kam, immer in dritter Person, als ob es sich wirklich um fiktive Figuren eines Romanes handeln würde. War es wirklich möglich, in eine andere Rolle zu schlüpfen? Sein bisheriges Ich komplett zu vergessen und eine andere Person zu sein?

Bevor ich aber mit meinen Gedanken abschweifte, wollte ich lieber an der Geschichte weiter schreiben. Ich öffnete unser geheimes Word-Dokument. Nach dem Gespräch mit Veronika hatte ich genug Hintergrundinformationen dafür.

Überraschend trat aber Tom in mein Büro. Am liebsten hätte ich ihn wieder rausgeschickt, doch er wirkte so bedrückt, dass ich mal fragte, was los war. Mit gesenktem Kopf setzte er sich auf meine Nachdenk-Couch und murmelte etwas vor sich hin, wie, ihr habt es ja gut. Mit der Zeit bekam ich raus, dass er am Wochenende ein Date hatte, was wieder mal voll in die Hosen gegangen war. Sie hatten sich schon einige Male getroffen und sehr gut bisher verstanden. Doch als er sich bei ihr verabschiedete, nachdem er sie nach Hause begleitet hatte, war sie irgendwie eingeschnappt. Als ich Tom fragte, ob er nicht gefragt hatte, ob er noch auf einen Kaffee mit raufkommen dürfe, schüttelte er den Kopf.

„Du weißt ja, ich trinke keinen Kaffee." Jetzt schüttelte ich nur mehr den Kopf und setzte mich zu ihm rüber.

„Sie wollte sicher auch keinen Kaffee, aber sie wollte, dass du ... du weißt schon."

„Aber wir kennen uns doch erst seit einem Monat?", meinte er, als ob er erst fünfzehn wäre.

„Tom, du gehst jetzt in dein Büro. Du schreibst ihr ein E-Mail. Du schreibst ihr, dass es dir wegen letztens leid tut und du sie eigentlich sehr begehrst. Du schreibst ihr, wie gerne du sie geküsst hättest, aber dich nur nicht getraut hast. Kocht sie gerne?"

Tom nickte.

„Dann schreibst du ihr, dass ihr euch beim nächsten Date bei ihr trefft und sie was Leckeres kochen soll, und du bringst eine gute Flasche Wein mit. Und natürlich Blumen. Ich meine, die Blumen bringst du mit, das schreibst du natürlich nicht ins E-Mail. Und dann schickst du ihr noch eine Million Küsse oder so. Verstanden?"

Er sah mich wie einen Außerirdischen an.

„Das kann ich doch nicht schreiben, mich einfach so bei ihr einladen und dann auch noch mit dem Küssen..."

„Tom glaube mir, sie wird sich über die Nachricht freuen und gerne für dich kochen. Und was man sonst alles schreiben kann, was dann vielleicht wirklich geschieht, das kannst du dir gar nicht vorstellen."

Meine Gedanken waren natürlich schon wieder bei meinen Geschichten, die immer wieder zum Leben erwachten.

Ich führte ihn zur Bürotür und sagte ihm eindringlich, dass er jetzt gleich, das Mail schreiben soll.

Keine Ahnung, was in mich gefahren war. Ich hoffte im Nachhinein, dass es ein guter Rat war. Doch manchmal muss man die Leute zu ihrem Glück zwingen und das wollte ich jetzt auch tun, indem ich das nächste Kapitel schrieb.

Sex Richtige

Das Paar wurde in der riesigen Empfangshalle der Villa willkommen geheißen. Für das Event war elegante Abendkleidung erwünscht. Der dunkelblaue Anzug entsprach dem sicher. Vivis kleines Schwarzes war jedoch mehr sexy als elegant. Besonders wenn man wusste, dass sie keine Unterwäsche darunter trug, was Paul schon unterwegs gecheckt hatte, ob es wirklich so war.

Veronika, die Dame des Hauses begrüßte sie mit Küsschen auf die Wange. Die Sporttasche, die Paul mit hatte, wurde ihm von einem Dienstmädchen abgenommen. Mitten in der Halle stand ein antikes Tischen und darauf eine Glasschüssel. Hier warf er seinen Autoschlüssel, mit dem V-Anhänger hinein. Diesen Schlüsselanhänger hatte er von seiner Frau geschenkt bekommen. Das Victory-Zeichen stand für den Sieg, in dem sie ihn erobert hatte, hatte sie damals gesagt. Für ihn stand der Buchstabe für ihren Namen und sie, somit für immer zu ihm gehörte.

Sie wurden in den großen Saal weitergeführt. Fünf Paare waren bisher versammelt. Sie nickten den beiden zur Begrüßung zu. Es dauerte nicht lange, bis es losging. Veronika trat vor, gefolgt von einem Bediensteten, welcher die Schüssel hinter ihr her brachte. Er stellte sie auf einen vorbereiteten Tisch ab. Alle warteten gespannt auf die Eröffnung. Von der Gastgeberin wurde die erste Dame zu sich gebeten. Sie war gut aussehend, zierlich und im besten Alter. Bei jedem Schritt schimmerten die halterlosen Strümpfe hervor, welche sie unter dem schwarzen Abendkleid trug. Stellvertretend für die Hausdame zog ein Dienstmädchen einen Schlüssel. Damit sollte verhindert werden, dass die Ziehung manipuliert wurde. Das junge Ding übergab den BMW-Schlüssel an Veronika, die ihn in die Höhe hielt. Der Besitzer, ein athletischer Typ, meldete sich mit Handzeichen. Die Lady im Abendkleid ging zu ihm rüber und stellte sich zu ihrem Partner für diesen Abend.

Damit war auch Vivi klar, um welche Veranstaltung es sich hier handelte. Es war eine Damenwahl, jedoch nicht zum Tanz, sondern zum Partnertausch. Die weiblichen Gäste durften nicht selbst wählen. Sie wurden den Besitzern der Autoschlüssel zugewiesen.

Die nächste Dame wurde zu Veronika gebeten. Das Dienstmädchen zog wieder einen Schlüssel. Die Wahl fiel auf die Begleitung der vorhergehenden Lady. Durch sein graues Haar wirkte er älter, als er war. Sein Blick zeigte, dass er zufrieden war. Es war eine gute Abwechslung, denn die Frau, die sich jetzt zu ihm gesellte, war vollbusig, was sie gut zur Schau stellte. Sie begrüßten sich durch Zunicken. Vivi war die Nächste, die nach vor gebeten wurde. Langsamen Schrittes, unter Beobachtung der anderen Männer, machte sie sich auf den Weg. Der dritte Schlüssel wurde gezogen und vorgezeigt. Eine Hand reckte gierig nach oben. Der Gentleman konnte seine Freude über die Entscheidung nicht unterdrücken. Er war im eleganten Smoking gekommen, der seine Fülle nicht kaschieren konnte. Er war gepflegt, ein paar Jahre älter als Vivian, hatte jedoch den Sport in der letzten Zeit vernachlässigt. Vivi gesellte sich zu ihm und sie begrüßten sich ebenfalls mit einem Zunicken.

Nun kam die Attraktion des Events, so empfand es zumindest Paul. Sie war die attraktivste Frau, Vivi natürlich ausgenommen. In ihrem goldenen, kurzen Kleid glänzte sie mit ihrem blonden, langen Haar wie ein Engel in diesem Raum. Sie ging nicht nach vor, sie schwebte, so kam es ihm vor. Sie war sicher an die ein Meter achtzig groß. Zwei Drittel ihrer Größe nahmen alleine ihre Beine ein. Sie überragte die meisten Gäste. Paul war ein Stück größer, trotzdem streckte er seinen Oberkörper durch, wie ein Pfau, der sein Rad spannte. In ihren Highheels konnte sie ihm in Augenhöhe anlächeln, als sie an ihm vorbei schritt. Gespannt warteten alle, welcher der verbliebenen Schlüssel das Glück hatte. Es war ein Porsche und ein Raunen ging durch die Runde.

Es stellte sich aber heraus, diese Luxuskutsche gehörte ihrer Begleitung. Ein ebenso attraktiver Mann, der gut zu Frau und Fahrzeug passte. Doch der eigene Herr war an diesem Abend nicht erlaubt. Das Dienstmädchen legte den Schlüssel auf die

Seite. In der nächsten Runde wird er wieder reingeworfen. Wieder wurde gezogen. Das Automodell war diesmal nicht so luxuriös. Es war ein Volkswagen. Die meisten vermuteten, dass das „V" am Anhänger auch für die Marke stand. Nur Paul wusste, dass es nicht so war. Er gab sich zu erkennen und spürte den Neid der anderen männlichen Gäste. Elegant wie sie hingegangen war, schritt sie wieder in die Runde zurück und stellte sich neben Paul. Sie lächelte ihm zu und hauchte ein Küsschen in die Luft. Er quittierte es mit einem Zwinkern. Sie waren beide über die Zulosung zufrieden. Die letzten Paarkonstellationen wurden getroffen.

Veronika erklärte allen, vor allem denjenigen, die das erste Mal mit dabei waren, wie sie sich in den Räumlichkeiten zurechtfinden und verteilen konnten. Es gab genügend Räume mit den unterschiedlichsten Ausstattungen. Ebenso gab es ausreichend Waschräume für danach. Die Zeit wurde auf maximal ein bis eineinhalb Stunden beschränkt. Anschließend treffen sich alle im Speisesaal wieder, wo zwischenzeitlich das Buffet aufgebaut wird.

Die durch Zufall getroffenen Paarungen verteilten sich über den Flur in den verschiedenen Zimmern. Paul sah Vivi mit ihrem Partner auf Zeit vor sich gehen. Dieser hatte bereits gierig seine Hand auf ihren Hintern gelegt. Paul war hier galanter und bot seiner neuen Begleitung den Arm an. Sie gaben ein schönes Paar ab, fand er. Die ersten beiden Räume waren belegt. Mit belanglosem Smalltalk spazierten sie weiter in den zweiten Stock der Villa. Als sie eine Türe öffneten und hinein blickten, waren sie erstaunt. Es war eine wahre Liebeshöhle. Die anderen würden es sicher bereuen, dass sie gleich in die erstbesten Räumlichkeiten gestürmt waren. Ein riesiges Messingbett stand in der Mitte des Zimmers. Accessoires lagen auf dem Nachtkästchen bereit. Handschellen, Seidentücher, Dildos in verschiedenen Größen und vieles mehr gab es zur Auswahl. In einer Ecke baumelte eine Liebesschaukel von der Decke.

Paul ging einiges durch den Kopf. Es war für ihn eine ungewohnte Situation. Und für Vivi ebenso. Seine Gedanken schweiften etwas ab. Bevor er aber ins Grübeln kommen konnte, ergriff seine Dame die Initiative.

Sie öffnete ihr goldenes Kleid und es glitt über ihren Körper zu Boden. Mit einer tadellosen Figur stand sie nackt vor ihm. Nachdem er sie ausgiebig begutachten durfte, trat sie auf ihn zu und öffnete ihm sein Hemd, langsam einen Knopf nach dem anderen. Ihre Finger glitten unter den Stoff und streichelten seine Brust. Seine Hände legte er auf ihre Hüfte. Schon rutschte seine Anzugshose über die Beine. Sie drehte sich um und rieb ihren Arsch an seiner Short, die er noch anhatte. Aber nicht mehr lange. Mit einem Ruck zog er sie runter. Sein Schwanz stand wie eine Eins und suchte sich sofort seinen Weg zu ihrer Arschritze.

Nach dem kurzen Vorspiel wandte sie sich von ihm ab und ging langsamen Schrittes zum Messingbett. Sie legte sich auf das Bett, griff nach den Handschellen und hielt sie Paul demonstrativ hin.

Von jetzt an sollte er die Initiative ergreifen. Dies ließ er sich nicht zweimal sagen. Er griff nach den Fesseln und fixierte ihre Hände an den Metallstreben des Bettes. Sie war ihm wehrlos ausgeliefert. Angst hatte sie keine. Im Gegenteil, sie spreizte ihre Beine und zeigte ihm, wie nass sie war. Er nutzte aber die Gelegenheit nicht sofort. Sein Blick wanderte zu den Spielsachen, bis er entdeckte, was er gesucht hatte. Es war ein Plug für ihren Arsch. Diesen hielt er ihr vors Gesicht. Genüsslich nahm sie ihn mit dem Mund auf und lutschte daran. Ein Zeichen ihres Einverständnisses und somit war er auch richtig angefeuchtet. Mit einem Plopp zog Paul ihn wieder heraus und machte sich an ihrer Rosette damit zu schaffen. Bereitwillig beugte sie die Beine in die Höhe. Sie war bereit und mit leichtem Druck flutschte das Gummiding in ihren Arsch. Ein leises Aufstöhnen war zu hören. Seine Hände strichen über ihre Hüften, den Bauch, zu den Brüsten. Er streichelte ihren Busen und zwirbelte an den Knospen. Damit hatte er eine weitere erogene Zone von ihr entdeckt. Sein Mund wanderte zu ihren Schenkeln. An der Innenseite erzitterte sie. Er näherte sich ihrer Vulva. Die Zunge glitt genüsslich über ihren glatt rasierten Schamhügel. Als er an ihrer Klitoris angelangt war, setzte er die Zähne an und begann an ihren Lippen zu knabbern. Sie schauderte voll Lust und streckte sich ihm entgegen. Er drückte sie aber mit den

Händen wieder runter. Sie hatte still zu liegen. Noch wollte er mit ihr spielen. Liebend gerne hätte sie nach seinem Schwanz gegriffen, aber durch die Handschellen war sie ihm ausgeliefert. Nach einiger Zeit der lustvollen Qual fuhr seine Zunge weitere über ihre äußeren Schamlippen. Wie elektrisiert zuckte sie auf und erhoffte sich mehr. Paul gefiel es, sie zappeln zu lassen. Sein Mund wanderte wieder über den Bauch und liebkoste ihre Brüste. Ihr Unterkörper bebte. Sie wollte mehr, sie wollte gefickt werden. Paul beendete das erotische Vorspiel und hob ihre langen und schlanken Beine an. Mit den Händen fuhr er hoch, bis zu ihren Kniekehlen. Er konnte seine Augen gar nicht von ihrer Liebesgrotte lassen, die sich so ihm zeigte. Wieder senkte sich nur sein Mund auf ihre Möse. Die Schöne stöhnte auf. Sie krümmte sich unter den Liebkosungen, denen sie ausgeliefert war. Und dann kam sie. Sie kam heftig. Paul hatte ihr den ersten Orgasmus mit seiner Zunge besorgt.

Kurz legte er sich neben sie auf das Bett und streichelte über ihren makellosen Körper, bis sie sich von dem Höhepunkt erholt hatte. Lange durfte sie nicht verschnaufen und wollte sie nicht. Ihre Beine immer noch gespreizt, kniete sich Paul dazwischen und setzte das beste Spielzeug ein, seinen Schwanz. Heftig und und ohne Vorwarnung stieß er in sie hinein, was sie aufstöhnen ließ. Es gab kein Halten mehr. Schmatzend nahm sie seinen Ständer auf, in wilden Stößen fickte er sie. Ihr zweiter Höhepunkt kündigte sich an. Nachdem sie ihm zu verstehen gab, dass sie gleich kommt, steigerte er das Tempo. Ein Aufschrei, und sie kam noch intensiver als zuerst. Bei Paul war es auch so weit. Er zog seinen Schwanz raus und spritzte seinen Saft auf ihre Möse und bis hinauf zu ihren Brüsten.

Sie lagen gut in der Zeit. Eine gemeinsame Dusche ging sich noch aus, bevor sie sich im Speisesaal versammelten. Das heiße Wasser von der Regenwalddusche prasselte von allen Seiten auf sie. Sie seiften sich gegenseitig ein. Das ließ Paul nicht kalt und sein bestes Stück bäumte sich wieder auf. Ohne Rücksicht auf ihre Frisur ging sie auf die Knie und nahm seinen Schwanz in den Mund, während ihr das warme Wasser ins Gesicht spritzte. Entspannt lehnte sich Paul an die Fliesenwand. Einen geileren Blowjob hatte er erst einmal erlebt, im ersten Kapitel seines Buches, als seine Vivi überraschend unter die Decke gekrochen kam. Die Blondine kam hoch zu ihm. Sie küsste ihn. Mit der Hand wichste sie seinen Schwanz, bis er ein weiteres Mal abspritzte.

Nachdem sie sich im Speiseraum versammelt hatten, gesellten sich die Damen wieder zu ihren Herren. Paul empfing voll befriedigt seine Vivian. Er wünschte ihr, dass ihre Zeit genauso geil war, wie bei ihm.

*****

Tom hatte die Mail gesendet, wie ich ihm gesagt hatte. Nachträglich durfte ich es lesen. Sicher hätte ich einiges anders geschrieben. Doch es war ein erster Schritt, den er gesetzt hatte. Und das mit Erfolg. Seine neue Flamme hatte das Angebot angenommen, um für ihn, bei sich zuhause, zu kochen. Einen Tag musste er mit seiner Nervosität durchhalten und dann nicht wieder verbocken. So wie ich es hoffentlich für heute nicht vermassle. Vivian wollte ja, dass ich ein schönes und neues Kapitel liefere, wo auch ich auf meine Kosten komme. Und das hatte ich gemacht. Diesmal hatte ich mich auf das Wesentliche konzentriert. Keine erfundenen Dialoge zwischen uns und keine Gefühlsduselei. Ausgenommen, meine Gelüste mit einer fremden und gutaussehenden Frau. Über das Ambiente wusste ich nicht viel. Ich habe versucht, Informationen von Karin zu bekommen. Sie war aber selbst noch nicht dort gewesen. Ihre Quelle war die Gastgeberin. Mit dieser hatte sie eine Nacht verbracht und dabei hatte sie ihr von diesen Events erzählt.

Dass ich Vivian einen fetten Typ angedichtet hatte und mir die Traumfrau wird sie mit einem Augenzwinkern akzeptieren. Die ausführliche Schilderung des anscheinend besten Sex meines Lebens war hoffentlich nicht zu dick aufgetragen. Ich hoffte, dass Vivi nicht zu eifersüchtig wurde. Aber was solls, wir hatten kreuz und quer gevögelt und ich machte mir Gedanken, ob meine liebe Frau auf eine erfundene Lady eifersüchtig war.

Nun warteten wir auf Einlass, Vivi im kleinen Schwarzen und ich im Anzug mit weißem Hemd, wie es geschrieben stand. Veronika öffnete uns die Eingangstür. Sie war wirklich eine adrette Frau. Das Haus war aber nicht die Villa, wie ich beschrieben hatte. Die Fantasie war da wohl mit mir durchgegangen. Sie führte uns in den Wohn- und Essbereich. Wir gesellten uns zu den bisher angekommenen Paaren. Mit einem unauffälligen Blick erkundete ich die Runde. Meine Traumlady konnte ich nicht finden, dafür aber auch keinen fetten Mann. Glück für Vivi, Pech für mich. Insgeheim musste ich schmunzeln.

Ein Paar kam zu uns rüber. Sie stellten sich als Mike und Sally vor. Ich vermutete, dass es eine Art Künstlernamen waren. Vielleicht wollten sie so anonym bleiben oder es gehörte zu ihrer Art von Rollenspiel. Sie waren etwa in unserem Alter, vielleicht ein paar Jahre jünger. Das lockere drauflos Plaudern von Mike lockerte die Situation. Sally war wohl der ruhige Typ der beiden. Wir erfuhren, dass sie auch das erste Mal hier teilnahmen. Momentan fand ich es schade, weil sie uns über den Ablauf nichts erzählen konnten. Vivian wirkte aber erleichtert. So war sie nicht die einzige Unerfahrene. Während wir plauderten, musterte ich Sally. Für mich war sie eine gute Acht von zehn. Sie war eine Spur kleiner als Vivian. Durch ihr blondes, langes und gelocktes Haar in ihrem weißen transparenten Kleid wirkte sie wie ein Engel, der auf die Erde gekommen war. Mit den Eröffnungsworten wurde ich aber aus meinen Gedanken gerissen.

„Herzlich willkommen.", begrüßte Veronika uns offiziell.

„Bevor wir mit unserem üblichen Schlüsselspiel heute loslegen, gibt es eine Überraschung."

Ein Raunen ging durch die Runde, die jetzt anscheinend komplett war. Es waren sechs Paare und dann noch Veronika und ihr Partner, welcher die weitere Ansprache übernahm.

„Auch von mir ein herzlich willkommen. Wer mich noch nicht kennt, mein Name ist Christian, ihr könnt gerne Chris zu mir sagen. Und ich bin die bessere Hälfte von Veronika."

Die Runde lachte.

„Wie Veronika schon gesagt hat, gibt es eine Überraschung. Um unsere Vereinskasse aufzubessern, wird es eine

Versteigerung geben. Eine amerikanische Versteigerung."
Gespannt hörten wir alle zu.

„Das funktioniert so, wir machen es in zehn Euro Schritten.",
übernahm wieder Veronika. „Jeder oder auch gerne jede, die
das Versteigerungsgut ersteigern möchte, gibt zehn Euro in
den Hut. Der letzte Zehner hat die Versteigerung gewonnen."

„Nur haben wir leider keinen Hut.", bemerkte Chris.
Anscheinend war dies wirklich eine spontane Aktion, die sie
hier starteten. Sie mussten nicht lange auf Unterstützung
warten. Eine Lady aus der Runde öffnete die Träger ihres
Kleides, zog es runter und öffnete ihren BH. Alle lachten, als
sie barbusig nach vor ging und ihren Büstenhalter als
Sammelobjekt zur Verfügung stellte. Und da passte einiges an
Geld hinein. Dankend nahm Chris ihn entgegen.

„Dann möchten wir euch Emma vorstellen."

In dem Moment trat eine Frau ins Zimmer. Auf den ersten
Blick war ich mir nicht sicher, ob sie schon achtzehn war. Sie
war jung und zierlich, ein Lolita-Typ, wer den Film kennt.
Beim Einkauf von Alkohol wurde sie sicher nach ihrem
Ausweis verlangt. Und sie war nackt, bis auf die
Stöckelschuhe.

„Ja, meine Herren, Emma ist volljährig.", setzte Veronika
wieder fort. Sie vermutete wohl, dass auch andere, wie ich so
dachten.

„Emma möchte etwas Besonderes erleben und da kamen wir
auf die Idee mit der Versteigerung. Der Letztbieter bekommt
zu der gelosten Dame Emma mit dazu. Oder wenn eine der
Damen sich mit einem Herren alleine fürchtet, bitte Ladys,
dann einfach mitbieten. Ob eure Männer es aber bezahlen, dass
ihr doppelten Spaß haben werdet ... ja das müsst ihr euch mit
ihnen ausmachen."

„Dann beginnen wir mal.", eröffnete Christian die
Versteigerung und warf zehn Euro ein. Er übergab Emma den
BH, der neben der zarten Frau noch voluminöser wirkte.

„Emma wird jetzt durch die Reihen gehen.", sagte Veronika.
Emma, die noch kein einziges Wort gesprochen hatte, machte
sich auf den Weg. Zögerlich wurden die ersten Zehner
eingeworfen. Trotz dieser illustren Runde wirkten die Männer

doch noch verhalten. War es doch eine Hemmschwelle, hier zu bieten, obwohl die eigene Partnerin daneben stand?

„Ihr dürft sie gerne begutachten und befühlen. Immerhin zahlt ihr dafür.", fuhr die Hausherrin fort, nachdem das Ersteigerungsgut das zweite Mal bei uns vorbeikam. Emma ging weiter zum nächsten Paar. Der Mann neben mir wagte es als Erster und streichelte über ihre kleinen Brüste. Er gab einen fünfzig Euroschein rein und nahm sich das Restgeld raus. Er wird wohl noch mehr einwerfen müssen, um zu gewinnen. Beim nächsten Herrn musste sie sich umdrehen und er begutachtete ihren Po. Sie ging ein paar Schritte weiter. Diesmal fuhr die Hand des Mannes über ihren glatten Venushügel. Genüsslich blieb sie stehen und ließ es geschehen. Ein anderer meinte lachend, das kostet aber jetzt einen Zehner extra. Mit einem Augenzwinkern bezahlte dieser gerne dafür. Emma war wieder bei uns angelangt. Mike warf gleich zwanzig Euro hinein, nachdem er sie kurz zu sich herangezogen hatte. Entweder war er so großzügig oder er hatte das Prinzip dieser Versteigerung nicht verstanden. Ich zückte meine Geldbörse und überbot ihn mit einem weiteren Zehner. Mein Blick wanderte zu Vivi, um zu sehen, wie sie reagierte, wenn ich mitbot. Doch statt eines bösen Blickes griff sie in mein Portemonnaie und zog einen Geldschein heraus. Sie ging einen Schritt auf Emma zu, warf ihn in das BH-Körbchen, streichelte sie sanft über den zierlichen Busen und küsste sie auf den Mund. Der Kuss endete erst, nachdem das Applaudieren der Runde verebbte. Die Versteigerung ging aber weiter und letztendlich waren es weder Vivi noch ich, die den Zuschlag bekamen.

Endlich ging es an die Schlüsselverlosung. Die vollbusige Frau, die ihren Büstenhalter zur Verfügung gestellt hatte, zog den Herrn, der Emma ersteigert hatte. Somit konnte er neben dem zierlichen Körper auch in die Vollen greifen. Vivian war als Zweite dran und zog einen durchschnittlichen Typ, der mir bisher nicht aufgefallen war. Er war gut gekleidet und auf keinen Fall fett. Sie stellte sich zu ihm und nach kurzem Wortwechsel folgten sie wieder der Ziehung. Sally war die Nächste, die nach vorne gebeten wurde. Sie griff in die Schüssel und mein Schlüssel mit dem V-Anhänger kam zum Vorschein. Sie lächelte mich an und kam zu mir. Wir waren wohl beide froh, dass wir uns schon kannten, wenn auch erst kurz. Die restlichen Ziehungen erfolgten, bis Veronika das fröhliche Treiben eröffnete:

„Meine Damen, meine Herren! Ich wünsche euch viel Spaß, wir sehen uns spätestens in neunzig Minuten hier wieder. Wer mehr Hunger und weniger Ausdauer hat, ...“ Die Gäste lachten. „ ...das Buffet wird in einer Stunde bereitstehen. Ach ja und ihr müsst euch nicht wieder vollständig bekleiden. Es soll ja gemütlich weitergehen und es kann ja noch den einen oder anderen Nachschlag geben.“

Vivi und ihr Partner waren so schnell weg, dass ich gar nicht mitbekam, wohin sie verschwunden waren. Sally und ich gingen es ruhiger an. Wir blieben noch und plauderten über die Versteigerung.

„Hätte ich die kleine Emma ersteigern sollen?“, fragte ich. „Dann müsstest du nicht mit mir alleine sein.“ Sally lächelte verlegen.

„Ehrlich gesagt, nein. Ich habe keine Erfahrung mit anderen Frauen.“

„Hatte meine Frau auch nicht ...“ Ich wollte schon von unserem Erlebnis mit Karin erzählen. Aber sicher war jetzt nicht der Moment, um von meiner Frau zu sprechen.

„Wollen wir uns nicht ein ruhigeres Plätzchen suchen?“, schlug ich vor.

Sally nickte und wir machten uns auf den Weg. Leider waren wir spät dran. Die meisten Räume waren belegt und die beschriebene Traumsuite im zweiten Stock gab es nicht. So blieb uns ein kleineres Zimmer. Hübsch eingerichtet, statt dem Himmelbett war es eine aufgeklappte Couch und statt der Liebesschaukel stand ein klappriger Schaukelstuhl in der Ecke. Wir setzten uns beide auf die Bank. Sally ging es wie mir. Keiner wusste, wie wir die Sache angehen sollen.

„Willst du ...“, setzte ich an, bevor ich jedoch aussprechen konnte, fiel sie mir ins Wort.

„Was du willst ... nur in den Mund spritzen ... das mag ich nicht. Wenn das für ich okay ist.“

„Eigentlich wollte ich fragen, ob du etwas trinken möchtest?".

Verlegen nickte sie, weil sie es so direkt raus gesagt hatte. Ich stand auf, ging zur Anrichte und schenkte zwei Gläser Wein ein. Wohlwissend hatten sie die Getränke bereitgestellt.

„Wie hast du es dir denn vorgestellt?", fragte ich sie, während ich ihr ein Glas reichte. Sally zuckte mit den Schultern.

„Wie gefällt es dir denn am besten? Oben? Unten? Französisch?", bohrte ich weiter, diesmal etwas direkter.

„Wie du es willst.", kam nur zurück.

In meiner Geschichte war es so einfach, zur Sache zu kommen. Da hatte alles auf Anhieb gepasst. Die Lady wusste genau, was zu tun war. Sally hingegen war überhaupt nicht selbstbewusst.

„Wie seid ihr auf die Idee gekommen, hierher zu kommen?", fragte ich, um die Stimmung etwas aufzulockern.

„Michi, äh Mike hat die Idee gehabt. Er meinte, unsere Beziehung braucht eine Auffrischung.".

Ich lächelte. Eigentlich war es bei mir und Vivian nicht anders.

„Sind wohl immer die Männer, die solche Ideen haben. So wie ihr eure Namen erfunden habt, so erfinde ich Geschichten."

Sally sah mich mit großen Augen an. Ich erzählte ihr von unserer Buchgeschichte. Sie musste mir aber hoch und heilig versprechen, dass sie es niemand weiter sagt. Noch immer sah sie mich erstaunt an.

„Das ist wirklich wahr? Oder bindest du mir da einen Bären auf?"

„Nein ehrlich, kein Wort gelogen." Sally lachte herzhaft. Ich fühlte, dass sie nicht mehr so angespannt war.

„Ja, ihr Männer. Und deine Frau ... sie macht da wirklich mit?"

„Bisher schon. Wir werden ja sehen, wie es nach dem heutigen Abend weiter geht." Meine Gedanken wanderten wieder zu Vivi und ich überlegte, wie es ihr wohl gerade erging.

„Und du, machst du freiwillig mit?", fragte ich dezent, um mich wieder auf Sally zu konzentrieren.

„Ja schon ... du bist auch ein sehr gut aussehender und netter Mann ...", jetzt bedankte ich mich mit einem Lächeln, „... ich, wenn ich nicht mein ... wie soll sich sagen ... mein Problem hätte."

Wir saßen ein paar Minuten und schwiegen. Bis ich dann nachfragte:

„Welches Problem denn? Wir müssen auch nicht. Es ist auch nett, mich mit dir zu unterhalten. Sie blickte zu Boden und hatte ihre Hände im Schoß gefaltet.

„Ich weiß nicht, wie ich es sagen soll. Es ist nur, Michael weiß schon damit umzugehen, aber es ist bei mir so ... ich komme zu heftig."

Jetzt sah ich sie mit großen Augen an.

„Du hast ein Problem, wenn du kommst? Wahrscheinlich würden achtzig Prozent der Frauen gerne mit dir tauschen. Nämlich alle, die keinen oder schwer einen Orgasmus bekommen."

„Bei mir ist es, dass ich eben alles nass mache, wenn ich komme. So nass, dass man die Matratze trocken legen muss. Nicht immer, aber wenn die richtige Stelle gefunden wird, kann ich es nicht mehr zurückhalten."

In meinen Recherchen hatte ich darüber gelesen. Beim Squirten, wie es heißt, spritzen Frauen heftig ab. Wenn ich es richtig im Kopf hatte, ist die Flüssigkeit umstritten. Es ist kein Urin, sondern eine Scheidenflüssigkeit. Angeblich gibt es eine Technik, wie man fast jede Frau dazu bringen kann. Ich überlegte insgeheim, ob dies ein Kapitel in meinem Buch werden könnte. Ob es bei Vivian auf Kommando und ohne Training funktionieren würde, war ich mir nicht sicher.

Zärtlich nahm ich Sally in den Arm und drückte sie an mich.

„Wir können es ja drauf ankommen lassen. Immerhin müssen wir hier nicht sauber machen."

Mit einer Träne im Auge musste sie lachen. Der Bann war gebrochen. Sie drückte mir einen Kuss auf den Mund und diesen erwiderte ich. Es dauerte nicht lange, bis wir uns gegenseitig ausgezogen hatten. Noch immer alberten wir herum, anstatt ernsthaft miteinander Sex zu haben.

„Auf welchen Knopf muss ich drücken, damit du abspritzt?", fragte ich und drückte abwechselnd auf ihre Brüste, bohrte im Nabel und zwirbelte an ihrem Kitzler.

„So spritze ich nur Tränen vor Lachen.", meinte sie. Dann nahm sie meine Hand und führte sie an ihre Vulva. Langsam führte sie zuerst einen, dann zwei Finger von mir in sie ein.

„Jetzt musst du die Finger krümmen. Wenn du sie hin- und her bewegst, klopfe dann gegen meine Bauchdecke, hier." Sie zeigte mir die Stelle. Langsam versuchte ich, die Technik zu lernen. Ich spielte an ihr herum. Meine Finger glitten heraus und wieder hinein. Ich streichelte ihre Schamlippen, bis ich wieder die beschriebene Stellung einnahm. Sie hatte sich zurückgelehnt und genoss die Spielereien an ihr.

„Wenn du dabei hier gegen die Bauchdecke klopfst ...", erklärte sie mir nochmal. Meine zweite Hand glitt über ihre Brüste zu ihrem Bauch. Bei sachtem Klopfen, das ich steigerte und gleichzeitig die Finger dagegen drückte, bemerkte ich, dass sie darauf reagierte. Trotzdem ging ich es langsam an, ihre Lust zu steigern. Sally atmete intensiver.

„Genug. Hör jetzt auf.", sagte sie und drückte meine Hand weg.

„Warum?" Ihre plötzliche Nüchternheit erstaunte mich.

„Michi mag das nicht, wenn ich alles versaue. Das hat er mir extra vorher noch gesagt."

Was war das für ein Kerl? Fickt gerade wild eine andere Frau und spritzt wahrscheinlich sein Sperma durch die Gegend. Aber seine Freundin darf nicht kommen, weil sonst alles versaut wird. Ich küsste sie auf die Stirn und legte meine Hand auf ihren Schamhügel.

„Ich bin nicht der Michi und auch nicht der Mike. Und ich mag, dass du dich entspannst. Ich möchte es mit dir genießen und erleben, wie du kommst. Und ich möchte deinen Saft dann überall auf meinem Körper haben."

Kurze Stille, bis meine Hände wieder an die nötigen Stellen wanderten. Bald war sie wieder angespannt, doch diesmal vor Lust. Die Technik hatte ich mittlerweile heraus. Es war ein neues Experiment für mich, dass ich sicher nicht ohne eigenen Genuss durchführte. Sally drückte ihren Unterkörper hinunter und dann wieder nach oben. Bis sie plötzlich nach Luft schnappend aufjappste. Sie drückte meine klopfende Hand gegen ihre Bauchdecke und ihre Becken in die Höhe.

Da passierte es. Ein heftiger Strahl spritze aus ihrer Möse. Ihr Becken sank wieder. Nochmal spannte sie an und spritzte ein zweites und ein drittes Mal ab. Schon bildete sich eine Lacke auf dem Boden. Uns war es aber gleichgültig. Wichtig war, dass Sally ihren Höhepunkt genießen konnte.

Sally nahm meine Hand und drückte sie. Etwas verlegen lächelte sie mich an. Für mich war es ein Zeichen der Dankbarkeit. Ich knabberte an ihrem Ohrläppchen und flüsterte ihr ins Ohr:

„Danke, dass ich das erleben durfte."

„Ich danke dir.", sagte sie. Ihr war nicht entgangen, wie geil es mich gemacht hatte. Ihr Mund bewegte sich runter zu meinem Ständer. Ich hielt sie aber davon ab.

„Nein, das muss nicht sein.", sagte ich.

Zu Beginn hatte sie mir ja gleich gesagt, dass sie es nicht mag, wenn ein Mann in ihrem Mund kommt. Und wenn sie jetzt damit anfing, wüsste ich nicht, ob ich mich dann zurückhalten konnte.

„Darf ich dich dann zumindest massieren?"

Damit war ich einverstanden. Ich legte mich auf der aufgeklappten Bank auf den Bauch. Sally nahm ein Handtuch, welches die Gastgeber bereitgelegt hatten, und wischte kurz den Boden auf. Danach kramte sie in ihrer Handtasche und holte zwei Fläschchen hervor. Massageöl und Gleitgel konnte ich lesen. Fragend sah ich sie an. Sie zuckte mit den Schultern.

„Ich konnte ja nicht wissen, dass ich so einen geilen Typ zugelost bekomme. Damit...", sie zeigte zum Gleitgel, „...hätte ich dann nachhelfen können. Und das Öl ist eben so mitgekommen."

Sie war wohl eine Frau, die mit- und weiterdachte. Das gefiel mir. Und ehrlich gesagt, hätte ich sie am Anfang nicht so eingeschätzt.

Zärtlich und doch fest genug massierte sie mir den Rücken, den Nacken, bis hinunter zum Po. Dabei erzählte sie mir, dass sie gelernte Physiotherapeutin ist. Man spürte, dass sie eine Ahnung hatte, was sie tat.

„Dreh dich um.", sagte sie und gab mir einen Klaps auf den Hintern.

„Hey, das Versohlen ist wohl eher die Arbeit des dominanten Herrn."

Beide mussten wir lachen. Sie wusste ja mittlerweile von unseren Rollenspielen aus dem Buch. Sally kniete zwischen meinen gespreizten Beinen und begann den inzwischen entspannten Schwanz ordentlich einzuölen. Es dauerte nicht lange, dass er wieder stramm stand. Es irritierte sie nicht, im Gegenteil. Ihre Finger flutschten über den Schaft und spielten an meinem Eiern herum. Ein Finger glitt weiter zu meiner Po-Ritze und beschäftigte sich damit. Es tat gut. Ich hätte stundenlang so liegen können und doch hätte ich, obwohl es keine heftigen Bewegungen gab, am liebsten abgespritzt.

„Entspann dich.", meinte sie, „Du musst nichts mehr leisten. Du kannst dich voll auf dich konzentrieren."

Dabei führte sie die Hand langsam an meinen öligen Schwanz auf und ab. Die andere Hand spielte weiter am Hintertürchen. Was hatte sie vor? Vor ein paar Wochen wäre das ein absolutes NoGo gewesen. Plötzlich spürte ich einen Finger in meinem Arsch. Es war ein ungewöhnliches, aber auch unbeschreibliches Gefühl. Ihre Wichsbewegungen wurden einen Tick schneller. Dann steckte sie den Finger noch weiter in mich hinein. Oder waren es schon zwei? Ich wusste es nicht. Als ich schon abspritzen wollte, wurde sie wieder langsamer und zog ihre Finger ein Stück zurück. Das Spielchen wiederholte sie. Es war ein ewiges Auf und Ab, dass mich an meine Fantasygeschichte erinnerte. Nur, dass nicht die Traumfrau mit Handschellen mir ausgeliefert war, sondern ich einer unscheinbar wirkenden, jungen Lady. Immer wenn ich dachte, jetzt komme ich, änderte sie das Tempo. Auch musste ich nicht darauf achten, ob meine Partnerin zu einem Höhepunkt kam. Ich lag wirklich da und konzentrierte mich nur auf meinen Körper und den zauberhaften Händen, die ihn verwöhnten. Und dann begann sie heftiger ihre Finger in meinem Arsch hin und her zu bewegen, als wenn sie mich ficken würde. Ob sie meinen Ständer auch noch bearbeitete, wusste ich nicht. Alles verschwamm ineinander. Da gab es für mich kein Halten mehr. Ohne weiteres Zutun ihrerseits begann mein Schwanz zu zucken und ich spritzte meinen Saft auf meinen Bauch, auf ihre Hand, ja sogar bis zu ihren Brüsten.

„Du hast einen schönen Schwanz.", meinte sie. Sie spielte daran ganz vorsichtig herum und vermengte mein Sperma mit dem Massageöl auf meinem Körper. Mein Atem wurde mittlerweile wieder flacher.

„Danke. Danke für das Kompliment und die Massage.", gab ich zurück.

„Und du bist ein Engel. Du siehst nicht nur wie ein Engel aus. Sondern du hast mich soeben in den siebten Himmel gebracht.", sagte ich vielleicht mehr zu mir, als zu Sally.

„Macht es dir nichts aus, dass wir nicht gevögelt haben?", fragte sie entschuldigend. Was musste der Kerl nur mit der Kleinen angestellt haben, dass sie sich wegen allem entschuldigte?

„Sally, das war der tollste Sex, denn ich je erlebt hatte. Und wehe du erzählst das meiner Frau. Und hab mehr Selbstvertrauen. Du bist etwas Besonderes."

„Danke.", sagte sie leise und hauchte mir einen Kuss auf die Wange.

Sally und ich waren die Letzten, die in das Wohnzimmer zurückkamen. Die Zeit war wie im Fluge vergangen. Hatten wir doch vorher lange geplaudert, bis wir zur Sache gekommen waren. Es standen alle Damen in sexy Dessous da.

Alle, bis auf Vivian. Sie war nackt, nur mit den Highheels bekleidet. Vivian flüsterte ihrer Begleitung etwas ins Ohr und kam zu mir rüber. Sally strich mir über die Hand und verabschiedete sich zu ihrem Mike. Die richtigen Paarkonstellationen waren wieder hergestellt.

Es herrschte eine Stille zwischen uns. Was sagt man nach so einer Aktion? Wie war es bei dir? Wurdest du ordentlich durchgefickt? Welche Stellung habt ihr bevorzugt? Wir sagten beide vorab nichts. Wir standen unter all den Paaren, die vor kurzem irgendeine wildfremde Person gevögelt hatten, als wäre es die normalste Sache der Welt. Ich holte uns einen frischen Drink und reichte ihn Vivian.

„Willst du dir was anziehen?", fragte ich sie. Ich wusste nicht, ob sie bewusst nackt da stand. Vielleicht war es ein Spiel zwischen ihr und ihrem Sexpartner, von dem ich nicht wusste.

„Ja bitte. Hast du etwas mit? Ich hatte ganz vergessen, dass ich nichts darunter an hatte. Und mein Kleid ist leider nicht mehr tragbar."

„War er brutal zu dir?", fragte ich sofort nach. In meinen Kopf sah ich plötzlich, wie er ihr das Kleid vom Leib riss und über sie herfiel.

„Nein, nein. Nicht so. Es ist schmutzig und hat Flecken. Wusste nicht, dass alle eine zweite Garnitur mit haben oder zumindest darunter trugen. Jetzt stehe ich alleine nackt da."

„Mir gefällt es. Fehlt nur das Halsband."

Ich strich ihr zärtlich über den Rücken bis zum Ansatz ihrer Po-Ritze. Vivi verdrehte die Augen, musste aber dabei grinsen.

„Ich habe aber mitgedacht. In der Sporttasche ist Reservewäsche. Wir müssen sie nur finden. Ich habe sie irgendwo im Flur stehen lassen."

Wir machten uns auf die Suche und fanden die Tasche im Vorraum unter der Stiege. Ich suchte Slip und BH heraus. Dankbar schlüpfte sie hinein.

„Können wir für heute Schluss machen und gehen?", kam leise von Vivi, während sie den Büstenhalter zuknöpfte.

Ich nickte und fragte nicht nach, warum sie schon gehen möchte. Ich war froh, dass sie diesmal offen sagte, dass sie genug hatte. Jetzt hätte es zwar das Buffet gegeben und wer weiß, welches Spielchen sie für danach vorbereitet hatten. Beide hatten wir aber keinen Appetit, weder auf Essen, noch auf Sex. Wir holten unsere restliche Kleidung, die wir in den Zimmern gelassen hatten. Am Gang trafen wir Veronika, die gerade Tablets für das Buffet nachfüllte.

„Wir wollen uns leider schon verabschieden.", sagte ich zu ihr.

„Schade. Ist alles in Ordnung?", fragte sie besorgt nach.

„Ja, alles ok. Nur fürs erste Mal, denke ich, haben wir genug erlebt."

Verständnisvoll nickte sie und wir verabschiedeten uns mit einem Küsschen auf die Wange. Vivi winkte sie zu, die inzwischen in Jeans und Shirt geschlüpft war und bei der Haustüre auf mich wartete.

Die Arme hinter dem Kopf verschränkt saß ich zuhause im Arbeitszimmer vor dem Notebook. Ich hatte Vivian gesagt, dass einiges an Arbeit liegen geblieben war und ich es vor Montag noch erledigen musste. Eigentlich hatte sie es nicht gern, wenn ich am Wochenende arbeitete. In letzter Zeit tolerierte sie es, weil sie wusste, dass es nicht nur Arbeit, sondern auch Vergnügen war. Zumeist gab es dann ein neues Kapitel zu lesen.

So wäre es jetzt auch geplant gewesen. Nach getaner, gemeinsamer Hausarbeit hatte ich mich in meine Höhle zurückgezogen. Zunächst wollte ich endlich unser Worddokument auf einen USB-Stick speichern. Als IT-Mann wusste ich, dass die sicherste Cloud nicht hundertprozentig sicher war. Da legte ich die Speicherkarte lieber in den Tresor. Voll Elan wollte ich danach das Buch vollenden und das letzte Kapitel schreiben. Vor ein paar Tagen hatte ich in die Innentasche meines Sakkos gegriffen und eine Visitenkarte gefunden. Da erst erinnerte ich mich. Im Swingerclub waren wir so plötzlich aufgebrochen, damit uns Gruber nicht sieht. In der Hektik hatte mich ein Mann angesprochen und diese Karte zugesteckt. Darauf hatte ich komplett vergessen.

DD – Devot Dienen, stand darauf, eine Webadresse und eine Telefonnummer. Neugierig hatte ich damals gleich die Homepage besucht. Es war ein exquisiter Club der besonderen Art, wie es dort in eleganten Lettern stand. Fotos von devoten Damen, die sich den Herren im Anzug präsentieren, waren zu sehen. Auf der Internetseite wurden verschiedene Veranstaltungen vorgestellt. Unter anderem ein Wochenende der O. Es erinnerte mich sofort an einen Film, den ich vor ewigen Zeiten gesehen hatte – die Geschichte der O. Eine Frau, die von ihrem Freund in ein Schloss geschickt wird. Dort wird sie zur Sub erzogen und am Ende an einen anderen Meister verschenkt. Viel mehr konnte ich mich nicht erinnern. Ein paar Szenen waren aber noch in meinem Kopf. Genau auf diesen Film spielte das Event an. Voraussetzung war Smoking oder dunkler Anzug bei den Herren. Bei den Damen leicht zugängliche Kleidung, wie Abendkleidung, das kleine Schwarze oder ein O-Kleid. Ich musste zunächst einmal googeln, was denn ein O-Kleid ist und staunte. Es wirkte wie ein altertümliches, langes Kleid, nur lagen die Brüste frei und es war an den wichtigsten Stellen bis zur Taille geschlitzt. Weiters war Fetisch erlaubt. Bei dem Hinweis, eine O. trägt niemals einen Slip, aber immer ein Halsband, gerne auch mit Leine musste ich schmunzeln. Mit einem Halsband waren wir schon ausgestattet. Als ich den Termin für das geplante O-Event sah, war es für mich ein Zeichen gewesen. Es fand kommendes Wochenende statt. Ich musste nur noch hoffen, dass es nicht ausgebucht war. Sofort hatte ich angerufen. Platz für ein Anfängerpaar hätten sie, bekam ich die Auskunft. Somit war für mich klar gewesen, was wir an unserem letzten Wochenende, bevor Leon nach Hause kam, machen werden.

Voll Tatendrang und einer kleinen Beule in der Hose hatte ich mich jetzt zum Computer gesetzt. Doch bevor ich das Notebook aufklappte, sah ich ein Blatt Papier mit Vivis Handschrift.

Ich denke Vivi hat in diesem Buch genug erlebt und es wird Zeit, ein Ende darunter zu schreiben. Es war eine schöne Geschichte.

Danke

Ich legte das Blatt auf die Seite und steckte den USB-Stick ein. Gesichert musste auf jeden Fall werden. Auf Dauer wollte ich das Dokument nicht auf dem Gerät gespeichert haben. Die Gefahr war zu groß, dass es in falsche Hände gerät.

Sollte es aber wirklich so enden? Ich schreibe die vier Buchstaben ENDE unter das letzte Kapitel und wir schließen es somit ab. Es war eine tolle Geschichte, war es aber ein Happy End? Mir war klar, ich musste mit Vivian darüber sprechen. Irgendetwas bedrückte sie seit dem letzten Erlebnis. Ich spürte, dass seitdem etwas zwischen uns stand. So vieles hatten wir in den letzten Wochen erlebt. Die Voyeure am Herren WC, der Quicky im Park und, sagen wir mal, das Missgeschick, mit dem Gruber. Wir hatten nicht darüber gesprochen. Es gehörte für uns nicht in die reale Welt. Doch lachen und scherzen konnten wir darüber.

Mit Sally war es für mich ein schöner Abend. Trotzdem hatte ich ein schlechtes Gewissen, obwohl wir nicht einmal miteinander gevögelt hatten. Ich hatte mich aber mit ihr amüsiert. Wir hatten uns menschlich und auch sexuell gut verstanden. Und ich hatte sie geküsst, richtig und innig auf den Mund geküsst. Mir ging es selbst nicht ein. Wir hatten uns auf die tiefsten sexuellen Instinkte reduziert. Mit anderen Partner und Partnerinnen gefickt. Wir haben uns dabei zugesehen und aufgegeilt. Nichts hatte es mir ausgemacht. Aber ein Kuss, ein einfacher und inniger Kuss auf den Mund, das empfand ich jetzt als Betrug an Vivian.

Und was war bei ihr passiert? Wir hatten uns gegenseitig kein Wort erzählt, was in diesen neunzig Minuten geschehen war. Ich musste mir eingestehen, dass ich nicht gefragt hatte. Zu sehr war ich mit meinen Gedanken beim nächsten Kapitel gewesen.

Das war aber jetzt für mich nicht mehr wichtig. Wichtig war mir, dass zwischen Vivian und mir nichts unausgesprochen stehen blieb. Unsere Beziehung durfte wegen des Sommers nicht kaputt gehen. Ich schreibe ein Abschluss-Kapitel, war mein erster Gedanke. Ein Kapitel, wie sehr ich sie liebe. Wie schön die letzten Wochen waren. Aber auch die letzten Jahre, die wir miteinander verbracht haben. Die Lösung war aber feige. Ich musste es ihr direkt sagen. Ich musste wissen, was sie bedrückte und wie wir es lösen können.

„Vivian, können wir reden?"

Sie kramte gerade in ihren Schubladen herum.

„Können wir ein andermal, ich möchte meine Sachen in Ordnung bringen. Bist du mit deiner Arbeit schon fertig?", versuchte sie, abzulenken.

„Ja und neues Kapitel habe ich auch schon geschrieben.", sagte ich etwas zu schnippisch. Sie wusste ja genau, warum ich im Arbeitszimmer war. Ich atmete tief durch.

„Wir müssen zuerst unsere Sache in Ordnung bringen Vivian."

Ich zog sie an der Hand zur Couch. Wie ein unschuldiges Mädchen saß sie mit angezogenen Beinen nun da und sah mich an.

„Ich habe den Zettel gefunden. Natürlich können wir ein Ende unter das Ganze schreiben. Danke, dass du es mir so offen gesagt oder eigentlich geschrieben hast." Ich holte tief Luft, bevor ich weiter sprach.

„Doch vorher möchte ich über den letzten Abend reden. Du musst mir sagen, was vorgefallen ist. Seitdem bist du ... ich weiß nicht ... oder war dir überhaupt alles schon zu viel?"

Vivian schüttelte den Kopf.

„Bitte, du musst mit mir reden."

„Es war nichts, ehrlich.", begann sie nach einer Weile, „Es waren tolle Geschichten, die du geschrieben hast, na ja, die meisten."

Nun lächelte sie zum Glück.

„Aber gestern, ich weiß es nicht. Es war so komisch, dass wir uns dann gleich getrennt haben und jeder mit jemand anderen losgezogen ist ..."

Sie machte eine Pause.

„Nicht, dass ich eifersüchtig gewesen wäre. Es kam mir vor, als würde ich dich betrügen. Jetzt lach nicht, das klingt blöd, nachdem, was wir ... was wir alles erlebt haben. Ich möchte es aber mit dir, mit dir gemeinsam erleben und nicht ...", wieder unterbrach sie den Satz, „... das war dann für mich, als wenn ich mit dem früheren Paul ins Bett ginge." Bisher hatte ich still zugehört, jetzt konnte ich mich nicht mehr zurückhalten.

„Was heißt mit dem früheren Paul? Wie schlimm muss der gewesen sein?"

„Nein nicht schlimm. Aber gestern Abend, der ... ich weiß schon gar nicht mehr, wie er geheißen hat, Robert oder Norbert, keine Ahnung. Er war nett und zuvorkommend. Zuerst hat er mich gefragt, ob er mich anfassen darf, und dann ist er eine gefühlte Ewigkeit da gesessen und hat meinen Unterarm getätschelt, wie einen Hund. Wenn ich nicht die Initiative ergriffen hätte, würden wir jetzt noch dort sitzen. Ich musste mich ihm so richtig anbieten und ich ... ich mag nicht die aktive Rolle sein. Ich mag lieber den neuen Paul, den Paul, der mir sagt, wohin der Weg geht ... zumindest bei den Sachen."

Sie lächelte wieder und trotzdem standen ihr Tränen in den Augen. Ich nahm sie in den Arm. Vivian wischte sich über die Wangen.

„Und außerdem hat er nicht einmal ordentlich einen hochbekommen. Was fällt dem ein, bei einer Frau wie mir und dann nicht können.", sagte sie halb heulend, halb lachend und vergrub sich in meinem Shirt. Ich war erleichtert, dass nichts Schlimmeres passiert war. Nun war es für mich leichter, einen Schlussstrich zu ziehen. Ich erzählte ihr, dass Sally und ich auch lange Zeit dort gesessen sind und geplaudert hatten und sie mich massiert hatte. Wie die Massage war, und vom Squirten sagte ich mal nichts. Vivian heulte sich währenddessen an mir aus. Mein T-Shirt war bereits pitschnass. Nachdem sie sich beruhigt hatte, legte sie ihren Kopf auf meinen Schoss. Lange Zeit blieben wir so, während ich über ihre Haare streichelte.

„Ich hoffe nicht, dass ich dich jetzt wie einen Hund streichle."

„Na so lange der Hund noch mit dem Schwanz wedeln kann..." Vivian hatte sich beruhigt und wir hatten wieder unseren Humor gefunden. Nach einer Weile fragte sie: „Wie wäre das letzte Kapitel gewesen, das du jetzt geschrieben hast?"

„Ich habe nichts geschrieben."

„Du schwindelst."

„Nein ehrlich. Ich wollte gerade die Datei sichern, damit sie nicht in fremde Hände gelangen kann. Und dann hätte ich begonnen."

„Und was? Erzähle es mir wenigstens."

Ich überlegte, ob es gut war, darüber zu reden. Ich war mir nicht einmal selbst sicher, ob es eine gute Idee gewesen wäre.

„Bitte. Erzähl es mir. Ich möchte eine schöne Geschichte hören."

Ich streichelte über ihren Rücken, bevor ich begann von dem letzten nie geschriebenen Kapitel zu erzählen.

„Vivi und Paul hatten in diesem Sommer noch ein Wochenende vor sich, bevor sie wieder in den Alltag zurückkehrten. Es waren mittlerweile zwei wunderbare Monate vorüber. Vieles mussten sie erst lernen, über sich selbst und über den anderen. In dieser Zeit haben sie vieles voneinander entdeckt, mehr als in den Jahren zuvor. Zu Beginn hatte Paul sie gefragt, ob sie nicht lieber seine Prinzessin sein möchte. Sie hatte sich für den unbekannten Weg entschieden. Jetzt war aber der Zeitpunkt gekommen. Er wollte sie ins Schloss führen. Aber nicht als Prinzessin, sondern als seine Sub, als eine O. Die Damen tragen in diesem Schloss O-Kleider, um sich den Herren zu präsentieren. Sie vertrauen ihren Meistern, denn sie wissen, dass diese das Beste für ihre Subs wollen. Für Außenstehende ist es unvorstellbar, aber die Frauen sind dankbar für Bestrafungen. Vivi und Paul gehen an diesem letzten Wochenende an ihre Grenzen. Nur durch ihre gegenseitige Liebe ist dies möglich. Im Grunde ist es aber gleichgültig. Ob es auf einem Schloss ist oder hier in diesen vier Wänden, ich werde dich immer lieben mein Schatz.

Ich beugte mich vor und sah sie an. Ihre Augen waren geschlossen. Mein kleines Mädchen war eingeschlafen. Meine Gedanken ließen die letzten Wochen Revue passieren. Ich war dankbar, was wir alles erlebt und wir uns eingelassen hatten.

Nun war es an der Zeit wieder in die Realität, das bisherige Leben, zurückzukehren.

Sonntag, neun Uhr fünfundvierzig. So tief und fest und vor allem lange hatte ich schon lange nicht mehr geschlafen. Vivi war bereits aus dem Bett verschwunden. Ich fand sie nirgends in der Wohnung. Sofort waren meine Gedanken beim gestrigen Tag. Die Aussprache hatte gut getan. Vivi war bald schlafen gegangen. Ich war noch nicht müde und bin vor der Glotze hängen geblieben.

War wirklich alles wieder im Lot? Schlimme Gedanken kamen in mir hoch. Was ist, wenn sie jetzt doch abgehauen war. Ich wollte nicht gleich die Pferde scheu machen. Auf jeden Fall tat mir eine frische Dusche gut, um klar denken zu können.

Als ich aus dem Badezimmer kam, nur mit dem Handtuch um die Hüften, roch ich frischen Kaffee. Sie hatte mich doch nicht verlassen, sondern frisches Gebäck für ein Frühstück geholt, stellte ich erleichtert fest.

„Willst du ein weiches Ei?", rief sie aus der Küche.

Der Duft der frischen Semmeln mischte sich zum Kaffee. Die Sonne schien durch das Fenster. Es schöner Spätsommertag lag vor uns.

„Nein danke, Marmelade reicht mir. Ich brauche heute was Süßes."

Insgeheim ärgerte ich mich, was ich gesagt hatte. Ich hatte es nicht zweideutig gemeint und hoffte, dass sie es auch nicht so verstanden hatte. Auf keinen Fall wollte ich nach der gestrigen Aussprache es gleich wieder auf das Thema bringen.

„Ich ziehe mir nur schnell etwas an.", sagte ich noch und wollte ins Schlafzimmer huschen.

„Zahlt sich das überhaupt aus?", gab sie provokant zurück.

Ich sah sie fragend an, was sie damit meinte. Hatte sie es zynisch gemeint, weil ich so lange geschlafen hatte? Oder wollte sie mir etwas anderes damit sagen? Wie sie aber wollte. Ich setzte mich Handtuch bekleidet an den Küchentisch und wir genossen in aller Ruhe das Frühstück. Ich blätterte in der Zeitung. Jetzt erst war mir aufgefallen, dass sie schon wieder verschwunden war. Plötzlich stand sie wieder vor mir.

Sie hatte nichts an, außer einem weißen T-Shirt, dass gerade noch zeigte, dass sie darunter nichts trug. Am Hals trug sie das Lederhalsband mit dem eisernen Ring und auf ihren Händen lag das Paddel, das sie mir anbot. Damit hatte ich nicht gerechnet und das merkte sie.

„Ich denke, dass Vivi sich noch eine Strafe verdient hat. Und sie bittet den Herrn, doch noch das letzte Kapitel zu schreiben. Sie möchte das Happy End auf dem Schloss erleben."

Sie war wohl gestern doch nicht vorher eingeschlafen, sondern hatte meine Geschichte bis zum Ende gehört.

„Warum hat sie sich eine Strafe verdient?", fragte ich, während ich nach dem Schlaggerät griff.

„Darüber möchte sie nicht reden. Aber sie möchte auf jeden Fall dafür bestraft werden."

„Aha, sie möchte. Jetzt entscheidet die Sub, was sie möchte und nicht der Herr."

„Ich bitte um Entschuldigung. Ich meinte sie ... ich ... habe eine Strafe verdient."

„Na gut. Dann soll es so sein." Ich legte das lange Ding auf den Tisch, neben meine Kaffeetasse und nahm genüsslich einen Schluck. Vivian ließ ich halbnackt neben mir stehen. Nach einer Weile fragte sie:

„Werde ich jetzt bestraft?"

„Ist das nicht Strafe genug, mir beim Frühstück zusehen zu müssen? Man kann sich die Art der Strafe nicht immer aussuchen.", sagte ich, ohne sie anzusehen, und trank die Tasse leer.

„Doch. Ich habe es mir anders überlegt.", sagte ich, „gehe ins Arbeitszimmer. Aber vorher entledigst du dich von dem Shirt. Du nimmst die Nadu Position ein und wartest auf mich."

Vivian drehte sich gehorsam um und machte sich auf den Weg. Ich wollte sie warten lassen. Nach meinem Zeitgefühl war es schon eine Ewigkeit, obwohl nicht einmal eine Minute vergangen war. Ich brauchte einen anderweitigen Zeitvertreib, also räumte ich den Geschirrspüler aus. Dann erst griff ich zum Paddel und schritt zu ihr ins Arbeitszimmer. Sie hatte die Vorhänge zugezogen und das Licht abgedreht. Kniend auf dem Boden, mit gespreizten Beinen und die Handflächen offen auf ihren Oberschenkel wartete sie mit gesenktem Kopf auf mich. Ich setzte mich auf meinen ledernen Schreibtischstuhl vor ihr. Nicht zufällig hatte sich dabei mein Handtuch geöffnet.

„Die   Sub möchte also bestraft werden und nicht verraten, warum diese Strafe?".

Sie nickte.

„Und als Belohnung sozusagen möchte sie dann noch am Wochenende auf das Schloss fahren?" Sie zögerte, aber nickte nochmals.

„Sie weiß aber, wenn sie nicht verrät, wofür die Schläge sind, dass sie dann umso heftiger sein werden."

Wieder ein Nicken. Ich befahl ihr, nachdem ich aufgestanden war, sich über den Sessel zu lehnen.

„Gut, aber die Regeln bestimme ich.", sagte ich, nachdem ich mich hinter sie gestellt hatte. „Du bekommst sechs Schläge, wie du es gewünscht hast. Aber wenn du nicht sagen willst, wofür, dann fahren wir am Wochenende nicht weg."

Sie raunte und da sauste das schwarze Leder schon über ihren rechte Arschbacke. Vivi zuckte kurz hoch, doch kein Laut kam über ihre Lippen.

„Du hast bis zum letzten Schlag Zeit, dich anders zu entscheiden.", hauchte ich ihr ins Ohr und strich über die gerötete Stelle ihres Hinterns. Ich rückte wieder weiter weg von ihr und strich mit dem Paddel über die andere Po-Hälfte. Sie glaubte schon, ich schlage zu, als sie nur das kühle Material spürte. In dem Moment, sagte ich:

„Nummer 2." und wieder schlug ich zu. Das Spiel ging bis zum fünften Hieb so weiter. Zwischendurch streichelten meine Finger zärtlich über ihren Arsch, Hüfte und bis zu ihrer Vulva. Und ohne, dass ich sie sonst liebkoste, war sie nass. Sie fühlte sich unanständig, weil sie so erregt war. Das spürte ich.

„Nun kommt Nummer Sechs.", warnte ich sie vor. Und als ich schon ausholen wollte, begann sie zu reden.

„Ich bitte um Verzeihung, weil ... weil ich mich damals im Swingerclub ... ich war in dem Duschraum. Da kam ein Mann, gutaussehend und total überheblich ... er stellte sich einfach hinter mich und fickte mich, ohne mich zu fragen ... und ich habe es zugelassen und ... es hat mir gefallen."

Nun war es raus, aber hatte sie mir es nicht damals erzählt? Irgendwie konnte ich mich daran dunkel erinnern. Ich überlegte kurz.

„Hey, du bindest mir einen Bären auf." Das war nicht passiert. Das hatte ich geschrieben, das war nur eine Episode aus meinem Buch.

„Vielleicht ist es doch wirklich passiert.", sagte sie, während sie mir noch immer ihren geröteten Arsch entgegenstreckte. Jetzt verunsicherte sie mich. Das konnte ja nicht wirklich sein. Ich wäre fast schon ein Wahrsager.

„Wirklich?", fragte ich . „Das glaube ich nicht."

„Ja, vielleicht auch nicht. Vielleicht hat es mich auch nur so erregt, dass ich mich jetzt schuldig fühle."

Langsam wusste ich nicht mehr, was Wirklichkeit und Fiktion war. Doch Vivian wartete auf ihren sechsten Schlag. Doch den verwehrte ich ihr noch.

„Ich verlange von meiner Sub, dass sie mir die Wahrheit sagt. Was hast du getan, dass du bestraft werden wolltest?"

„Nichts, ich schäme mich aber. Dafür, dass ich das Verlangen danach hatte, bestraft zu werden.", sagte sie nun. Das Paddel sauste runter auf ihren Arsch und bevor sie Au sagen konnte, packte ich sie an den Hüften und steckte ihr meinen Ständer in ihre Möse. Erst da stöhnte sie auf, ob von dem Schlag oder dem überraschenden Geficke wusste ich nicht. Aber es tat gut, uns beiden. Wild stieß ich in sie rein, bis wir zusammen schreiend kamen. Ich zog meinen Schwanz aus ihr raus und sah, wie mein Sperma heraus, auf meinen Ledersessel, tropfte.

„Dann mache die Sauerei hier mal sauber, du geiles Luder.", sagte ich mit einem Augenzwinkern, dass sie nicht sehen konnte. „Ich habe noch etwas zu schreiben."

Devot Dienen

Zuerst einmal bekam Vivi Anweisungen, die sie ab sofort bis zum Wochenende befolgen musste. Sie durfte bis Sonntag keine Unterwäsche tragen, Tag und Nacht nicht. Weiters hatte sie auch untertags eines ihrer Halsbänder zu tragen. Die Wahl, ob sie das Band aus Leder oder aus Samt nimmt, durfte sie selbst entscheiden. Sie hatte, damit sie sich gut vorbereitet, zuhause immer eine passende Position als Sub einzunehmen. Bis zum Wochenende musste sie eine passende Kleidung für den Besuch auf dem Schloss besorgen. Da sie noch in Ausbildung war, konnte nicht vermieden werden, dass sie öfter bestraft werden musste. Sie ertrug es, mit dem Wissen, dass sie jederzeit mittels Safeword abbrechen konnte.

Mit dem kleinen Reisekoffer standen sie nun vor dem Schloss und baten um Einlass. Ein Butler führte sie sogleich in ihre Gemächer für die nächste Nacht. Zunächst mussten sie ihre Spielregeln festlegen. Somit war dann allen klar, was bei der jeweiligen Sub von ihrem Herrn erlaubt wurde. Danach konnten sie sich zeitgerecht für das Dinner zurechtmachen. Dafür wurden sie aber getrennt. Damit die Herren in Ruhe im großen Speisesaal sich kennenlernen konnten, wurden ihre Subs in der Großküche versorgt. Erst dann wurden sie vom Personal in das Herrenzimmer mit Kamin geführt. Jede Dame stellte sich zu ihrem Herrn und wartete, bis ihr Beachtung geschenkt wurde. Vivi stand in demütiger Haltung neben Paul. Die Übungen für die korrekten Positionen einer Sub in der vergangenen Woche hatten sich bezahlt gemacht. Es begann mit einer Vorführung inmitten des Raums. Eine Sklavin wurde an der Leine von einem Bediensteten hereingeführt. Sie war auserwählt worden, um das Wochenende der O. ordnungsgemäß mit einer Bestrafung zu beginnen. Der Diener legte sie über einen Bock und fesselte ihre Beine, breit auseinander gegrätscht: Paul hatte einen guten Blick zu der Vorführung. Die Wahl des Schlaggerätes wurde dem

Vorsitzenden überlassen. Er wählte eine dünne Rute, die besonders schmerzhaft war. Zuvor wurde ihr ein schwarzer Plug in den Anus eingeführt. Die Strafe ertrug sie artig und zur Belohnung wurde sie von drei Männern durchgefickt. Anschließend führte man sie wieder an der Leine hinaus. Somit war der Abend eröffnet.

Zu Paul gesellte sich ein weiterer Herr. Er stellte sich als Master Henry vor. Die beiden Männer begrüßten sich per Handschlag. Als er kurz zu Vivi deutete, ob er sie willkommen heißen dürfte, nickte Paul. Die Hand des fremden Herrn fuhr zwischen ihre Beine und fasste sie hart an. Sie war noch trocken. Mit den Fingern rubbelte er fest, bis er die erste Feuchte spürte. Zufrieden nickte er und setzte sich zu Paul. Sie tauschten ihre Erfahrungen über ihre Subs aus. Paul gestand, dass sie erst am Beginn standen. Dafür bekam er von dem erfahrenen Master Anerkennung für die bisher gute Arbeit. Er fragte nach, wie begehbar die Sub wäre. Vaginal sehr gut, ebenso oral, nur anal ist sie unerfahren und unwillig, erklärte Paul. Schade meinte Master Henry, denn er fand, dass sie einen schönen Arsch hätte.

Es gesellte sich die Sub von Henry dazu, mit dem Glas Whisky, um welches er sie geschickt hatte. Sofort schickte er sie wieder los, um auch Paul einen Drink zu holen. Die Herren prosteten sich zu. Die Chemie unter ihnen passte. Nach etwas Smalltalk fragte Henry, ob er Sub Vivian ausprobieren dürfte. Nach Pauls Zugeständnis stellte er sich hinter Vivi. Er nahm ihren Hinterkopf und beugte ihren Oberkörper nach vor. Sie stützte sich an den Armlehnen von Pauls Stuhl ab. Kurz traf sich der Blick zwischen dem Paar. Artig senkte sie den Blick. Master Henry hob ihr Kleid und drang in sie ein. Paul war sich sicher, es war wieder eine Bestrafung fällig. Wie konnte sie es sich erlauben, schon so nass und bereitwillig darauf gewartet zu haben, um genommen zu werden. Sie durfte aber den Bedürfnissen des fremden Herrn genügt haben. Er brauchte nicht lange, bis er sich in ihr entledigt hatte. Um nicht den Boden zu beschmutzen, musste sie ihr Geschlecht mit der Hand bedecken, damit der Saft nicht ausfloss. Henry gab seiner Sub ein Zeichen. Darauf hin kroch diese auf allen vieren zu Vivian und begann diese zwischen den Beinen sauber zu lecken. Vivian verbot er aber, zu kommen. Obwohl sie darin schon Übung haben sollte, fiel es ihr schwer und ein Stöhnen entrang ihrem Mund. Sofort bekam sie einen festen Schlag mit der Hand auf ihren Arsch.

Der Abend ging in der Tonart so weiter. Die Subs wurden als Tischablage genutzt, benutzt, wann es ihre Herren gestatteten, bestraft, wenn sie nicht folgsam waren und mit einem Orgasmus belohnt, wenn sie artig waren.

Für Vivian war es eine neue Erfahrung, so an ihre Grenzen geführt zu werden. Doch mit der Zeit hatte sie entdeckt, dass es eine Bereicherung in ihrem sexuellen Leben war. Es war aufregend sich auf das Unbekannte einzulassen. Sie dankte ihrem Herrn, dass er sie auf diesen Weg geführt hatte. Für Master Paul war es wichtig, seine Cinderella letztendlich in das Traumschloss zu führen, wenn es auch nicht das Schloss war, was sich eine normale Prinzessin wünscht. Doch er wusste, auch wenn das Codewort fallen würde, er würde sie trotzdem lieben, auf immer und ewig.

ENDE

*****

Vivian befolgte meine Anweisungen sehr brav, fast schon übertrieben. Anfang der Woche hatte ich meine Recherchen fertig gehabt und ihr das Kapitel zum Lesen bereitgestellt.

Jedes Mal, wenn ich sie antraf, sah ich das Halsband aus Samt an ihr. Ich überprüfte, ob sie keinen Slip trug, wenn ich an ihr vorbeiging. Ob sie sich auch während ihrer Arbeit daran hielt, wusste ich nicht. Doch sie musste jederzeit mit einer Kontrolle rechnen. Die ganze Woche über kam es zu Andeutungen, was uns am Wochenende erwarten würde. Ich schickte sie, ohne Bitte oder Danke, um ein Bier aus dem Kühlschrank. Vivi brachte es gehorsam und setzte sich mit gespreizten Beinen und gesenktem Blick zur mir auf die Couch.

Ein andermal provozierte sie mich und verweigerte meinen Befehl.

„Dann wird es wohl Popoklatsch geben.", meinte ich. Sie stand auf, doch statt mir mein kühles Blondes zu holen, hob sie den Rock und zeigte mir ihren nackten Arsch.

„Bitte schön.", gab sie frech zurück. Ich gab ihr einen leichten Klaps auf den Hintern.

„Oh, das hat weh getan.", spielte sie mir vor, bevor sie den Rock runterzog und in die Küche stolzierte. Sie wusste, dass ich für solche Fälle die Rute bereit hielt. Mit den ernsthaften Bestrafungen hielt ich mich aber zurück. Ich wollte die Lust und Vorfreude auf das Wochenende nicht vorwegnehmen.

Für den Donnerstagabend kündigte ich einen DVD-Abend an. Was sie nicht wusste, ich hatte den Film „Geschichte der O." aus den Siebzigern organisiert.

„Was hast du da für einen alten Schinken ausgegraben?", fragte sich mich scherzhaft. Als sie aber die ersten Szenen sah, wie O. im Schloss vorbereitet wurde und den Männern vorgeführt wurde, wurde sie ruhiger und zurückhaltender. Sie setzte sich auf den Boden zu meinen Beinen und legte ihren Kopf darauf. Ohne ein Wort zu sprechen, sahen wir uns den ganzen Film an. Ich streichelte hin und wieder, wenn eine besondere Szene war, über ihr Haar.

Die letzten Tage liefen reibungslos ab, wie ich es geschrieben hatte. Doch ich war auch verwirrt. Manchmal wusste ich nicht mehr, wen ich vor mir hatte. War es die Vivi aus meinem Buch oder meine über alles geliebte Frau Vivian? Die Fiktion vermischte sich immer mehr mit der Realität. Wenn sie mir recht gab, tat sie es, weil es sich als Sub gehörte oder war sie wirklich meiner Meinung? In meinen niedergeschriebenen Zeilen vom letzten Kapitel hatte ich mich extra vage daran gehalten, was am Wochenende passieren wird. Ich wusste es auch nicht. Nicht einmal in meinem Kopf konnte ich meine Fantasien ordnen. Trotzdem hatte ich die eine Szene mit Sir Henry extrem geschildert. Ich wollte sie damit herausfordern. Würde sie auf meinen Befehl hin, sich vor mir, von einem fremden Mann anfassen und ficken lassen? Und eine andere Sub musste dann das Sperma von ihr lecken. Sicherlich hatte ich auf die Kondome vergessen gehabt, aber im Buch darf einiges mehr passieren, was man in der Realität aus gesundheitlichen Bedenken nicht machen würde. Das Ende fand ich im Nachhinein kitschig geschrieben. Für mich war es aber wichtig, dass das Happy End ein Liebeszeugnis an Vivan war.

Es war so weit. Wir standen vor dem Schloss. Mit dem Trolly in der einen und Vivian an der anderen Hand wurden wir schon empfangen, als wir über den Innenhof Richtung Haupteingang schritten. Den Herrn erkannte ich wieder. Er war es, der mir auf die Schnelle die Visitenkarte zugesteckt hatte, nachdem wir fluchtartig den Swingerclub verlassen hatten. Er stellte sich als André vor und seine Partnerin Sarah. Sie führte uns auf unser Zimmer. Es war der damaligen Zeit entsprechend eingerichtet. Das Himmelbett aus Holz war der Mittelpunkt zwischen zwei Fenstern. An der Seite war eine Kommode und darauf ein Waschbecken, wie aus dem Mittelalter. Dieses mussten wir nicht mehr nutzen. Das Badezimmer war nach dem heutigen Standard ausgestattet. Sarah gab uns eine Stunde Zeit, um uns einzurichten und frisch zu machen. Danach wollte sie die Formalitäten mit uns durchgehen. Wir brauchten nicht lange, um unsere Sachen einzuräumen. Für eine Nacht war es nicht viel Gepäck. So nutzten wir die Zeit, um uns umzusehen. Auf den langen Gängen trafen wir andere Paare, die ebenfalls herumflanierten. Man grüßte sich mit einem freundlichen Lächeln zu. Alle waren noch leger, in Straßenkleidung unterwegs. Der Schlosspark war auch riesig. Hier fanden wir sogar ein Pärchen in Bikini und Badehose, die die letzten Sonnenstrahlen an diesem Nachmittag genossen.

Als wir uns wieder im Zimmer eingefunden hatte, kam auch schon Sarah.

„Da ihr das erste Mal teilnehmt, möchte ich euch die Grundregeln für das Wochenende erklären."

Neugierig nickten wir beide und warteten, was jetzt kam.

„Pünktlichkeit ist wichtig. Es gibt Zeiten, die ihr nach euren Bedürfnissen gestalten könnt. Aber zu den vereinbarten Treffen kommt ihr bitte pünktlich. Das wäre als Nächstes das Dinner. Um neunzehn Uhr treffen sich die Herren im großen

Speisesaal. Die Damen kommen zur gleichen Zeit im unteren Gewölbe zum Speiseraum der ehemaligen Bediensteten. Es ist bereits die Kleidung für den Gala-Abend zu tragen. Hier dürfen sich die Subs und Sklavinnen noch unterhalten, um sich kennenzulernen. Alles andere ergibt sich dann. Nun sind noch die Vorlieben und die NoGos der Sub auszufüllen. Zuerst einmal Hetero oder bi?"

„Bi.", sagte ich gleich raus und sah zu Vivi. Sie nickte lächelnd.

„Du hast sie als Sub und dich als Dom angemeldet, richtig?"

Sarah wartete keine Antwort ab. Sie legte uns ein Blatt Papier vor, wo Vivians Name darauf stand.

Name: VIVIAN Farbe:	Ja	Eher nicht	Nein
Oral			
Mundvollendung			
Natursekt			
Kaviar			
S/M Harte Schläge, Wachs, Klammern			
Anal			

Mit einem raschen Blick schauten wir über die Liste drüber, während Sarah fortfuhr:

„Zuerst einmal habt ihr, da sie Novizin ist, die Wahl einer Farbe. Weiß, die Sub steht nur ihrem eigenen Herrn zur Verfügung, Orange, sie steht auch anderen Doms zur Verfügung, mit Zustimmung ihres eigenen Herrn und bei Rot muss sie jedem Master jederzeit gehorchen und muss ohne Rücksprache mit ihrem Herrn den Wünschen gehorchen." Fragend sah sie mich an. Ich sah zu Vivi.

„Orange.", wählte ich dann aus. Ich konnte dann immer noch dagegen entscheiden, wenn Vivi es nicht wollte. Die Macht über Vivi lag somit bei mir und sie vertraute mir.

„Ich lese der Reihe nach vor. Ihr antwortet mir dann mit Ja, nein oder eher nicht." Sie begann mit den einfachen Dingen. Oral beantworte Vivi gleich mit Ja, natürlich. Bei Mundvollendung hätte ich eher nicht gesagt gehabt. Aber Vivian sagte Ja. Bei Natursekt sah Vivi mich an und ich erklärte ihr kurz, dass es etwas mit WC zu tun hat.

„Ich hätte ihr wohl auch eine Einschulung in den sexuellen Grundbegriffen geben sollen.", sagte ich entschuldigend.

Lächelnd machte Sarah dann weiter.

„Dann nehme ich an, dass Kaviar dann auch ein NoGo ist?" Ich nickte. Nachher konnte ich Vivi alles erklären.

„SM Praktiken, wie Wachs, Brust- oder Mösenklammer und auch härtere Schläge?", fragte Sarah

Das war uns komplett unbekannt und nicht vorstellbar. Vivi sagte wieder Nein.

„Gut, dann Anal passiv?"

„Passiv heißt dann in meinem A…?", fragte Vivi schüchtern nach.

„Aktiv tust du dir schwer, außer du schnallst dir einen Dildo um. Darauf stehen aber viele Herren, wenn sie so ihre Subs sehen können. Hier ist gemeint, ob du dich in den Arsch ficken lässt?", klärte Sarah sie auf. Ich sah zu Vivi und war auf ihre Antwort gespannt.

„Dann nein."

Sarah blickte auf die Liste.

„Oh ich sehe, das geht nicht mehr. Du darfst maximal drei Punkte komplett ablehnen." Sarah hob entschuldigend die Schultern.

Ich folgte dem Gespräch der beiden Frauen neutral.

Vivi sah zu mir. Ich zuckte ebenfalls mit den Achseln.

„Dann bleibt nur ein eher nicht.", sagte Sarah und machte schon ein X auf der Liste. Vivi war etwas sprachlos und wusste nicht, wie sie damit umgehen sollte. Aber es blieb ihr nichts anderes übrig. Somit waren wir mit dem Formular fertig. Bevor Sarah ging, wollte Vivi noch wissen:

„Sarah, darf ich fragen, bist du ebenfalls devot oder dominant?"

Ihre Frage war berechtigt. So eindeutig war es für mich auch nicht. Bei der Ankunft wirkte sie sehr unterwürfig. Hier war sie aber jetzt sehr bestimmend.

„Ich bin eine Switcherin. Es kommt auf die Situation an. Bei André meinem Herrn, gibt es nur eine Rolle, nämlich als seine Sub. Er überlässt mir aber gerne auch mal einen Herrn zur Erziehung."

„Eine männliche Sub?", kam erstaunt von Vivi.

„Das kommt öfter vor, als man sich denkt. Nur die Herren der Schöpfung leben das zumeist im Geheimen aus, weil es ihnen peinlich ist. Vielleicht glauben sie, dass es unmännlich ist. Ist es nicht so?", sagte Sarah und zwinkerte mir zu.

„Aber ob Dom oder Sub, ob hetro, bi oder schwul, hier bei uns muss sich niemand verstecken. Hier darf man alles ausleben."

Sarah schloss hinter sich die Zimmertüre. Schweigend saßen wir beide da und wussten zunächst nicht, was wir sagen sollten.

„Gentlemen, ich hoffe, das Dinner hat Euch gemundet. Ich bitte euch jetzt in den Spielsalon.", erklärte André das Abendessen für beendet und Sarah führte uns einen Raum weiter. Man fühlte sich beim Essen wirklich um zwei Jahrhunderte in die Vergangenheit versetzt. Wie die Schlossherren wurden wir von Bediensteten bedient und bekamen einen Gang nach dem anderen serviert. Die Frauen wurden sicher nicht so hofiert. Im Gegenteil, ich befürchtete schon, dass sie aus einem Napf essen mussten, um sich ihrer Rolle als Sub oder Sklavin zu besinnen. Ich fand im Salon einen alleinstehenden Ohrensessel, von dem aus ich einen guten Überblick über den mächtigen Raum hatte. Manche Sirs kannten sich bereits und suchten sich plaudernd eine passende Sitzgruppe. Nach einiger Zeit hörten wir wieder Andrés Stimme:

„Ich bitte nochmals um Ihre Aufmerksamkeit. Rauchen bitte nur auf der Terrasse", er deutete auf die großen Glastüren, „oder im Rauchersalon am Ende des Ganges. Und jetzt werden wir die acht Ladys vorstellen, die uns heute zu Diensten sind. Ich bitte, die Grenzen der Damen zu beachten. Bei Ungehorsam darf natürlich bestraft werden, entweder selbst oder sich an den jeweiligen Dom zu wenden."

Er machte eine kurze Sprechpause, bis sich eine riesige Flügeltüre öffnete.

„Lady Kathy, rot, keine bekannten Grenzen, wenn es ihr erlaubt ist, switcht sie auch gerne."

Eine elegante Dame in Leder gekleidet, wurde von Sarah hereingeführt. Man merkte an ihrem Auftreten, dass sie nicht das erste Mal an so einem Event teilnahm.

„Lady Ella und Sabrina, beide orange, ausgenommen intensive Klammern und anal."

Sie gingen in ihren O-Kleidern eine Runde durch den Raum und stellten sich dann in korrekter Pose zu ihren Herren. Die nächste Sub trug ein Korsett und Netzstrümpfe. Bei der Vorführung von Nummer fünf wurde die Sklavin an der Leine von einem Diener herumgeführt. Sie kroch auf allen vieren nackt hinterher. Artig nahm sie bei ihrem Besitzer vor seinen Beinen Platz.

„Bei Jana, der Sklavin in unserer Runde ist alles benutzbar. Sie liebt vor allem Natursekt in der freien Natur. Das Wetter passt ja noch dafür."

Danach wurden noch zwei Damen in O-Kleidern, die ihre nackten Brüste zeigten, vorgestellt. Durch die Schlitze, vorne und hinten sah man sofort, dass sie nichts darunter trugen. Für sie galt ebenfalls die Farbe rot und somit für jeden Herrn frei zugänglich.

„Als Letztes darf ich Sie bitten, unsere Novizin Viv zu begrüßen."

André hatte bei ihr einfach die letzten Buchstaben ihres Namens weggelassen. Vivian klang ihm vermutlich zu klassisch und Vivi zu niedlich für eine Sub ihrer Klasse. Und das war sie wahrlich nicht. Sie schritt förmlich in den Raum. Der Blick wirkte scheu und war nach unten gerichtet, ihr Gang aber sicher und fest. Ein Raunen ging durch die Runde. Sie hatte kein typisches O-Kleid für diesen Abend gewählt. Woher hätte sie auch wissen sollen, was man hier wirklich trug. Erotisch und dem Thema entsprechend sollte die Kleidung sein und danach hatte sie die Wahl getroffen.

Das Kleid war aus latex- oder ähnlichem Material, das konnte ich nicht erkennen. Wenn es um fünf Millimeter kürzer gewesen wäre, würden ihre Schamlippen hervorschimmern. Die Rückseite war nur ein Streifen über dem Becken, sodass Rücken und Po frei lagen. Um dem Hals trug sie ein Halsband, von welchem zwei zarte Ketten zu Handschellen führten. So konnte sie ihre Arme gar nicht komplett zum Boden ausstrecken, sondern musste sie leicht angewinkelt halten. Ihr Haar trug sie offen und ihre Lippen hatte sie mit passendem dunkelrotem Lippenstift geschminkt. Langsam schritt sie ebenfalls durch die Runde der Männer. Die Blicke waren auf sie gerichtet und von den Herren konnte man anerkennende Worte hören.

„Gentlemen, für Viv gilt orange und ich begrüße ebenfalls ihren Dom Paul in unserer Runde." Ich gab mich mit einem Nicken zu erkennen.

„Also stellt es euch mit ihm gut, damit er euch an der weiteren Einschulung dieser Sub teilhaben lässt."

Ein Lachen hallte durch den Raum.

„Bei Viv gelten Natursekt und Kaviar als Grenzen, ebenso alle harten SM-Gangarten, Ihr wisst aber am besten, wie weit man gehen kann. Eine kleine Anmerkung, derzeit ist sie erst zweiloch-begehbar. Wir werden sehen, ob wir ihr auch die analen Freuden näher bringen können."

Vivi war gerade bei mir angekommen. Auch der letzte Satz brachte sie nicht aus der Fassung. Ich vermutete, dass Sarah nach unserem Einführungsgespräch weitergeplaudert hatte, wie gerne Vivi diesen Punkt ausgeschlossen hätte. In ordnungsgemäßer Wait-Position, mit verschränkten Armen hinter dem Rücken und gespreizten Beinen, stellte sie sich vor mich.

Nun waren wir komplett. Als ich mich umblickte, sah ich zu den acht Paaren noch vier Herren, die ohne Begleitung waren. Bald bildeten sich Kleingruppen. Gemütlich in meinen Stuhl sitzend, befahl ich Viv sich, auf die Seite von mir zu stellen. Ich wollte beobachten, was sich bei den anderen abspielte. Noch wurde geplaudert, die Subs mussten Getränke holen und die Sklavin Jana wurde als Tischablage verwendet. Wir zwei standen alleine hier, oder besser gesagt, ich saß und Vivi stand. Den ersten Teil des Kapitels hatte ich beschreiben können, weil mir Sarah die Infos bei unserem Telefonat gegeben hatte. Die Abfragen der NoGos und das getrennte Dinner war in etwa auch so abgelaufen. Dass wirklich eine Sklavin als Tisch verwendet wird, war in meiner kranken Fantasie gar nicht so falsch gewesen.

Aber wie ging es jetzt weiter? Ich hatte gehofft, von den anderen Herren unterstützt zu werden oder ich mir von ihren Aktivitäten etwas abschauen konnte. Keinesfalls wollte ich als schwacher Dom da stehen, aber auch nicht die Lachnummer des Abends werden, wenn ich mit irgendeiner dummen Aktion begann. Es gehörte sich sicher nicht, einfach seine Sub anzubieten. Und einen Grund zur Bestrafung gab sie mir bisher nicht. Ich sah mich nochmals um. Es war eine eigenartig erotische Atmosphäre. Es wurde geplaudert, getrunken und gescherzt, wie auf einer normalen Party, nur eben auf einem Schloss. Doch nebenbei wurde der Sub in den Schritt gegriffen und mit den Fingern an ihr herum gespielt. In einer Ecke sah ich jetzt, wie praktisch die O-Kleider waren. Eine Lady lag über einen Stuhl gelehnt. Dabei fielen die seitlichen Teile des Kleides auseinander und sie sich somit nackt präsentierte. Ein Dom gab ihr mit der flachen Hand Schläge auf den Arsch. Als ein anderer, vermutlich der Master der Lady daraufhin prüfte, ob sie feucht war, gab er ein Zeichen, dass sie nun bereit wäre, genommen zu werden. Die Damen wurden um Drinks geschickt, begutachtet, angeboten, gelobt und bestraft. Nur zu uns gesellte sich niemand.

„Wie gefällt es dir?", fragte ich Vivi und versuchte, die Stimmung zu lockern.

„Ja gut, danke.", antwortete sie leise.

„Willst du lieber wieder gehen?"

„Wenn Sie es wünschen, Herr."

Meinte sie, was sie sagte oder spielte sie eine perfekte Rolle?

„Du kannst es wirklich offen sagen.", bat ich sie. Ich sprach auch leise, damit die anderen uns nicht hören konnten.

„Ja danke."

„Also möchtest du gehen?"

„Ganz nach Ihrem Belieben."

Meiner Fantasie war so eine willige Frau entsprungen. Nun stand sie vor mir. Das Spiel, das Ungewisse hatte mich inspiriert und gereizt. Sie war oder spielte es perfekt. Doch war es das, was ich wollte? Mein Schwanz sagte ja, mein Verstand riet mir, alles zu beenden. Und mein Herz, ja mein Herz pochte und liebte Vivian, die schüchterne Vivi, die selbstständige Vivian, aber auch die demütige Sub Viv.

Sir Henry hatte ich den Dom in meinem Kapitel genannt, auf den Master in der Geschichte der O. bezogen. Er war mein Vorbild gewesen, wie selbstsicher er schier Unmögliches von seiner Sub verlangte. Ohne ein Wort des Widerspruchs hatte sie gehorcht. Wie jetzt auch Vivian. Konnte sich eine Frau wirklich nach so vielen Jahren in so einer Rolle einfinden und Gefallen finden. Nach dem DVD-Abend hatten wir über den Film nicht gesprochen. Er wurde einfach hingenommen. Mir gefiel das Ambiente hier, wie offen mit den Vorlieben umgegangen wurde. Doch wichtiger war, zu wissen, wie es Vivian dabei ging. André hatte zum Analverkehr eine Andeutung gemacht. Ich kannte ihre Einstellung zu dem Thema und hatte ihre Reaktion im zweiten Kapitel noch in guter Erinnerung. Sie musste jetzt glauben, dass ich ihn dazu angestiftet und sie verraten hatte. Doch Sarah musste die Unsicherheit bei Vivi beim Einführungsgespräch gespürt haben und es ihm erzählt haben. Wollte er sie damit an ihre Grenzen führen?

„Es tut mir leid mit den ... analen ... Freuden ... die André angesprochen hat. Ich habe da wirklich nichts gesagt.", kam von mir eine Entschuldigung.

„Wenn es der Herr wünscht, dann werde ich den analen Freuden entsprechen.", gab Viv ruhig zurück.

Das konnte doch nicht wahr sein. Wie sollte ich wissen, was sie wirklich wollte. Das Spiel schien mir irgendwie zu entgleiten.

„Weißt du was, dann kannst du ...", sagte ich lauter als gewollt. In dem Moment bewegte sich ein Mann auf uns zu, bevor ich den Satz vollenden konnte. Bevor ich meine Aufmerksamkeit auf ihn richtete, sah ich im Augenwinkel, wie Vivi kurz ihren Blick auf mich richtete und mir dezent zuzwinkerte. Ich war erleichtert. Meine brave Vivi hatte mir aus ihrer Sub ein Zeichen gegeben.

„Darf ich mich vorstellen, Sir Carlo." Er reichte mir die Hand. Ich erhob mich kurz.

„Hallo, mein Name ist Paul. Das ist meine Sub Viv." Er blickte sie kurz an und meinte dann lachend:

„Eigentlich heiße ich Karl, aber Carlo klingt viel edler in dieser Runde. Meine ist da drüben, die kniet." Ich blickte kurz nach hinten und sah die Dame in Rot, die auf Knien den Schwanz eines Doms im Mund hatte, während der sich mit zwei anderen Männern unterhielt.

„Und du hast Probleme mit deiner Sub?", fragte er mich. Anscheinend hatte er unsere kleine Auseinandersetzung mitbekommen.

Ich lächelte und zuckte mit den Schultern.

„Ja, ich verliere wohl die Kontrolle, weil ich sie total unter Kontrolle habe."

„Sei froh, ich hätte meine Alte totschlagen können und trotzdem hätte sie meinen Schwanz nicht geblasen. Als ich dann mit ihr hierherkam, verging keine Stunde, in der sie nicht mit ihrem Mundwerk einen zum Spritzen gebracht hatte."

Wir mussten beide lachen, während Vivi noch immer in ihrer Position neben mir verharrte. Sein Sprachstil entsprach zwar eher dem Stammtisch eines ländlichen Gasthauses, als eines Sirs in einem Schloss, aber es tat zumindest schon gut, sich mit jemanden unterhalten zu können. Nachdem Carlo sich einen Stuhl hergezogen hatte und sich mir gegenüber setzte, sah ich erst, dass er die nackte Jana an der Leine mit sich führte. Die Sklavin nahm brav mit gespreizten Beinen zu seinen Füßen Platz.

„Ja, man kann es ihnen leider nicht recht machen. Entweder sind wir zu dominant und dann wieder zu weich.", erwiderte ich.

„Tja, so ein Klasseweib ist sicher schwer zufriedenzustellen.", sagte er und starrte Vivi gierig an, als ob er sie am liebsten gleich packen würde. Plötzlich machte Jana neben ihm komische Geräusche. Wir blickten beide hin.

„Ich habe versprochen, auf sie aufzupassen, während er mit meiner beschäftigt ist. Anscheinend hat sie Durst.", meinte Carlo. Er überlegte kurz.

„Darf ich ihr zu trinken geben?", fragte er.

Warum nicht, dachte ich und zuckte mit den Schultern.

„Setz dich hier auf den Tisch.", befahl er plötzlich Vivian. Sie gehorchte und setzte sich auf den Glastisch. Wie selbstverständlich spreizte sie ihre Beine, dass wir ihre Möse sehen konnten. Da band er Jana von der Leine und gab ihr ein Zeichen. Die kroch nach vor und begann wie wild an Vivis Möse zu lecken, als wäre es ein Trinkbrunnen. Karl meinte mit einem Lachen, hier gibt es eben andere Sitten seinen Durst zu stillen. Vivi blickte mich kurz an, was ihr eigentlich verboten war. Ihre Augen sagten mir aber nicht, was soll das, sondern ich bin so geil und ich komme gleich.

„Ich verbiete dir natürlich, zu kommen.", sagte ich in Befehlston und mit einem Grinsen im Gesicht zu ihr. Sollte sie ihre Strafe haben. Wenn sie die perfekte Sub sein will, dann spielen wir das Spiel. Wenn sie mir ihre echten Gefühle nicht sagen möchte, dann braucht sie auch keine anderen Emotionen zu zeigen.

In dem Moment stellte sich noch jemand zu uns. Es war André und nach ein paar Minuten kam auch Sarah dazu.

„Ihr dürftet euch schon recht gut hier eingefunden haben."

Dabei waren seine Augen auf die Scham von Vivi gerichtet, die gerade von Jana geleckt wurde. Sie hatte dies sicher mitbekommen, obwohl sie ihn, für eine Sub entsprechend, nicht ansah. Instinktiv versuchte sie die Beine zusammen zu drücken. Bisher waren wir auf irgendeine Art unter uns gewesen, so komisch das auch klingen mag. Der Hausherr hatte es ihr aber angetan. Das hatte ich gleich bei unserer Begrüßung gespürt. Bei ihm fühlte man, dass er die Rolle des Doms nicht spielte, sondern wirklich war.

André merkte ihre Reaktion. Mit einer Rute, die er von einer vorhergehenden Bestrafung in der Hand hielt, klatschte er leicht zwischen ihre Schenkel. Sie spreizte wieder ihre Beine. Wir Männer unterhielten uns. Nebenbei beobachtete ich Vivi. Ihre Finger verkrampften sich bereits auf der Tischplatte. Hier so geleckt zu werden, während wir alle voll bekleidet, wie auf einer Party herum standen, war ihr peinlich. Aber es geilte sie auf, das merkte ich. Umso unangenehmer es ihr war, umso nasser wurde sie zwischen den Beinen.

In dem Moment sah Carlo, dass sich seine kleine Sklavin selbst an die Möse ging, um sich zu beglücken. Mit einem festen Ruck an der Leine zog er sie von Vivi weg, die plötzlich aufstöhnte. Ob vor Erleichterung, dass es zu Ende war oder sie einen Orgasmus hatte, konnte ich nicht zuordnen. Doch noch immer waren ihre Beine gespreizt und sie präsentierte sich in ihrer Rolle als Sub in voller und nasser Pracht. André betrachtete sie und deutete zu ihr hin. Mein Nicken zeigte ihm meine Zustimmung und er griff ihr in den Schritt. Er fuhr mit der Hand über ihre Scham.

„Paul, du hast hier wirklich einen Glücksgriff gemacht.".

Dabei steckte er zwei Finger hinein und Vivi begann zuerst heftig zu zittern, zuckte aber dann zurück.

„Es gibt nichts Besseres als eine widerspenstige Sub, und das ist sie, die sich insgeheim dagegen wehrt, dass sie so eine Behandlung geil macht. Und durch dieses Verhalten wird sie noch feuchter. Es ist eine wahre Teufelsspirale."

Er nahm seine Finger wieder weg und befahl Viv aufzustehen und umzudrehen. Seine Hand fuhr über den Rücken bis zum Ansatz ihrer Arschritze. „Und sie ist wirklich hier noch jungfräulich?"

Sarah lehnte sich wie ein Schoßhündchen an die Schulter ihres Partners und lauschte, wie auch Carol und Jana, unserem

Gespräch, als gäbe es kein normaleres Thema, als über den unerfahrenen Arsch meiner lieben Frau zu reden.

„Ja, richtig. Einmal irrtümlich reingestochen, aber da ist sie, wie von der Tarantel gestochen, aufgesprungen. Weitere Versuche waren hoffnungslos.", gab ich ihm wahrheitsgetreu zur Antwort.

„Ich hoffe, du bist mir nicht böse, wenn ich dir hier Tipps gebe ..."

Ich nickte dankend dafür.

„... Subs und Sklavinnen wollen gerne härter angepackt werden. Sie verlangen nach der strengen Hand und nach Bestrafung. Doch gibt es genauso die sorgsame Rolle des Doms, der seine Sub wie ein rohes Ei behandelt. Dann erst, wenn sie weiß, dass sie dir voll vertrauen kann, wird sie sich öffnen. Und dies gilt besonders für die kleine Öffnung." Sein Mittelfinger war ein Stück zwischen ihren Pobacken verschwunden. Kein Mucks kam über ihre Lippen.

„Wenn du magst, zeige ich dir, wie es funktionieren kann."

Es war ein ungewohnter Vorschlag. Ein doch fremder Mann wollte mir zeigen, wie meine Partnerin das erste Mal in den Arsch gefickt wird. Was sich bei mir schon wieder brutal anhörte, klang bei ihm, als wenn er eine Blume, nur durch seine Worte, zum Erblühen bringen konnte. Die Entscheidung lag jetzt bei mir. Wenn ich Vivian gefragt hätte, wäre ich als schwacher Dom da gestanden. Außerdem käme von ihr derzeit sowieso keine ehrliche Antwort. In ihrer Rolle zählte nur das Safe-Wort. Solange sie es nicht aussprach, musste sie mir als ihren Herrn gehorchen.

Insgeheim musste ich an den Gummiarsch in meiner Schublade denken. Lieber ging sie und kaufte so ein Ding, als dass sie es damals, wie wir alleine waren, probiert hätte. Hier war aber auch eine andere Welt. Also nahm ich das Angebot dankend an.

André gab mir den Vortritt und führte uns in einen anderen Raum. Sarah, die Viv hinter sich führte, folgte uns. Carlo verabschiedete sich zunächst, mit etwas Traurigkeit in der Stimme. Gerne hätte er der Einschulung beigewohnt.

Wir kamen in einen kleineren, in Rot und Schwarz, gehaltenen Raum. Das Licht war so gedämmt, dass man doch genug erkennen konnte. Sarah führte Viv zum Bett. Jedoch durfte sie sich nicht hinein legen. Sie musste darauf knien. Sarah zog Vivi das Kleid über die Hüfte und spreizte ihr die Beine auseinander. Die Ketten für die Handschellen auf dem Kleid löste sie und befestigte sie dafür an den Pfosten des Bettes. Ihre Hände waren nach vorgezogen und so hatte sie nicht viel Bewegungsfreiheit. Dann setzte sich Sarah an das Kopfende zu ihr. André holte in der Zwischenzeit etwas aus einer Kommodenlade und deutete mir, es mir auf dem Stuhl neben dem Bett gemütlich zu machen. Ich hatte damit einen guten Blick auf meine Frau, zumindest auf ihren Hintern und sah auch die Schamlippen, die feucht glänzend hervorschimmerten.

„Normalerweise verwende ich zuerst einen der Analplugs, um sie etwas zu dehnen. Die gibt es in verschiedenen Größen."

Er zeigte mir zwei Exemplare, wobei ich bei dem Größeren selbst schon Angst bekam. Vivian versuchte, den Kopf zu uns zu drehen, um es auch zu sehen, doch Sarah hielt ihn fest. „Die Zeit haben wir aber nicht. Du brauchst keine Angst zu haben. Wir gehen es sehr sanft an.", sagte André.

Ich hörte Vivi aufatmen. Er stellte sich hinter sie und begann über ihren Rücken, den Arsch, zwischen den Schenkeln und auch ihre Vulva zu streicheln.

„Das alles hier ist eine erogene Zone. Nur auf das Analloch zu konzentrieren wäre ein Fehler. Alles spielt zusammen, wie ein Uhrwerk. Und vieles spielt sich im Kopf ab. Du könntest jetzt mit deiner Vivi zuhause alleine im Bett liegen und sie wäre trotzdem verkrampft, sobald du dich ihrem Arsch näherst. Man müsste sich denken, wenn sie hier vor uns liegt, von einem fremden Mann berührt und von anderen beobachtet, da müsste sich ja alles in ihr zusammenziehen. Das Gegenteil ist der Fall. Sie ist pitschnass ...", er fasste wieder an ihre Möse, „ihre Nippel stehen weg. Das mache nicht ich, sondern ihr Kopf."

Er nahm ein Fläschen vom Tisch und öffnete es. Von etwas höher tropfte er das Gleitgel in die Ritze, das langsam zu ihrem Poloch runter rann. Vivi hatte kurz gezuckt, weil sie es zuerst nicht zuordnen konnte. Seine Hände wanderten die Rinne entlang, verharrten kurz beim Loch und glitten weiter zu ihrer Möse. Das Gel und ihr eigener Saft vermischten sich und schon waren die Finger wieder oben, bei ihrem Hintertürchen. Die Fingerkuppe pausierte darauf. Wie ein Zauberer, der mit einer anderen Geste ablenkt, fuhr nun mit seiner zweiten Hand zu ihrer Klitoris und zwirbelte daran. Vivi stöhnte leise auf. Da rutschte, wie fast automatisch, eine Fingerkuppe in ihren Arsch.

„Du siehst ...", sagte er zu mir, während er sich noch immer auf das Spiel mit meiner Sub konzentrierte, „... wenn man hier am Rädchen dreht, öffnet sich dort das Türchen." Er machte weiter, bis fast der ganze Mittelfinger in ihr verschwunden war. Doch zog er ihn wieder langsam raus. André ging ein paar Schritte von ihr weg. Viv verharrte in dieser Stellung, während Sarah über Kopf und Nacken streichelte.

„Wenn du mich vorher gefragt hättest, hätte ich dir einen Satz Plugs gegeben.", erklärte er mir wie ein Lehrer, der seinem Schüler hilft, wie er am besten die Projektarbeit hinbekommt. „Verschiedene Größen, die sie Woche für Woche tragen muss. Dann wäre sie schön gedehnt und beim ersten Analfick hätte man sie gleich ordentlich rannehmen können. Bei diesem Prachtstück ist es anders. Auch ohne Dehnung ist sie schon so weit. Sie wartet darauf, endlich in den Arsch gefickt zu werden." Im Augenwinkel beobachtete ich Vivian, die die Worte von André genauso mithörte, aber kein Anzeichen von Ablehnung zeigte. Doch wollte ich das wirklich, dass sie jetzt in dieser Rolle von einem anderen Master anal entjungfert wurde? Bevor ich aber über meine Gedanken ins Klare kommen konnte, merkte ich, dass André einen anderen Plan hatte.

Er deutete mir leise zu sein und aufzustehen. Ich überlegte nicht lange und tat es. Er drückte mir das Fläschen Gleitgel in die Hand und setzte sich ebenso unauffällig auf meinen Platz. Sarah hatte mitbekommen, was wir hier vorhatten.

„Wir werden es dir jetzt nochmals zeigen, wie geil deine kleine Sub darauf ist, von mir in den Arsch gefickt zu werden.", sprach André weiter. Mit Handzeichen gab er mir zu verstehen, dass ich weitermachen und seine Stelle einnehmen sollte.

„Aber ich will ...", sagte Vivi die ersten Worte, seit wir in diesem Zimmer waren. Ich wollte ihr schon als Strafe auf den Hintern schlagen, aber André deutete mir nicht.

„Du willst nur vertrauen, was hier passiert Viv. Denke daran, dass dir nichts geschieht und es nur um die Grenzen geht, die wir erkunden.", sagte er stattdessen. Vivi war wieder still. So wie er vorhin, gab ich etwas von dem Gel auf ihr Ritze und sah zu, wie es über den Körper hinunter rann. Meine Hand fuhr den Streifen entlang, an ihre Möse und wieder zurück. Und gleichzeitig, als ich mit der anderen Hand ihr zwei Finger in die Möse steckte, fuhr ein Finger langsam in ihren Arsch. Vivi stöhnte auf, diesmal viel lauter.

„Dafür gibt es drei Schläge. Denn keiner hat dir erlaubt zu stöhnen.", sagte André. Vivi hatte nicht mitbekommen, dass er sprach und ich in sie eingedrungen war. Nun durfte ich sie bestrafen. Er war wirklich ein wahrer Meister, der wusste, wann Zuspruch und wann Bestrafung erforderlich war. Sarah reichte mir eine Rute über Vivians Rücken. Ich zog den Finger raus und griff danach. Es gab drei Schläge auf den Hintern, während die andere Hand sie noch immer fingerte. Zuckerbrot und Peitsche war das, zur gleichen Zeit. Wieder gab ich von dem Gel auf ihre Rückseite und genüsslich verteilte ich es um die Rosette. Ich nahm zwei Finger, die ich langsam, Kuppe für Kuppe einführte. Sie entspannte sich und das spürte ich direkt, als ich begann die Finger leicht in ihr hin und her zu bewegen. Die andere Hand war noch immer auf Wanderschaft, zwischen den Schenkeln, dem Venushügel und ihren Schamlippen. Als ich mich wieder zurückzog, spannte ihr Schließmuskel kurz an, als ob er sagen wollte, hör nicht auf.

„Nun ziehe ich meine Hose runter.", sagte André, was er natürlich nicht tat, sondern ich. Mein Schwanz schnellte in die Höhe und war froh endlich nicht mehr so eingeengt zu sein. „Es war für dich bisher ein ungewohntes, ein verbotenes Gefühl. Weil uns immer suggeriert wurde, das ist schmutzig.

Doch das ist es nicht. Schmutzig ist nur, was wir in unseren Gedanken als schmutzig zulassen. Das Gefühl war ungewohnt, aber angenehm. Und möchtest du, dass nicht nur du ein angenehmes Gefühl hast, sondern auch der Meister. Bist du bereit?"

Vivian versuchte nochmals, nach hinten zu blicken. Sie wollte sehen, was ich dazu sagen würde, wenn André sie entjungfert. Doch wieder hielt Sarah ihren Kopf fest.

„Du brauchst keine Angst zu haben, Viv. Dein Herr hat die Zustimmung gegeben und somit, brauchst du dir darüber keine Gedanken mehr machen. Sarah wird dich unterstützen, damit es noch mehr genießen kannst."

Ich wusste zuerst nicht, was er meinte. Da kroch Sarah unter Vivi. In 69er Stellung begann sie sanft Vivis Schamlippen zu knabbern und zu lutschen. Daran fand Vivi Gefallen, das wusste ich mittlerweile. Nochmals nahm ich das Fläschchen in die Hand und tröpfelte Gleitgel auf sie. Ich nahm sie um die Hüften und setzte meine Eichel an ihrer Rosette an. So verharrte ich, während sie von Sarah aufgegeilt wurde.

„Ich werde langsam in dich eindringen, während dein Herr sich ansieht, wie folgsam du bist.", sagte André, der seine Hose öffnete und seinen Ständer in der Hand hielt. Er hatte seinen Gefallen an unserem Spiel. Nach dem letzten Satz drückte ich meinen Schwanz sachte in ihre Arschfotze hinein. Vivi stöhnte wieder, ohne Rücksicht, ob sie dafür bestraft wird. Stück für Stück drang ich weiter ein. Es ein irrsinniges Gefühl, so eng, so einmalig geil, es war unbeschreiblich.

„Du hast es geschafft, Viv. Mein Schwanz steckt in deinem schönen Arsch." Während dieser Worte verharrte ich in der Position.

„Du bist ganz entspannt, das spüre ich. Du brauchst nichts zu sagen. Ich und alle, die uns zusehen merken, dass es dir gefällt. Nun beginne ich dich sachte zu ficken."

Ich zog meinen Schwanz ein Stück raus und wieder hinein. Immer ein Stück weiter, immer ein bisschen schneller und heftiger. Es war ein Wahnsinn. Ich fickte zum ersten Mal meine Frau in den Arsch, während sie von einer Frau geleckt wurde und ein anderer Meister die Anweisungen gab, was geschehen sollte.

Sarah spielte mit ihren Fingern in ihrer Möse. Das sah ich nicht, sondern spürte den Druck der Finger in ihr, was es noch geiler machte. Mir kamen fast die Tränen, denn ich wusste, diese geile Situation würde ich nicht lange aushalten.

„Ich werde dir jetzt in deinen Arsch spritzen.", sagte er hinter mir.

Man glaubt es nicht, sogar das dürfte André zu ahnen.

„Warte einen Moment, du wirst es gleich spüren." Ich verharrte, obwohl er Vivi gemeint hatte und ich am liebsten schon gekommen wäre.

„Jetzt, jetzt spürst du gleich."

In dem Moment spritzte ich alles in sie hinein, in ihre Arschfotze, die sie mir bereitwillig, in dem Glauben es wäre ein anderer, zur Verfügung gestellt hatte. Vivi zuckte, sie zitterte und bäumte sich auf. Sie bekam einen Orgasmus, den ich an den Muskeln in ihr so intensiv, wie noch nie spürte. Sarah ließ von ihr ab, damit wir diesen Moment zu zweit genießen konnten. Vivi blickte nach hinten und erkannte, dass ich es war, der sie gerade gefickt hatte. Ihr gerötetes und verschwitztes Gesicht lächelte mir entgegen. Beide rollten wir auf die Seite auf das Bett neben Sarah. Leise flüsterte mir Vivi ins Ohr:

„Jetzt bin ich deine Drei-Loch-Stute."

André saß noch unbefriedigt auf dem Stuhl, aber er wirkte nicht unzufrieden.

„Das war ja ein guter Einstieg in das Wochenende.", meinte er.

Ich konnte nur zustimmen.

Er stand auf, kam zu uns rüber und klatschte in die Hände. Mit einem Zeichen befahl er Sarah zu sich. Folgsam kam sie auf die Seite zu ihm rüber. Wir rutschten ein Stück zurück, damit sie genug Platz hatte. Sarah legte sich auf den Rücken und zog die Beine zu ihrem Oberkörper. Ihr Geschlecht stand ihm so zur Verfügung und sie war dankbar, dass sie nun auch genommen wurde. Ohne viel Umschweife bediente sich André an ihr, während wir glücklich lächelnd zusahen. Es dauerte nicht lange. Das Vorspiel, wenn es auch teilweise nur Zusehen war, hatte ja lange genug gedauert. André wollte seine Begleitung aber nicht versauen. Darum deutete er ihr wieder. Sie waren ein gut eingespieltes Team. Sarah setzte sich auf, nahm seinen Schwanz in den Mund und er spritzte seinen Saft hinein, was sie brav schluckte.

„Sir Paul, ich hoffe trotzdem, dass ich an diesem Abend noch in den Genuss ihrer Sub komme. Vielleicht finden wir auch einen Grund für eine Bestrafung. Würde mich interessieren, wo hier ihre Grenzen liegen.", sagte er, während Sarah ihn schön sauber leckte.

„Natürlich Sir André, es ist mir eine Ehre. Doch geben Sie uns noch etwas Zeit, um uns frisch zu machen und auch den besonderen Moment auszukosten."

Sie überließen uns das Zimmer. Der Schub von Adrenalin war im Abklingen. Wir kuschelten gemütlich in dem großen Bett aneinander.

„Wir können uns jetzt auch in unser Zimmer zurückziehen, wenn du willst?", fragte ich Vivian. Sie sah mich an und senkte den Blick.

„Mein Herr hat wohl noch nicht verstanden, dass die Sub nicht immer gefragt werden möchte, was geschehen soll. Er bestimmt und ihr hat es zu gefallen." Sie küsste mich auf den Mund. „Und er kann mir glauben, es gefällt."

Ich nahm sie in den Arm und drückte sie fest, bevor wir uns wieder auf den Weg in die Fantasiewelt machten.

„Dann mach dich zurecht, du kleines, geiles Luder. Ich habe Durst und möchte noch ne Menge Leute kennenlernen.", befahl ich und gab ihr einen Klaps, auf ihren Hintern, den ich gerade sehr genossen hatte.

Es war eine wunderschöne Nacht, die bis drei Uhr morgens dauerte. In keinem Kapitel hätte ich dies so erfinden können, was wir hier erlebt hatten. Bei der Heimfahrt sprachen wir nicht viel. Eine Hand jeweils auf dem Schenkel des anderen fuhren wir wieder in unsere Realität zurück. Uns war klar, dass der Abschluss in diesem Schloss stattgefunden hatte. Und es war für beide ein Happy END.

Nachwort

Auf der Anzeigetafel am Flughafen konnten wir sehen, dass der Flieger gelandet war. Sehnlich warteten wir auf unseren Sohn. Die Schleuse öffnete sich und Leon kam braun gebrannt auf uns zu. Vivian konnte es nicht erwarten und lief ihm mit offenen Armen entgegen.

„Schön, dass du wieder da bist.", begrüßte ich ihn mit einem männlichen Schlag auf die Schulter.

Er hakte sich bei uns unter und ich übernahm den Koffer.

„Ich habe ein Mädchen kennengelernt, in Irland.", platzte er aus sich heraus. Wir sahen uns an und lächelten. Nun war es soweit, dass auch unser Sohn die erste große Liebe gefunden hatte. Er konnte gar nicht anders und plapperte alles aus sich raus, wie toll sie ist, mit ihrem roten, langen Haaren. Wir hörten begeistert zu.

Als er plötzlich aufhörte zu erzählen, sah er uns an.

„Ist bei euch alles in Ordnung? Ihr seid so anders?", fragte er.

„Nein.", sagte ich, „Bei uns ist alles in bester Ordnung oder vielleicht in bester Unordnung."

Er kannte sich mit der Aussage von mir nicht aus und sah fragend zu seiner Mutter.

„Alles in bester Ordnung.", beruhigte sie ihn. „Dein Vater ist über dem Sommer zu viel vor dem Computer gesessen und bringt jetzt in der wirklichen Welt alles durcheinander."

Wir reichten uns hinter unserem Sohn die Hand.

„Aber nächsten Sommer werde ich ihn schon sinnvoller beschäftigen. Ich überlege, ob ich nicht einen Roman schreibe. Da werde ich deine Hilfe brauchen.", sagte sie augenzwinkernd zu mir.

Leon hatte keinen Dunst, von was wir sprachen. Aber was muss ein junger Mensch so ein altes Paar verstehen, wenn er gerade frisch verliebt ist.

Nachsatz Dialoge

„Wie bist du auf die Idee gekommen, unter die Autoren zu gehen?"

„Tja, der Protagonist hatte in seiner Beziehung so wenig Sex und Pornos hatte er schon alle durch."

„Also so schlimm war es damals auch nicht."

Ich schaute Vivian mit hochgezogenen Augenbrauen an.

„Ja gut, ein bisschen recht hast du. Aber wie kommt man wirklich auf die Idee, so was ... so was ...", sie suchte die richtigen Worte.

„So was Erotisches?", versuchte ich auszuhelfen.

„So was Unanständiges, meinte ich."

„Zuerst sagst du mir, wie du die Datei auf meinem Laptop gefunden hast?". Dass es mein Notebook ist, betonte ich extra.

„Tu nicht so blöd. Du hast es ja extra offen stehen lassen. Du wolltest ja, dass ich es lese. Was hast du dir dabei gedacht?"

„Ehrlich, das habe ich nicht. Ich bin im Bett gelegen und habe mich gewundert, was du da auf einmal machst. Und dann bist du plötzlich, wie in dem Kapitel unter die Bettdecke geschlüpft."

„Was? Du hast es nicht extra für mich offen stehen lassen?"

„Ehrenwort, großes Indianerehrenwort. Nein. Ich war wirklich ganz perplex, wie du es in die Realität umgesetzt hast."

„DU hast dir das gar nicht erwartet??? Wirklich?"

„Nein."

„Dann hätte ich das gar nicht machen müssen. Ich dachte, du hast das jetzt für mich geschrieben. Und ich wollte nicht als die frigide Ehefrau, die nicht für so eine dumme Idee zu haben ist, da stehen. Wenn ich das gewusst hätte..."

„Dann wäre es ein sehr langweiliger Sommer gewesen."

Vivian nickte.

„Ohne Blowjob, ohne Arschfick, ohne Swinger, ohne ...", zählte ich auf.

„Hör auf, sonst hole ich gleich die Rute raus, aber die Große."

„Oh meine kleine Sub, wird plötzlich dominant. Eigentlich solltest du ein paar Schläge dafür bekommen, dass du auf meinen Laptop herumgeschnüffelt hast.

*****

„Jetzt aber ehrlich, woher hast du das Gummiteil wirklich? Ich kann mir nicht vorstellen, dass du alleine in einen Sexshop gegangen bist."

„Traust du mir das nicht zu?"

„Jetzt schon. Wenn ich schreibe, dass du es machen sollst. Damals nicht."

Vivian grinste.

„Also, jetzt raus mit der Wahrheit."

„Du solltest deine Kreditkartenabrechnungen besser kontrollieren."

Da hatte sie recht. So strukturiert ich in der Arbeit, so schlampig war ich mit meinen privaten Kontoabrechnungen.

„Und was willst du mir damit sagen?"

„Ich habe es auf Amazon bestellt, auf deinen Namen und du hast es sogar selbst bezahlt. Da ich in der Woche Nachtdienst hatte, konnte ich das Paket untertags heimlich entgegen nehmen."

Ihr Grinsen wurde noch breiter.

„Du bist ein echt durchtriebenes Luder."

*****

„Welches der Kapitel würdest du jetzt im Nachhinein weglassen und was war dein Favorit?"

„Das Erste. Wenn ich das nicht gelesen hätte, hätte es die Anderen nicht gegeben."

Ich schnappte mir einen Zettel und einen Stift und machte mir Notizen.

„Was schreibst du da auf?"

„Wie viele Schläge du bei der nächsten Session bekommst, für die falsche Antwort."

„Oje.", sniefte Vivian. Dabei wusste ich genau, dass sie mich mit der Antwort provozieren wollte.

„Also, richtige Antwort?"

„Gut weglassen, das Kapitel mit dem Schlüsselspiel, wobei die Versteigerung schon einen Reiz hatte."

„Und Favorit?"

„Im Stundenhotel mit Karin." Sie grinst. „Ich glaube, ich bin lesbisch und will keine Männer mehr."

Wieder machte ich ein paar Striche auf meinen Zettel. Das wird beim nächsten Mal eine echt harte Bestrafung.

„Was war dein Favorit?", fragte Vivi mich.

„Das zweite Kapitel.", kam von mir, wie aus der Pistole geschossen.

„Das war ja, das mit der Gummimuschi?". Erstaunt sah sie mich an. „Du hast nicht wirklich?", und ihre Augen wurden immer größer.

Jetzt schmunzelte ich wieder.

*****

„Habe ich dir schon erzählt, wer letztens bei uns im Hotel eingecheckt hat?"

Ich schüttelte den Kopf, woher sollte ich es auch wissen.

„George Clonney?"

„Nein. Kannst du dich erinnern, als wir damals auf einen Kaffee im Häferl waren … und anschließend auf der Toilette?"

Diesmal nickte ich.

„Einer von den beiden, die uns fast erwischt hatten?"
Eigentlich hatten sie uns erwischt.

„Ja, alle beide. Und der eine kam zu mir an die Rezeption und fragte, ob wir auf einen Kaffee gehen. Mit so einem macho dämmlichen Augenzwinkern. Der dachte wirklich, das gehört zum Service des Hotels."

„Oder er dachte, du bist eine Nutte, die aushilfsweise im Hotel arbeitet."

Wieder bekam ich einen Stoß in die Rippen.

„Jetzt bleib einmal ernst. Das hätte schief gehen können. Wenn sie das gemeldet hätten."

„Dass du dich von Männern auf dem Klo ficken lässt? Das war ja in deiner Freizeit."

„Na gut, dann werde ich ihm beim nächsten Mal zusagen, wenn er wieder auf einen Kaffee mit mir gehen will. Ist ja in meiner Freizeit."

Das traute sie sich nie, das wusste ich. Die unanständigen Ideen kamen immer noch von mir.

„Und wie hast du dann reagiert?"

„Ich habe auf meinen Ehering gezeigt und mich erbost aufgeregt, für wen er mich hält. Ich bin eine anständige Frau. Da war er schnell verschwunden."

„Tja, in verzwickten Situationen dich rauszureden, bist du eine wahre Weltmeisterin."

*****

„Und damals im Swingerclub. Du bist so kümmerlich in der Ecke gesessen, als du mich entdeckt hast, mit deinem ehrenwerten Geschäftspartner. Hattest du an dem Abend überhaupt mit einer geschlafen."

Noch immer schaffte die brave Vivi es nicht, unanständige Wörter über die Lippen zu bringen.

„Nein, ehrlich geschlafen habe ich dort sicher nicht."

„Du weißt schon, was ich meine. Hast du ... also gut, hast du eine andere Möse gefickt? Besser so?"

Jetzt grinste ich, weil sie trotzdem wieder rot wurde, als sie es sagte. Ich tat, als ob ich kurz überlegen müsste.

„Nein, habe ich nicht."

„Du hast dort nicht? Warum nicht?"

„Zuerst musst du mir sagen, mit wie vielen Männern hast du dort gefickt, inklusive Gruber?"

Jetzt tat sie so, als ob sie überlegen würde.

„Das ist nicht so einfach zu sagen. Meinst du jetzt nur damit gefickt?", Vivian deutete auf ihr kleines Fickloch.

„Also gut, dann konkretisieren wir die Frage. Wie viele Männer hast du, egal mit Möse, Mund oder Hand zum Spritzen gebracht?"

Wieder hob die Frau Oberklug ihr Näschen.

„Also eins, zwei, dann war da noch der bei der rechten Hand, dann mit dem Mund, vier und fünf. Zählt auch, wenn sie selbst gewichst haben?"

Jetzt wusste ich es, sie ist nicht nur ein kleines Luder.

„Und jetzt sag, warum hast du nichts gemacht an dem Abend."

„Habe ich ja nicht gesagt."

„Du hast eben gesagt, du hast keine gevögelt."

„Ich habe gesagt, ich habe keine in die Möse gefickt."

„Dann nur französisch?"

Ich schüttelte den Kopf. Nun überlegte sie, was ich wohl „... waaasss, du hast schon vor mir eine griechisch?"

Ich liebe mein Sprachenwunder.

„Tja, wenn du mich vorher nicht lässt und lieber bei Amazon bestellst."

„Du bist so ein gemeiner Arsch.", schimpfte sie und schaute mich griesgrämig an.

„Und du hast ein süßen Arsch, den ich liebend gern ficke."

*****

„Hat dieser Robert überhaupt nicht gekonnt, damals?"

„Welcher Robert?"

„Du weißt schon, damals beim Schlüsselspiel. Du hast mir dann erzählt, dass er keinen hochbekommen hatte?"

„Der hat wirklich Robert geheißen?"

„Robert oder Norbert, hast du gesagt. Also was war jetzt?"

„Keine Ahnung kann mich nicht mehr erinnern."

„Was soll das. Muss ich das Halsband und die Rute rausholen?"

„Hey, wir sind gerade auf dem Weg zu meinen Eltern."

„Macht ja nichts. Dein Daddy sieht gerne, wenn der Mann die Hosen anhat. Also was war damals wirklich? Warum hat das für dich nicht gepasst? Er war ja ein netter Kerl."

„Mein lieber Schatz, wenn ich einen netten Kerl gewollt hätte, hätte ich nicht dich geheiratet."

„Na warte, wenn wir wieder nach Hause kommen."

*****

„Was ist mit Tom los? Der ist ja wie ausgewechselt?"

„Inwiefern meinst du?"

„Dir muss ja etwas aufgefallen sein. Immerhin siehst du ihn ja jeden Tag im Büro. Er ist schick rausgeputzt und läuft nicht mehr in seinen ausgewaschenen T-Shirts rum. Und er dürfte einen neuen Duft nehmen. Wenn er vorher überhaupt ein Deo verwendet hat. Da muss eine Frau im Spiel sein."

„Aso ja. Er hat seit kurzem eine Freundin. Die dürfte ihm guttun. Letztens ist er sogar mit einem Lunchpaket gekommen, das sie ihm mitgegeben hatte."

„Ist ja ur nett. Wie er hat das geschafft, unser Techniker-Nerd, dass er wen mal nicht gleich vergrault?"

Tja, meine liebe Frau kannte unseren Freund nun auch lange und gut.

„Ich habe ihm Tipps gegeben."

„Du?"

„Ja ich."

Wieso war sie nur so erstaunt darüber?

„Was für Tipps?"

„Ich habe ihm gesagt, er soll ihr eine Mail schreiben, dass er von ihr erwartet, dass sie am Wochenende für ihn etwas Gutes kocht. Und dafür wird er sie danach nach allen Regeln der Verführungskunst verwöhnen."

„Du rätst ihm, er soll sich selbst per Mail zum Essen einladen? Und dafür wird er sie dann ... du weißt schon."

„Zwei Hiebe extra. Du hast es schon wieder nicht geschafft, das Wörtchen zu sagen."

„Ja, ja das weiß ich schon. Und ich kann es sagen. Wir ficken. Das gilt aber für Tommi nicht. Jetzt aber ehrlich? Das hast du ihm nicht geraten?

„Wieso nicht. Ich habe schon gehört, dass es funktionieren kann. Er schreibt und sie macht."

„Ja, habe ich auch gehört. Soll es gegeben haben."

„Und warum soll es bei ihm nicht klappen? – Vielleicht gebe ich ihm mal ein gutes Buch zu lesen."

„Wehe dir."

„Ich meine natürlich das Kamasutra.", sagte ich und grinste.

*****

„Wie hast du das am Flughafen gemeint, dass du nächsten Sommer einen Roman schreiben möchtest?"

„Wie ich es gesagt habe. Es gibt auch sehr gute Autorinnen.", bekam ich von Vivian als Antwort.

„Glaubst du, dass deine Fantasie dafür ausreicht?"

„Mein lieber Herr, ich habe einen guten Lehrmeister. Du kannst dich schon mal auf Kapitel Eins freuen – oder vielleicht doch eher fürchten."

Vorschau

Die ersten, heißen Sommertage erdrückten mich. Ich überlegte schon, ob ich eine kurze Short in die Arbeit anziehen sollte. Aber es waren wieder Kundengespräche zu führen und das machte dann keinen guten Eindruck. Gestern Abend hatten wir Leon auf den Flughafen gebracht. Er konnte es gar nicht erwarten, seine irische Freundin wieder zu sehen. Sie hatte ihn für die ganzen zwei Ferienmonate eingeladen. Bei der Verabschiedung glaubte ich schon, er verpasst noch den Flieger, solange drückte ihn Vivian. Also wir wieder gerade nach Hause kamen, schrieb er uns noch eine Nachricht, dass der Flug gleich startet. Die Stille in der Wohnung war irgendwie bedrückend. Der Alltag nach den Erlebnissen im vergangenen Sommer hatte uns bald wieder in Beschlag genommen.

Es war aber nichts mehr so wie früher. Ich hatte das Gefühl, dass wir uns beide auf den kommenden Sommer freuten und doch auch fürchteten. So etwas konnte man auch nicht wiederholen. Die vergangenen Monate hatten wir schon zu einigen Kontakt. Mit Karin aus dem Stundenhotel gingen wir, wenn es die Zeit erlaubte, auf einen Kaffee. Einmal überraschte sie uns sogar und wir landeten mit ihr spontan in einem Hotelzimmer. Mit Sarah und André schrieben wir per Mail und sie hielten uns über bevorstehende Events auf dem Laufenden. Wir wunderten uns nur, wie spontan und unkompliziert wird damals etwas unternommen hatten. Es war eben eine andere Welt gewesen. Doch Zeit für uns beide nahmen wir uns gerne. Gerne kuschelten wir und liebten uns auf die gute altbewährte Art im Bett. Manchmal wurde mit der Rute und dem Halsband herumgealbert und gespielt. Es war aber nicht so, wie in unseren Abenteuern.

„Hallo Paul." Claudia, unsere neue Bürokraft riss mich aus meinen Gedanken und es war gut so. „Habt ihr Leon gestern gut angebracht?"

212

„Ja, er hat sich auch schon gemeldet, dass er gut angekommen ist. Er konnte es gar nicht mehr erwarten, endlich seine Freundin wieder zu sehen. Vivian ist es aber schwergefallen, ihn wieder so lange nicht zu sehen."

„Das kann ich verstehen als Mutter. Apropos, Vivian hat das Kuvert gebracht, das du zuhause vergessen hast."

Ich wusste zwar nicht, dass ich was zuhause liegen gelassen hätte, aber nahm es mal entgegen. Claudia machte sich wieder an die Arbeit. Ich öffnete zuerst mal das A4-Kuvert. Eine rote Mappe war darin, die mir überhaupt nicht bekannt vorkam. Ich klappte sie auf. Viele Zettel waren nicht darin abgeheftet. Doch auf dem ersten Blatt stand in großen handgeschriebenen Buchstaben:

„Fantastic Realitity – Ein Sommer voller Überraschungen"

Sofort war mir alles klar. Vivian hatte ihre Androhung wahr gemacht und ist in meine Fußstapfen getreten. Unsere Fantasiegeschichten sollten neue Kapitel bekommen. Gespannt blätterte ich auf die nächste Seite und begann zu lesen:

Reise ins geheimnisvolle Reich der Morgenröte

Ein nicht mehr ganz so junger Mann, nennen wir ihn mal Paul, liebte es früher für sein Leben gerne, zu reisen. Leider hat er beruflich so viele Verpflichtungen, dass ihm keine Zeit dafür bleibt. So macht er sich heute auf eine Reise, wenn es auch nur in seinem Kopf ist.

Ein alter weiser Mann aus dem fernen Lande hatte ihm mal einen klugen Spruch gesagt. Wenn du fest daran glaubst, dann kann es real werden.

Darum macht Paul heute etwas früher Dienstschluss und ist um 18 Uhr zum Shanti Glow Studio im zwölften Bezirk. Die Adresse wird er wohl selbst herausfinden müssen. Dort wird er schon erwartet ...

Liebe Leserin, lieber Leser!

Wenn du es bis zu der Seite geschafft hast, dann erlaube ich mir per Du zu sein. Wir haben jetzt gemeinsame Freunde, nämlich Vivian und Paul. Ich sage vielen Dank fürs Lesen und hoffe die Geschichten von ihnen haben dir gefallen.

Wenn das der Fall ist, dann freue ich mich, wenn du das Buch an deine Freunde und Freundinnen weiterempfiehlst *zwinker*.

Und ganz besonders freue ich mich über dein Feedback, das natürlich vertraulich behandelt und nicht weitergegeben wird.

Du erreichst mich unter mati.roterik@gmail.com

Die letzten Worte sollen ein Danke an meine Testleserin Elén sein. Ihre Zeilen haben mich letztendlich ermutigt dieses Werk fertig zu stellen und zu veröffentlichen. Vielen Dank Elén!

Mati Roterik